GAEA

GAEA

# 偷心賊

A Wink A World

星子——著

程威誌——插畫

# 偷心賊

A Wink A World

目錄

# 01

周祈開始後悔了。

他望著眼前比手畫腳、滔滔不絕獨白四十幾分鐘的怪異老人，只覺得自己千不該萬不該來面試這份工作——儘管他畢業半年來投遞的十餘份履歷都石沉大海；儘管他甚至不記得自己曾經將履歷寄給這位老人的公司過，且他此時身處的這個地方，甚至完全不像是一家公司行號。

這個地方，是某處偏僻市郊裡一條偏僻巷子末端，一排老公寓裡的其中一戶。

這老公寓外觀看上去像是等待都更拆遷的廢棄樓房，整排樓房幾乎沒剩下多少住戶；樓下大門和信箱附近，也沒有任何公司行號招牌。

周祈進門後，只見到尋常住戶陽台，客廳裡堆著各式各樣的古怪雜物，大都是些稀奇古怪的電腦零組件，以及一些他從來也沒見過的儀器和電子用品；空氣中瀰漫著混雜了廚餘、化學藥品和電子焊接等各種氣味合而爲一的異味。

這整間「公司」除了周祈，便只有他眼前這古怪老人與一名「行政助理」；那位助理接待他進屋後，領著他繞過客廳裡堆積如山的雜物堆，來到這同樣堆滿雜物的小房間中，甚至沒有遞給他一杯水，便丟下他與這個雙眼充滿血絲的古怪老人，開始了雜亂而漫無章法的談話。

老人一頭蓬鬆灰白亂髮，穿著髒舊泛黃的白袍，白袍底下是數天沒換的無袖白內衣和四角褲。老人全身上下，似乎只有嘴上兩撇灰白八字鬍有稍微用心打理。

老人從月球與潮汐之間的關聯性，講到外星人介入人類建造金字塔的可能性，再講到武俠劍法掌法的眞實性，最後講到一個人如何控制自己的腦波干預另一個人的記憶和情緒。

周祈覺得自己彷彿進入了一個劣質的新興宗教基地。

「就這麼說定了，你明天就可以開始上班。」老人雙眼閃閃發光，雙手在周祈肩上重重一按，表示與他達成了協議。

「等等！說定？說定什麼？」周祈愕然喊著：「我……我不明白你到底想幹嘛！」

「什麼？」老人瞪大眼睛，氣呼呼地說：「你哪裡不明白？哪個環節不明白？」

「我全部都不明白……」周祈說：「我是來應徵工作的！」

「是，你是來應徵工作的。」老人點點頭。

「所以你是老闆？」周祈問。

「是，我是老闆。」老人再點點頭。

「你要我明天上班，但是……」周祈取出手機，揭開老人寄給他的那封電子郵件。「你在信裡提到有關這份工作的薪水、福利和工作內容……怎麼跟你剛剛說的東西完全沒關係呀！」

「怎麼會沒關係。」老人拂了拂唇上兩撇八字鬍，說：「接下來，小魚會帶你去天靈集團面試，然後你就會得到你想要的薪水和福利——」

「等等，就是這個部分有問題啊！」周祈打斷老人說話，急急地說：「你發給我面試通知，卻要我去應徵另外一家公司的職缺？拿另一家公司的薪水？」

「對。」老人點點頭。

「那我直接去天靈集團應徵不就好了。」周祈不解地說：「爲什麼要在這裡聽你說這些什麼腦波不腦波的鬼東西？」

「因爲沒有我們幫助，你根本進不了天靈集團。」老人冷笑兩聲，說：「你小子半年寄出十八封求職信，沒有一間公司要你；我派你進天靈應徵的那份職缺，不算各種獎金，光起薪就五萬二，還有各種津貼；你小子四流大學畢業，沒有一技之長，生平最得意的事情，是去年在一款電腦遊戲裡打出八十三萬五千三百四十七分，當天排名世界第一，但這名次在十八小時後就被超越了。沒有我幫忙，你怎麼進得去天靈？你拿什麼應徵這份工作？」

「嚇！」周祈瞪大眼睛，驚恐地瞪著那老人說：「你……你到底是誰？你爲什麼知道我寄出幾封求職信，和我打出八十三萬五千……多分？那分數連我自己都不記得了！」

「因爲我們一直暗中關心著你。」老人望著周祈，露出了神祕的笑容。「孩子，我知道你的一切。」

「你……暗中關心我？你知道我的一切？」周祈愕然。

「是的，一切。」老人點點頭。「包括你現在單戀的對象宜君，以及上一個暗戀的對象家珍，對不對？我還知道你常逛的十幾個色情網站，知道你偏好人妻和巨乳類型的成人影片；我還知道你上個月自瀆了三十二次，比前一個月多出四次，大約從半年前開始，你開始在自瀆到最後關頭的時候喊『come on』——」

「嚇——」周祈嚇得一抖，從板凳跌在地上，駭然顫抖地望著眼前這穿著白袍的古怪老人，他覺得自己彷彿身處在惡夢的最深層，面對著想要勾他魂魄的地獄使者般；他從來也沒想過這世界上竟然會有這麼一個老人，暗中監視著他的一舉一動，甚至詳細記錄他每個月自慰次數和性癖好。

「你……到底是誰？」周祈顫抖地問，用手撐著骯髒的地板緩緩後退。「你有什麼企圖？」

「我的企圖很簡單。」老人緩慢站了起來，望著周祈。「我要你進入天靈集團，幹出好成績，獲得上級賞識，接觸集團核心；到時候，我會告訴你我的下一步計畫。」

「什……什麼？」周祈口齒打顫。「你要我進入天靈集團，接觸……集團高層？天靈集團高層，就……就是那個……王……」

「王茱瑛，就是電視新聞裡常看到的那個董事長。」老人說出這個名字時，眼睛微微發亮。「記得每天都要向我回報你在天靈裡的一舉一動。」

「怎麼聽起來……像是臥底呀？」周祈問。

「不是聽起來像是臥底，就是臥底。」老人說：「我就是要你進天靈當臥底。」

「什麼？」周祈不解地問：「你到底是誰？爲什麼選中我？你爲什麼……要暗中觀察我？」

「我選中你，是因爲我覺得你是幫助我完成這項任務的最佳人選。」老人神祕兮兮地說：「你是萬中選一的天才。」

「我是萬中選一的天才？」周祈深深吸了口氣。

「是。」老人站起身，來到周祈身邊，拍了拍他的肩，將也想跟著起身的周祈又大力地按回板凳坐好。

「萬中選一的天才。」老人這麼說的同時，還順手從堆滿雜物的桌上翻出一面摺疊鏡，立在周祈面前，讓他看著自己的臉，對他說：「過去，從來沒有人發現這一點，是不是？」

「是啊……」周祈將臉湊到鏡子前，伸手摸了摸自己的臉。「連我自己都沒發現。」

「連你父母都沒發現，連你過去的老師都沒發現，但是我們發現了。」老人邊說，邊將一台筆記型電腦轉至周祈面前，開啓一份資料。

那頁資料左上角印著周祈的大頭照，而底下則是一連串數據。

周祈完全看不懂那些數據所代表的意義，只覺得有點像是醫學報告。

「這是你的腦部活動記錄。」老人指了指那資料上的大頭照，和底下那行行數據。跟著，老人操縱著電腦，將周祈的資料挪移至螢幕左半邊，又在螢幕右半邊陸續開啓其他人的資料，對周祈說：「這些是其他人的大腦活動記錄，看出有什麼不同嗎？」

「我根本看不懂……」周祈視線不停在左右兩份資料間跳躍，突然說：「我的全都打勾，其他人都打叉……」

周祈那份資料，上頭諸多數據旁都有個紅色勾勾；而其他人的資料數據旁，則大都是叉叉，偶爾才能見到兩、三個勾勾或是三角。

這些勾勾和叉叉，有點像是健康檢查時，各種項目合格與否的標記。

「沒錯。」老人點點頭。「這是你的腦波活動記錄，每個人的腦波頻率都不一樣，我們花了好多時間，暗中偵測成千上萬人的腦波活動，到目前爲止，只有你的腦波頻率能夠操縱『偷心眼鏡』……」

老人說到這裡，頓了頓，按著周祈肩頭，眼睛閃閃發亮地望著他。「你是萬中選一的『偷心賊』。」

「萬中選一的……偷心賊？」周祈瞪大眼睛。「那是什麼？」

「那是你的正式職稱。而偷心眼鏡就是你的專屬配備。」老人這麼說，回頭對著坐在角落的助理喊：「小魚，妳來解釋偷心眼鏡的原理。」

那叫作小魚的行政助理，年歲與周祈相仿，戴著一付度數極深、幾乎比手機還厚的粗框眼鏡，嘴上戴著一副工業用口罩，一身穿著打扮如同修車技工，那連身牛仔工作服上一堆大小口袋插著、夾著各種工具；而她的髮型，卻像古裝武俠片裡的孩童一般，綁著兩顆包包髮髻。

她捧來一樣東西放在周祈面前。

那是一個眼鏡盒。

打開來，是一付粗框眼鏡。

「眼鏡？」周祈望著那付眼鏡，不明白眼鏡和「偷心」有什麼關係。

「你知道催眠嗎？」小魚推了推自己厚重眼鏡，說：「簡單來說，桌上這付眼鏡是一具加強版的催眠儀器，它能夠將你的腦波強化千百倍之後，進而影響其他人的潛意識、七情六慾和思想記憶。」

「我們調查過你近視的度數，你戴戴看合不合適。」小魚這麼說。

「唔……」周祈半信半疑地取下自己的眼鏡，戴上這付「偷心眼鏡」。

「哇！」周祈只見鏡片閃動浮現出許多不明數字，角落浮動著幾個小小的分割畫面——這是一具內藏電腦晶片的智慧型眼鏡，早幾年只有在科幻電影裡或是漫畫裡才能見到。

「看到最上面那排數字嗎？那是你大腦的狀態。」小魚捧起桌上的筆記型電腦，開啓一個視窗，視窗上出現了與周祈所見幾乎一致的畫面——是智慧眼鏡上那微型鏡頭所攝得的畫面，且同樣顯示著眼鏡上那些數據和分割畫面。

「我的大腦……的狀態？」周祈見那數排數字不停跳動，他完全不明白那些數字代表什麼意思。

「我換一種呈現方式，你應該看得懂。」小魚在筆電上按了按。

周祈見那本來有如亂碼的數據切換成橫條，橫條上有些格狀。

這樣一來，他就看懂了。

這些橫條記號，看上去有點像手機的訊號格，或是wifi的訊號，又或是電玩遊戲裡的體力計量條，此時那排橫條呈現滿載，顯示他的大腦狀態十分健康。

「簡單來說，這是你的腦波頻率與偷心眼鏡的配合度。」小魚又按了按筆電，將那橫條切換成了百分比，這麼一來，周祈就更清楚這東西代表的意義了——此時他見到那百分比顯示著「97％」。

「我們在學校門口、捷運站外，偵測過很多很多人的腦波頻率。」小魚說：「目前與偷心眼鏡配合度超過70％的人，不超過十個；超過90％的，只有你。」

「這又代表什麼呢？」周祈不解地問。

「這代表，你是極少數能夠使用偷心眼鏡的人。」小魚說：「而戴著偷心眼鏡的你，會比當今世上最厲害的催眠大師，還要厲害千倍萬倍——催眠這項功夫，是透過言語暗示，間接影響人的潛意識；而偷心眼鏡則是將使用者腦波強化無數倍後，直接侵入對方大腦，控制對方情緒和記憶。」

「這麼厲害？」周祈皺了皺眉，露出不可思議的神情，他與小魚對望半晌，怯怯地說：「那……這眼鏡……你們想賣多少錢？需要囤貨嗎？要拉幾個下線才能升上藍鑽經理？」

「你說的是老鼠會。」小魚冷冷地說：「我們不搞這個。」

「那你們搞哪個？」周祈問。

「我們要你戴著偷心眼鏡，混入天靈集團，博取長官歡心，直到親自見到王茱瑛董事長。」小魚這麼說。

「你們要我……戴著一付能夠催眠別人的眼鏡，去天靈臥底，去見他們董事長？」周祈隱約明白這一老一少兩個古怪傢伙的意圖，他隱隱感到不安。「這聽起來……像是某種商業犯罪……」

「在偷心眼鏡的效力下，一切活動都是你情我願，怎麼會是犯罪呢？」老人扠著手，嘿嘿笑著。

「我們向你保證。」小魚則說：「接下來你所做的一切，不會觸及犯罪行爲——至少，不會留下證據；且整個過程，不會有人受傷、不會有人喪命。我們不是恐怖分子也不是犯罪集團，強爺只是想要和那些人做個了結。」

「了結……哼哼！」老人瞪大眼睛，聲音聽來像是壓抑著滿腔怒火，他沉沉地說：「天靈集團本該是我的，至少……我該擁有一半！我只是要拿回本來屬於我的東西。王茱瑛，妳等著！我許志強，就要東山再起——」

周祈望著那略顯激動的白袍老人，一時不知該接什麼話。

他透過眼鏡，見到老人與助理小魚的腦袋上都顯示著百分比。那百分比呈紫紅色，老人爲「13％」、小魚爲「4％」。

「好，我知道了。」周祈摘下眼鏡放回桌上，站起身朝著老人和小魚鞠了個躬。「我先走了，祝你們順利。」

「等等！」老人連忙說：「你先跟小魚約好前往天靈面試的時間，另外目前我們只造出一付偷心眼鏡，所以不能讓你帶回家，你得另外找時間練習。平時小魚會跟你保持聯絡……」

「等等！」周祈見老人口沫橫飛，連忙打斷他的話，說：「老先生，你好像沒搞清楚我的意思，你……還是另請高明吧。」

「什麼……」老人瞪大眼睛張大口，不解地望著周祈，說：「你不想跟我們合作？」

「對。」周祈點點頭。「我不知道你和天靈集團的王茱瑛有什麼恩怨，也不想知道……我只想平平淡淡地過我原本的日子。」

「你是說，你原本那個——」小魚操作著筆記型電腦，冷冷地說：「一事無成、渾渾噩噩、混吃等死、求職不順的廢物人生？」

「是又怎樣！」周祈盯著小魚，有些氣憤地說：「就算我的人生平凡無奇，也輪不到妳批評吧，妳……妳憑什麼干涉別人的人生，不幫你們工作，就是廢物嗎？」

「你是不是廢物我先保留。」小魚推了推眼鏡說：「不過我可以向你保證，宜君不喜歡廢物。」

宜君是周祈目前單戀的女孩。

他們大學同校四年，但他和她的交集，便只限於社群網站上偶爾簡單地互動。有時周祈會轉貼一些可愛動物趣聞，倘若宜君偶爾對他的貼文點了讚，他會為此高興大半天，還會因此去尋找更多類似的趣聞貼出。

「妳……妳怎麼知道宜君，她……她……」周祈聽小魚提起宜君，有種像是被人翻出藏在硬碟神祕角落裡的成人片般窘迫，他說：「別把我朋友牽扯進來！」

「朋友？」小魚冷笑說：「你確定人家有把你當成朋友？」

「當然有！」周祈握緊拳頭說：「妳又不認識她，妳也不認識我，妳根本不知道我們之間的關係！」

「你們之間的關係？」小魚笑得更大聲了，說：「你是指一週兩到三次，在網路上連客套都算不上的留言和讚？如果這算『關係』，那麼她週末要和早兩年畢業的學長相約吃飯、討論換新工作的事情，且他們之前已經看過好多次電影、吃過好多次飯、欣賞過好多次夜景，他們之間，又算什麼關係呢？」

小魚點開一個資料夾，裡頭是幾張宜君和學長約會、吃飯時的自拍合照，那學長西裝筆挺、相貌堂堂，儼然一副社會菁英階層的模樣。

「什麼！」周祈從來也沒聽說這樣的事情——他對宜君的了解，自然僅限於她在社群網站上的貼文，他只知道宜君不時會與三、五同性好友相約吃飯，並不知道她身邊原來有這麼一位學長密友。他自認對宜君的貼文如數家珍，記得她近期貼出的每一張照片，從來也沒見過她與這位學長的合照。他有些焦急地說：「妳妳妳……怎麼知道她平時的交友狀況？妳認識她？」

「她不認識我，但我知道她不少事。」小魚哼哼地說：「就像我知道你很多事一樣，剛剛強爺提過有關於你的一切習慣，都是我調查出來的。」

「小魚是天才中的天才喔，是我的左右手。她不但對腦神經工程、電機資工都有一套，還是個一流駭客。」被小魚稱作「強爺」的老人在一旁點頭幫腔，交叉環胸的手豎了豎大拇指。

「駭客？原來如此，你……你們侵入我的電腦、侵入宜君電腦，偷窺我們的隱私！」周祈瞪大眼睛，捏緊拳頭說：「你們這是犯罪！」

「犯罪？就當是好囉。」小魚聳聳肩，又點開一個資料夾，開啓幾張照片，大都是些赤身裸體的男女，在床上或各種地方糾纏成一體的照片；有從遠處偷拍的照片，也有相擁自拍的照片——

照片裡的男人，全是那學長，女人則各個不同。

周祈遠遠見了，兩顆眼珠子瞪得幾乎要從眼眶中飛出來，他撲到筆記型電腦前瞧了個仔細，確定照片中的女人都不是宜君，這才稍微鬆了口氣。

「如果用小小的、微不足道的犯罪，阻止某些壞人做更大的壞事，算是好，還是不好呢？」小魚推了推厚重眼鏡問。

「妳……妳到底想講什麼？宜君和這男人到底是什麼關係？」周祈臉色蒼白地望著小魚。

「他們目前應該算是獵人和獵物的關係吧。」小魚笑了笑，說：「我知道你腦筋不好，我用最簡單的方式讓你明白——這位學長呢，比你們早畢業兩年，是某間小型直銷公司的創辦人，他專門鎖定那些剛出社會的年輕妹妹，拉她們當下線。他不但享用她們提供的業績，也享用她們的身體。」

「有……有這麼好的事？」周祈不敢置信地說：「那些女生都不知道他的目的嗎？」

「有的知道、有的不知道、有的一知半解，但那又如何呢？」小魚嘿嘿笑地點開從那學長社群帳號中抓下的生活照片，說：「又高又帥，開好車戴名錶，更重要的是，他還有一條三寸不爛之舌。外表、財富加上一張厲害的嘴巴，那些剛出社會的新鮮妹妹怎麼抵擋得了呢？」

「所以……所以……」周祈只覺得口乾舌燥。「他……接下來的目標是宜君？」

「他下一個目標有很多人，宜君只是其中之一而已。」小魚說：「他習慣記錄他和她們的房事經過，不但可以回味，還能作爲把柄——讓她們即便離開他，也不敢揭露他的作爲。」

「我……我不相信宜君會上他的當！」周祈有氣無力地說：「她……她不是這種女孩。」

「你虛弱的說話聲音透露出你虛弱的信心。」小魚笑了笑說：「她不算太笨，但會不會一時被愛情蒙蔽了雙眼，誰知道呢？」

「那怎麼能算是愛情！」周祈恨恨地說：「那男的根本是愛情騙子呀！」

「對受騙上當的人而言，在謊言被拆穿之前，眼裡見到的愛情，和眞正的愛情，有分別嗎？」小魚說：「而現在，只有你有這個力量能夠拆穿這個騙子的謊言，你的意願呢？」

「只有我有力量？不是吧！」周祈說：「妳可以把照片公開啊，讓大家知道這個壞蛋的眞面目。」

「這是犯罪呀。」小魚推了推眼鏡。「你想毀了那些女孩嗎?況且,如果我再晚兩個月公布,說不定宜君的照片也在裡面囉——如果你想更漂亮地拯救你的心上人,最好的辦法,就是戴上偷心眼鏡,發揮你的天賦,來個浪漫的英雄救美吧。」

「……」周祈警覺地望著小魚和強爺。「你們說來說去,就是想要我替你們做事……」

「你自己考慮吧。」小魚關上那些照片,開啓社群網站頁面,敲了敲鍵盤,用她自己的個人帳號傳了一則訊息至周祈的帳號裡。

「你回去考慮一下,願意的話,就照著我傳給你的時間地點來跟我會合。」小魚敲著鍵盤,冷冷地說:「如果眼看著喜歡的人受害,也沒有挺身而出的勇氣,那麼腦波再怎麼適合偷心眼鏡,也不會是我們這行動的適合人選,只是個普通的廢物而已。」

# 02

早上七點五十三分，天空密雲無雨，周祈站在某個捷運站出口，靜靜地等著小魚。

這時間比小魚傳給他的對話訊息裡指示的還早了七分鐘。

他其實不記得自己那個社群帳號曾經同意過小魚的交友邀約——而他也大約猜出答案，小魚是個駭客，她盜用周祈的帳號來同意自己的交友邀請，神不知鬼不覺地變成了他的社群好友，暗中監視他。

由於周祈對於電腦資訊安全的常識接近於零，且時常因爲手機遊戲而四處結交各路陌生網友，他那社群帳號的好友來來去去，因此他完全沒有察覺小魚早已混入了他社群交友名單中。

至於小魚駭入他電腦主機和視訊鏡頭，監控他硬碟裡成人影片的類型和一切私密習慣，是在他們成爲社群好友之前還是之後，已經不重要了。

他一夜輾轉難眠，因而此時他的臉色顯得蒼白難看。

他整晚斷斷續續地透過社群帳號詢問小魚許多問題，有關於他的問題、有關於宜君的問題、有關於那強爺的問題。

也有關於偷心眼鏡的問題。

令他有些意外的是，小魚有問必答，且答得十分迅速，也就是說，小魚和他一樣，整夜都守在電腦前。

他從那零星片段的問答當中，拼湊出一個模模糊糊的前因始末——

天靈集團是近年在全球小有名氣的生技集團，而天靈集團的前身，是歐洲某個學術單位附設的腦神經科學研究室，整個研究室裡的成員大都是華人。

當年這間研究室裡有兩名領導人物，其中一人，就是周祈前一天在那古怪公寓裡見到的白袍老人；另一人，是當今天靈集團董事長王茱瑛。

這神祕的腦神經科學研究室，後來離開學術單位，自立門戶，與各地藥廠合作，推出一系列腦部相關的藥物，累積了些許資本。跟著，在某一年，趁著某間合作藥廠內部危機的當下，併購買下該藥廠，改名為「天靈製藥」。

數十年來，天靈蓬勃發展，從生技製藥、醫療用品，擴展到能源、電子、金融、保險、運輸，甚至是房地產，變成了全球知名的巨大財團。

然而當年研究室在併購藥廠之後，強爺與王茱瑛及其他夥伴，則因為研究室未來的營運方針出現了嚴重的意見分歧。

強爺堅持將大多數資源投入研究室原本的腦神經工程領域，但王茱瑛卻說服了研究室其他成員，強制中斷幾項當時強爺醉心鑽研的腦神經研究計畫，將全部資源投注在藥廠生意上。

兩人從此決裂。

王茱瑛同意購回強爺手中全部持股，強爺帶著現金，與研究室分道揚鑣，成立了自己的私人研究室，兩方從此再不往來；而王茱瑛也成為天靈製藥中的唯一領頭，一手打造出後來名聲遠播的天靈集團。

「哦，沒想到你挺守時的。」

小魚的聲音自周祈背後響起。

「哇！」周祈回頭，見到小魚的穿著，與昨天相去不遠——一身連身工作服，戴著粗框眼鏡，留著那像是古裝武俠劇孩童般的兩顆包包髮髻，只是將工業口罩換成了一個小熊圖案的口罩，且還揹著一個大背包。他問：「妳老戴著口罩幹嘛？妳感冒了？」

「你昨天見到的那些儀器都是我親手製造，我們工作室堆著一大堆工業用藥水，我得做許多焊接工作，在工作室裡戴著口罩，是擔心氣管跟肺壞掉。」小魚推了推眼鏡，說：「現在我戴著口罩，是因爲不想曝光，你可以使用偷心眼鏡控制別人腦波，但我沒辦法，我可不想被天靈集團的人盯上——你以爲我喜歡穿成這樣嗎？」

周祈攤了攤手，不置可否，他說：「好吧，妳說的那偷心眼鏡到底怎麼用？控制別人腦波？變成催眠大師？聽起來很厲害的樣子……」

小魚沒有答話，只伸出食指在口罩前比了個「小聲點」的手勢，跟著往前走遠，還回頭對他勾了勾手指，示意他跟上來。

周祈莫可奈何，只得跟著小魚，來到一處較爲靜僻的死巷裡。

小魚從隨身背包翻出一個眼鏡盒，取出那付偷心眼鏡遞給周祈。

周祈接過那粗框眼鏡仔細瞧了瞧，只見眼鏡兩側鏡腳既寬且厚，除此之外，與一般正常眼鏡相差無幾。

他戴上眼鏡，眼前立刻浮現出一些數字，同時，經過他面前的每個人，頭上都有一個淺色的方形框框。

他發現只要自己盯著哪個人，那人頭上的淺色框框就會加深且快速閃動起來。

「偷心眼鏡使用的是瞳孔追跡模式，你可以直接用視線來操縱眼鏡。」小魚這麼解釋。「簡單來說，你可以把自己的視線當成滑鼠游標，眨左眼就是左鍵，眨右眼就是右鍵——當然，爲了不妨礙正常眨眼，你得設定一套專屬的操作動作——例如連眨三下右眼就是『確認』；閉著右眼眨左眼就是『取消』，這是初始設定，你也可以依照自己的習慣修改。」

「這麼高科技……」周祈摘下眼鏡左右翻看，只見不管鏡片正反面，都看不見那些數字和分割畫面，只有戴著眼鏡時，才能從看見眼鏡上的顯示畫面。

「你不用擔心別人發現鏡片上那些數字和訊息，這眼鏡有多重防護，不但從正面看不到鏡片上任何顯示；就算站在你背後，也會因爲角度跟距離的關係，看不見鏡片上任何訊息——另外我將你的虹膜特徵跟腦波頻率同時設定成這眼鏡的專屬鑰匙，只有當你本人戴上時，眼鏡才會啓動。」

「等等，你們怎麼會有我的虹膜特徵？」周祈不解地問。

「你昨天戴上眼鏡時，眼鏡上的瞳孔追跡系統，就取得你的虹膜特徵啦。」小魚答，跟著揚了揚手上的眼鏡盒，從眼鏡盒底部撥開一片暗蓋，翻出一截插頭，說：「別小看這個眼鏡盒，眼鏡盒也是有作用的。」

「偷心眼鏡可以長時間待機，但當成智慧型眼鏡使用時，大約只能使用四、五個小時；而一旦正式啓動腦波控制，則十分耗電，只能連續使用半小時左右。」小魚說明起那眼鏡盒的作用。「所以這眼鏡盒你千萬要保管好，這是能無線充電的行動電源，只要將眼鏡擺在距離眼鏡盒三十公分範圍內就能自動充電——而眼鏡的電力變化，你可以在眼鏡螢幕上看見。」

「哦，眞的耶！」周祈見到螢幕右上角有個電力標示，目前電力爲100％，他狐疑地望向小魚：「這眼鏡就是你們在那破地方發明的？」

「那地方雖然破，但是專業得很。」小魚說：「別忘了當年強爺離開天靈前身的研究室，可是帶走一筆資金。他花了幾十年，把全部的身家都壓在這偷心眼鏡上了——強爺認識一些電子廠商，可以替他客製化少量零組件，我負責組裝，這並不難。」

「嗯……」周祈聳聳肩，說：「妳不介意我講句公道話吧。」

「你講。」小魚不以爲意。

「那老頭……強爺。」周祈說：「當初是他自己要自立門戶的，也拿走了屬於他的錢，現在錢花完了，才想要找天靈集團麻煩，這不太對吧。」

「強爺認爲當初是王茱瑛設計逼他離開研究室，他覺得天靈集團能有今天的成績，他有極大的功勞，這功勞遠遠超過他當初拿走的資金。」小魚說：「不只如此，強爺還懷疑王茱瑛想對他不利，想搶在她動手前，先下手爲強。」

「對他不利？」周祈皺著眉頭問。「妳說的天靈集團董事長王茱瑛，現在應該也是老太太了吧，她功成名就，再過幾年就要退休了，幹嘛對強爺不利？」

「誰知道呢。」小魚厚重眼鏡後的眼睛微微瞇起，像是在笑。「強爺老是覺得王茱瑛派人監視著他的一舉一動。他平常很少出門，都由我替他打點三餐——只是有些時候，他會忘記這件事情，不小心在外面遊蕩一陣子之後，才打電話向我求救。」

「……」周祈啞然失笑：「我覺得他更需要一位醫生……」

「我這麼建議過他，但他認爲王茱瑛很可能收買了所有的醫生和護士，會在他的藥裡動手腳——總之呢，盯他吃藥是一件很麻煩的事情，快比研發這眼鏡還麻煩。」小魚攤手說：「反正我在他那間研究室擔任行政助理、工程技師、電腦維修員加資安管理員，再兼會計和二十四小時看護，現在還要帶你出外勤。」

「妳也太厲害了，一個人當十個人用。」周祈聽小魚身兼數職不禁有些佩服，好奇問：「強爺給妳的薪水很高喔？」

「你錯了，強爺給我的薪水一點都不高。」小魚笑著說：「但強爺爲了這個計畫，特別立下遺囑，要是他有個萬一，他的研究室跟一切資產都會留給我。」

「那破研究室？」周祈呆了呆。「妳就爲了那間房子？」

「那間房子？你忘了我們的任務，是要從天靈集團奪下『一半』資產嗎？一半的天靈集團耶，你想想有多大？」小魚揮開手畫了個大圓。

「妳眞的覺得可以從天靈集團拿走一半資產？」周祈抓著頭，只覺得強爺和小魚的想法未免樂觀過頭了，他指了指臉上的眼鏡，說：「就靠……就靠這付眼鏡？」

「就靠這付眼鏡。」小魚點點頭。

「好吧……算我倒楣被你們看上，我先說好，我陪你們玩這無聊的遊戲，妳得幫我想辦法救宜君……」周祈雖然不想介入這古怪老科學家與巨大財團間的恩怨，但他覺得在心上人宜君一步步踏進那直銷學長用以拍攝性愛影片的浪漫小愛巢之前，自己必須做些什麼。

「什麼倒楣？什麼陪我們玩遊戲？」小魚不悅地說：「我們幫助你成爲天靈集團正式員工，這是一份你憑實力絕對應徵不來的工作，就算你之後不想幹，或是沒有能力幹下去，憑著這段資歷，對你之後求職也有幫助，你一點也不吃虧啊！」

「妳駭進我的電腦，暗中監視我一舉一動，連我看……什麼片子妳都知道。」周祈瞪大眼睛說：「我怎麼會不吃虧？」

「吃虧的是我好不好！」小魚大聲說：「你以爲我喜歡盯著你看A片的醜樣子，還要記錄你打手槍的次數和習慣嗎？是強爺要我這麼做的！我們想找出你的腦波狀態和日常習慣之間的關聯性。」

「停停停！我不想跟妳爭這個……」周祈不想繼續與小魚在外高談闊論他平時獨處房中的私密舉動，只好無奈地轉移話題。「現在我們要去天靈面試了嗎？」

「我先帶你練習偷心眼鏡的效果，不然面試過不了。」小魚這麼說，領著周祈走出那靜僻小巷弄，指了指周遭路人，說：「你看得見大家頭上的百分比，有高有低，對吧。」

「對。」周祈透過那偷心眼鏡，確實見到每個人的頭頂上都有個小小浮動的百分比，大多數人，都介於75％到95％之間。

「偷心眼鏡可以偵測幾十公尺內的人類腦波活動。」小魚解釋：「那個百分比是他們與偷心眼鏡間的『腦波契合度』——契合度越高的人，越容易受到控制；而契合度越低的人，則不容易受到影響。有些人的大腦天生就不太容易受人影響。」

「哇……」周祈盯著小魚，驚呼說：「妳只有4%？妳大腦抵抗力這麼強？」

「不。」小魚指了指自己頭頂右邊那顆包包髮髻。「我的髮髻裡綁著小型的防護裝置，不受偷心眼鏡影響——這是因爲我必須時時刻刻維持心智清醒，才能順利協助你行動，要是連我也被控制，那豈不是麻煩大了——醜話說在前面，我提醒你，我是柔道黑帶，且習慣隨身帶著各種防身工具喔。」小魚這麼說的時候，停下腳步，抬頭盯著周祈，從連身工作服其中一個口袋裡，輕輕推出一柄摺疊刀，俐落甩出刀刃，抵向他下巴，對他說：「你千萬別打歪主意喔。」

「我……我打什麼歪主意？」周祈慌張地舉起雙手做出投降狀。

「誰知道呢？」小魚冷笑了笑說：「等你見識到偷心眼鏡的威力之後，誰知道你會不會動歪腦筋。」

「到現在爲止，這眼鏡除了跳出一堆數字外，也不曉得到底厲害在哪裡。」周祈哼哼地說。

「你看。」小魚揚手，指著斜前方一間便利商店。

周祈順著小魚手勢望去，透過便利商店透明大窗，見到櫃檯裡的店員，是個樣貌清秀的年輕女孩。

「去向她要電話。」小魚帶著周祈，往那便利商店走去。「你曾經向女孩子要過電話嗎？」

「要過啊……」周祈答。

「有成功過嗎？」小魚問。

「有……有啊！」周祈答得有些心虛，他見小魚露出懷疑的神情，便說：「也不一定每次都成功，但眞的有成功啊，幹嘛……妳瞧不起我啊？」

「是我不好，我不該小看你的魅力，不過既然你這麼有魅力，向女孩要電話這件事，對你來說難度有點低，顯示不出眼鏡的厲害。」小魚嘿嘿一笑，露出狡獪的神情，東張西望，說：「那你向流氓要過電話嗎？」

「流氓？」周祈呆了呆，只聽到叮咚一聲，小魚已將他拉進便利商店，來到用餐座位坐下。

他左顧右盼，果然見到雜誌區佇著兩名胳臂上刺龍畫鳳、戴金項鍊，看起來像是道上兄弟的男人。

一旁的小魚俐落地從背包中取出筆記型電腦，揭開，操作半晌，按出了一個影像畫面——畫面正是周祈眼鏡攝得的畫面。

「我可以透過眼鏡前方的微型攝影機，看見你看見的一切。」小魚說：「試著鎖定那兩個老兄。」

「鎖……鎖定？」周祈手足無措、視線亂飄，眼鏡上的游標也左右亂掃，回想著剛剛小魚的說明。「妳說……眨右眼三下，就能鎖定目標？」

「別緊張。」小魚低聲說：「你先把游標移到兩位老兄臉上，他們頭上的鎖定框會開始閃爍，你再連續眨眼三下，完成鎖定。」

「呃……」周祈吸了口氣，照著小魚的指示，將視線游標放在兩人中那高個頭的刺青男臉上，鏡片上那男人頭頂的鎖定方框果然飛快閃爍起來。

他快速眨眼。

沒有任何動靜。

「你只眨了兩下呀。」小魚說。

「什麼？兩下？」周祈有些緊張，再次盯著那男人眨眼，眼鏡還是沒有任何反應。

「節奏不對！三下要一樣快，你有沒有音樂細胞呀。」小魚有些不耐。「要眨到底、果斷一點、乾淨俐落！」

「嘖……」周祈不停眨眼，只見男人頭上方框持續閃爍，而他一直無法順利完成鎖定，不是多眨一下，就是其中一下太快或是太慢，又或是其中兩下拖泥帶水眨得不夠果斷——他這輩子從來不曾思索過「果斷地眨眼睛」這種概念。

「技術有夠爛耶，你不是電玩高手兼幻想大師嗎？現在你擁有一種超級武器卻用得亂七八糟？」小魚譏諷地說，突然見到螢幕上周祈的視線游標像是暈船般胡亂飄動起來，從那兩名流氓模樣的男人臉上，轉移到身邊架子上的泡麵，再盯上零食，最後轉移到她面前的電腦螢幕上，使得那螢幕出現了有如鏡面互映般層層重複的畫面。

「你幹嘛？」小魚抬頭望著周祈。

「他……他們在看我，他們注意到我了。」周祈低聲說。

「注意你又怎樣。」小魚說：「快鎖定他們，不然怎麼控制他們大腦。」

「嘖！」周祈只得再次將視線轉向兩個刺青男人。

他們也盯著他。

「有事嗎？」矮個刺青男人脖子往前一挺，一雙眼睛瞪得極大，瞪向周祈。

「沒事沒事……」周祈搖搖頭，視線再次飄移晃遠，還是沒能順利鎖定兩人。

「你眞沒用耶。」小魚埋怨。「你這樣怎麼救你的心上人，難道那位學長摟著宜君脫她衣服時，你也說沒事沒事嗎？」

「唔……」周祈聽小魚這麼說，只好再次將視線轉向兩個刺青男。

「你到底在看三小？」高個刺青男人吸了口氣，高聲叱問。

矮個刺青男則朝著周祈大步走來。

周祈慌了手腳，視線游標亂竄起來，在兩個男人臉上游移不定，這個眨兩下眼，那個眨三下眼。

「你眼睛是怎樣？你是對我們有什麼意見呀？」兩人來到周祈面前，大力拍了拍他肩膀。

「沒……我對你們……沒有意見……」周祈腦袋一片空白。

「兩位大哥，他覺得你們手臂上的刺青很帥，想問你們在哪裡刺的，但是又不好意思開口問。」小魚抬起頭，笑嘻嘻地說：「他怕你們打他。」

「哦——」矮個刺青男和高個刺青男相望一眼，哈哈一笑。「他以爲我們是流氓啦。」

「他第六感很準喔，我們眞的是流氓耶。」高個刺青男哈哈笑著，伸手在周祈臉上拍了幾下。

他拍一下，周祈眼睛就眨一下。

完成鎖定。

周祈見到高個男頭頂上的方框呈現亮青色，知道終於成功鎖定，趕快將視線轉向矮個男臉上；剛剛高個男那挑釁的巴掌節奏，猶自清晰記憶在他臉頰上，幫助他順利地鎖定了矮個男。

「小妹妹，妳對我們刺青有興趣喔？想知道在哪邊刺的，我帶妳去啊。」高個刺青男摸了摸小魚的頭，伸手想摘她口罩。

「鎖定完成。」小魚盯著電腦，同時撥開高個刺青男的手，轉頭對周祈說：「他們現在是你的人了，你隨意吧……」

「隨意？」周祈正疑惑中，只覺得眉心發出一陣奇異麻癢——就像是將手指擺在眼前，緩緩接近眉心時那種麻癢，但強烈許多——

偷心眼鏡開始運作。

「哎喲，幹嘛啦妹妹，讓我看看妳的臉呀，妳眼睛應該很漂亮吧，怎麼戴這麼醜的眼鏡，妳頭上的包包好可愛喔……」那高個刺青男被小魚撥開手，又嘻嘻嘿嘿地將手伸向小魚頭頂那包包髮髻——立刻被小魚用雙手大力扣住手腕，往反方向扭轉。

儘管高個刺青男的個頭比小魚高出一個頭，力氣更大上不少，但嬉鬧之間可沒料到眼前這口罩女孩竟然能夠俐落使出擒拿手法，將他的手腕扭至會產生劇痛的角度。

「哇！」高個刺青男哀號，隨著小魚施力的方向彎膝倒地，隨即硬抽回手，憤怒站起。

小魚已經躲到了周祈身後。

「等等、等等！」周祈連忙抬起手，嚷嚷地說：「別動手呀兩位大哥。」

「幹，是她先動手的！」矮個刺青男大力地往周祈胸口推了一把，將周祈推開好幾步，正要追去，卻被小魚扔來一只罐頭打中鼻子，痛得摀著臉彎下腰。

「妳幹嘛這樣！」周祈見小魚出手毫不猶豫，竟丟罐頭砸臉，且丟得十分大力，一副故意想把事情鬧大的模樣，不禁駭然大驚。

「你不說話，怎麼控制他們？」小魚大力拍了拍周祈腦袋。「快照著我的話說，不然等著挨揍吧你！」

「媽的，你們這兩個傢伙……」高個刺青男見小魚竟然用罐頭扔他兄弟，氣得大步跨來，揚拳就要往周祈揍。

「叫他們住手！」小魚沉聲指示。

「住手！」周祈大喊。

高個刺青男的拳頭陡然在周祈鼻子數吋前停下。

「唔……」矮個刺青男摀著臉站直身子，鼻血從他掌後落下，他不解地埋怨高個刺青男。「你幹嘛聽他的？」

「因爲他是你們大哥！」小魚伸手戳了戳周祈臉蛋，對一高一矮兩人這麼說，跟著低聲對周祈說：「偷心眼鏡鎖定目標後，會將你的腦波放大千百倍，強制侵入對方大腦，影響心智。現在不論你說什麼，他們都會相信。說服他們，讓他們相信你眞的是他們大哥。」

「原來是這樣……妳之前不說清楚！」周祈終於明白偷心眼鏡的用法，立刻對著眼前那一高一矮的刺青男說：「你……你們這兩個臭俗辣，不認得我了嗎？連大哥都敢打？大逆不道！」

「大……哥？」高個刺青男露出迷惑的神情，後退一步，側頭低聲問那矮個刺青男。

「他……是我們的大哥？」

「我們大哥……不是黑熊嗎？」矮個刺青男抓著頭，露出一臉困惑的模樣。

「隨便說什麼都行，鬼扯也行。」小魚低聲對周祈說。「發揮你的想像力，但不論你說什麼，一定要有信心、有氣勢，要是你信心不夠，說服力也會下降。」

「黑熊早就跟了我！」周祈豎起大拇指，在自己胸口上抵了抵。「我是五湖四海各路大哥的頂頭大哥，是大哥中的大哥；不但黑熊認我當大哥，連黑熊的爸爸和爺爺都認我當大哥，連你們的爸爸和爺爺都認我是大哥，其實你們從小到大的學費都是我付的……你們忘記了嗎？」

「什麼！」高個刺青男和矮個刺青男相望一眼，露出半夢半醒的神情，他們互望、口唇發顫，露出了「自己竟然會忘記這麼重要的一件事」的慌張神情。

「大……大哥大……對不起……」兩人撲通兩聲，一左一右先後跪下，顫抖地往前挪移，抱著周祈雙腿說：「我……我們沒認出你，是我們不好，你……」

「別這樣，起來吧，不知者無罪。」周祈推開兩人，說：「報上你們的名字和電話。」

「我是高腳虎。」「大哥大，我……我矮腳虎。」

高腳虎和矮腳虎乖乖報上了自己的外號、本名和電話。

「叫他們滾吧，還有叫他們以後不要隨便欺負人，跟人講話都要客客氣氣的。」小魚這麼說。

「這次我不怪你們，你們可以離開了。」周祈這麼說。「以後待人要有禮貌，不准隨便打人，你們的拳頭是屬於大哥大的，不可以隨便亂用，懂嗎？」

「是、是……」高腳虎和矮腳虎露出了感激的神情，連滾帶爬地逃出了便利商店，留下整店錯愕的客人和店員。

「用最快的速度鎖定所有人，這也是練習的一部分，你得學習善後收尾。」小魚跟著說：「告訴他們，你在排戲，要他們別放在心上。」

「各位——」周祈吸了口氣，飛快將視線掃過眾人，連連眨眼，一一鎖定店裡所有客人，安撫大家情緒。

然後，他們大搖大擺地走出便利商店。

「怎樣，很簡單吧。」小魚這麼說。

「如果妳一開始講清楚用法，那更簡單。」周祈哼哼地說。

「我怕你一下子吸收不了這麼多訊息。我想讓你在實戰中學習成長。」小魚嘿嘿地說：「人在緊迫的環境中，潛力會無窮發揮——你的精神也會更加集中，腦波的品質也會更好。」

「那現在呢？」周祈問。「要去面試了嗎？」

「不。」小魚搖搖頭。「面試的時間是下午兩點，我們多練習幾次，更熟練點。」

「下午兩點面試，現在才早上八點……妳也約太早了！」周祈抱怨幾句，卻還是照著小魚的指示，繼續在街上尋找目標，練習控制別人大腦。

03

「先生，你可以試著站起來，跳幾下嗎？」

周祈單膝蹲在一個乞丐面前，凝視著他。

天橋下車流來來往往，天橋上行人往往來來。伏在天橋角落的乞丐，全身髒臭、一身破衣，身旁擺著一個碗，碗裡有些零錢。

「啊？」乞丐微微仰頭，望著周祈，跟著連連搖頭，指著自己的雙腳，噫噫啊啊地發出意義不明的聲音。

「只有73%……」小魚單手托著筆記型電腦，站在周祈身旁，望著螢幕裡那乞丐腦袋上的百分比——百分比數字越高者，越容易受到偷心眼鏡控制；而數字較低者，則較不容易受控制。她說：「你看過許多戰爭電影裡，在兩軍開戰之前，通常都會有個帶頭的對全軍喊話、鼓舞士氣，對吧。你試著讓自己和他們一樣，講話鏗鏘有力地。」

「……」周祈望著眼前乞丐腦袋上閃爍的鎖定記號，和剛剛高矮雙虎那耀眼的亮青色相較起來，是略微黯淡的抹茶綠色。

他見過這乞丐許多次。

他曾經見過這乞丐在人較少的時候站起來行走的樣子，甚至見到他愛人來接他的模樣，他愛人似乎是在市區另一帶混跡的流鶯。

其實很多人也都見過，但是似乎沒有人有意揭發他。

「你不應該這樣子，你看看大家。」他望著乞丐眼睛，舉起手指著天橋上熙攘往來的行人，說：「每一個人都匆匆忙忙，他們準備去工作，會走過這座橋的人，大都並不富有，但大家仍然那麼努力地工作。你呢？你有手有腳，你的雙腳根本完好無缺，不是嗎？你忘了在很小很小的時候，你的爸爸媽媽、老師同學，也曾經對你有所期待嗎？你忘了當你被老師叫上講台領獎的時候，同學給你的歡呼嗎？你忘了以前考試一百分的時候，父母抱著你親的開心模樣嗎？你忘了自己曾經很優秀嗎？」

「我……我……」那乞丐仰著頭，眼裡閃爍起滾滾淚光，嘟嘟囔囔地說起話：「我……考過一百分？我……上台領過……獎？」

「喲。」小魚噗哧一笑。「原來會說話嘛。」

「有！你當然有！」周祈雙手按著乞丐的肩，緊盯著他的雙眼。

他雖然曾經見過這乞丐站起來行走，知道他跛樣是裝出來的，但自然不可能知道這乞丐小時候考試幾分，甚至連他究竟有沒有上過課都不知道。

但他不須要知道。

他只要告訴乞丐，乞丐就會相信；他正在替乞丐塑造新的記憶。

這乞丐的腦波契合度雖然不是太高，但也不算太低。

「你的眼睛告訴我，你的心早已經蠢蠢欲動了！」周祈這麼說。

「我的眼睛……告訴你……」乞丐身子微微顫抖，他的腦袋混亂成一片。

他覺得周祈的話像是迴盪在高山間的一聲聲鐘鳴，噹噹噹噹地敲進他心坎兒裡。

在此之前，乞丐的內心早就被層層臭土爛泥枯藤碎石子裹得密不透風，又像是封印在棺木裡的蔭屍般陰暗灰冷；但不知怎地，周祈此時說的每一個字，似乎有股力量，能夠扒開臭土、剪斷枯藤、撬開棺木。

漸漸地、漸漸地搖醒了這具蔭屍。

乞丐覺得有股酸酸的感覺從腹間滾上胸膛，再從喉頭竄進鼻腔和雙眼。

「我小時候……我爸爸媽媽……」他熱淚盈眶。

「你沒有忘記，自己一直要做個有用的人！」周祈睜大眼睛說。

「我……我忘啦……」乞丐嗚嗚哭了起來。「我忘記了……」

「但是你現在想起來了！」周祈托著乞丐的雙臂，試圖攙扶他站起，一面鼓勵地說：「你的腿沒有壞，可以跑可以跳，還可以罰球線起跳灌籃！可以參加灌籃大賽了，保證拿到冠軍！」

「我……我可以罰球線起跳灌籃？我可以參加灌籃大賽？」乞丐眼睛閃閃發亮地望著自己的雙腿，緩緩地站起身，神情有些激動。

「喂！你別害他真跑去灌籃結果把腿摔斷了。」小魚在一旁提醒。

「好啦，我亂講的，你其實不能灌籃，別亂灌喔……」周祈只好改口說：「但我接下來講的你要仔細聽好——你行的，你絕對可以當一個對社會有幫助的人，這比罰球線灌籃還厲害喔！」

「我可以……當一個……對社會有幫助的人？」乞丐望著周祈。

「可以，你可以的！」周祈也激動地說：「你是好人，你有好心腸，你誠實可靠，你有無窮潛力。你已經下定決心，要跨出第一步了，你急著回家好好洗個澡，剪短頭髮、鬍子，換上乾淨衣服，買份報紙，找一份正當工作——你迫不及待，要當一個有用的人！」

「我……我迫不及待，當一個……有用的人……」乞丐顫抖地抹著淚，收拾一地家當，往天橋的另一端奔跑，還不時回頭向周祈喊：「我迫不及待，當個有用的人！」

周祈有些感動地向乞丐搖手道別，回頭望著小魚說：「真是太棒了，下一個目標妳挑好了嗎？」

「不錯不錯，太感人了，你練習得差不多了，可以正式上場了。」小魚像是看飽了相聲般，心滿意足地指了指手機時間——

一點三十五分。

距離面試時間，還有二十五分鐘。

「喔，要正式上場了嗎！」周祈有些緊張、有些興奮，他覺得自己已相當熟稔這眼鏡的用法了——在感化乞丐之前，他開導了一個要賴不願上學的孩子、斥責了幾個恐嚇學弟的高中生、安撫了一對吵架的情侶、調解了一起行車糾紛……

周祈覺得自己的嘴巴，彷彿變成了神的嘴巴。

只要他開口，大家就會信。

「電力還剩23％。」周祈摘下偷心眼鏡，將之放入那具有無線充電功能的眼鏡盒中，眼鏡盒上一處不起眼的小標示上，有顆小燈號微微亮起橙光——一旦小燈由橙轉青，便充電完成。

「剛剛那個乞丐，真的去找工作了嗎？下次再經過這個地方，還會看到他在這討錢嗎？」周祈與小魚往天橋下走，回頭望了望那乞丐原本窩身乞討處。

「誰知道呢？」小魚聳聳肩說：「每個人被影響的時間長短不一，有些人長些、有些人短些；這與那人本身個性和認知大有關聯，如果你說的話違反了他的本性，那麼他打回原形的時間就快很多，說不定晚上又跑回天橋了；但如果他身體裡真的流著勤奮的血，那麼你剛剛那番話，或許就是打開他心鎖的鑰匙，讓他變成一個全新的人。」

「哈哈，『打開心鎖的鑰匙』，聽起來好文青喔。」周祈打著哈哈。

「你也挺厲害的呀，進步得比我想像中還快，不愧是電玩高手。」小魚哼哼地說：「更是一個——潛力十足的小說家。」

「唔！」周祈瞪大眼睛、停下腳步，羞惱地望著小魚。「妳、妳……妳偷看過我寫的東西！」

「對呀。」小魚點點頭。「我不是跟你說過了嗎？我駭進你的電腦，控制了你的視訊攝影機，監視了你好長一段時間，你在房間裡的一舉一動，我全部都知道呀。」

「我……我……」周祈漲紅了臉。「我以為妳只看到我打電動跟打手槍……妳竟然還偷看我寫東西！」

「幹嘛啊！」小魚打了個哈哈，說：「怎麼被人發現你寫小說，比被人發現你打手槍反應還大，原來你並不是那麼介意被人發現打手槍這件事呀！」

「誰說我不介意！誰喜歡做……那件事的時候，被人盯著看啊！」周祈瞪大眼睛說：「而且……誰……誰說我在寫小說了，我只是寫好玩的，我亂寫的……那根本不是小說！」

「不是小說？」小魚咦了一聲，取出手機點點按按，開啓一份檔案，朗誦起來：「雷小火憤怒擊出一拳，將攔在眼前的七名冥界使者全轟殺成灰燼……」

「喂喂喂！」周祈連忙上前想摀小魚嘴巴，卻被小魚使出擒拿手法，揪著手腕拐倒在地。

「你想幹什麼，我不是說不准你隨便碰我頭髮和身體嗎？」小魚收起手機。

「誰要碰妳身體啦，妳幹嘛唸我寫的東西啦，爲什麼妳手機裡有我寫的東西！」周祈氣憤地說：「妳……妳這樣太過分了，妳侵犯我的隱私耶！」

「因爲呀……」小魚嘻嘻笑地答：「寫作能夠呈現出一個人的內心世界——雖然一流的作家能夠自在地控制作品和自身思想的連繫程度，巧妙而精準地隱藏或是敞開自己的心，但你沒有那麼專業，所以你的小說很眞誠地透露出你的全部，讓我更了解你，這才能更有效率地分析你的大腦，進而幫助你的任務呀——而且，我眞的覺得你寫的小說很好看嘛，所以才存在手機裡多看幾遍嘛。」

「是嗎？」周祈本來羞惱至極，但聽小魚稱讚他寫的好看，不免有些飄飄然。他抓抓頭，不好意思地瞇起眼睛笑說：「那是我寫好玩的……我也沒打算要做什麼……嗯，等等！」他不知怎地突然又緊張起來，問：「妳看了哪些？妳全看完了？」

「全看完了。」小魚推了推眼鏡，點點頭。「我覺得最好看的還是《聖龍戰記》。我覺得雷小火很可愛喔。」

「等等、等等！」周祈揮手打斷了小魚的話，說：「全部？妳是說連其他那些……」

「對。」小魚點點頭，說：「你資料夾裡的小說我都看完了，《聖龍戰記》、《那天下午，教室裡發生的事》、《奇妙的護士姊姊》、《K罩杯學妹》、《家珍與我》、《宜君與我》……」

「不要唸啊！妳爲什麼要唸出來！」周祈哇哇大叫——

雖然他對故事創作這件事有些許興趣、些許熱情，但他從未認眞想過將來要當個小說家，他對自己的創作一點信心也沒有，因此他偶爾寫作，也以自娛爲主，從未想要發表給任何人看。

既然純粹自娛、既然不打算發表，因此也更加天馬行空，想到什麼就寫什麼，毫無掩飾地將他在學校裡、在生活中各式各樣的幻想、遐想、痴想和妄想全寫成了一篇篇小小的、神祕的故事，藏在硬碟中一個比A片資料夾還要神祕的資料夾裡。

在他那些妄想、遐想、痴想、幻想世界裡的女主角也五花八門，有眞實世界的學姊學妹鄰居網友們，也有從影視或動漫畫中擬化而出的相似角色。這一個個眞實或是虛構的女孩們，在他的想像中，全搖身變成主角的情人或者曖昧對象，與主角做出許多令人臉紅心跳的事情。

「幹嘛呀？」小魚哈哈笑著說：「不就是色情小說嘛，又沒什麼，你又不是小孩子，我還覺得你寫得太含蓄了呢……你打手槍還比較精采。」

「夠了！」周祈攔在小魚面前，怒氣沖沖地說：「妳如果繼續侵犯我的隱私，我就不幹了！」

「好，我以後不侵犯了。」小魚舉起雙手，做投降狀，又說：「但是……如果《聖龍戰記》這篇故事，你之後寫出了後續章節，可以給我看嗎？這部我眞的覺得很好看耶，可以出書拍成電影、做成遊戲，會大紅喔。」

「寫個屁，這樣誰寫得下去啊！」周祈氣憤地說：「別囉嗦了，趕快去天靈集團進行任務，再想辦法保護宜君，然後我們就一刀兩斷！」

「好。」小魚點點頭，指著斜前方一棟大樓，說：「就是那裡。」

那棟十餘層高的新穎樓房，就是天靈集團某個子公司的辦公大樓——大樓外觀沒有明顯的公司行號標誌，直到兩人走近那大樓底下時，才見到梁柱上有面小小的招牌——「茱麗葉生物科技」。

「茱麗葉？」周祈瞥了瞥那招牌一眼，說：「這是天靈集團的子公司？」

「是呀。」小魚點點頭，領著周祈走入大樓，乘上電梯，對他說：「茱麗葉生技是天靈集團這兩年新成立的子公司，研發一些化妝品什麼的——天靈集團太大了，我們從小的下手比較保險，如果失敗，也比較容易脫身。」

「我還以爲妳天不怕地不怕……」周祈哼哼調侃。

電梯門打開，他們抵達應徵部門樓層，詢問了幾個人，找著了面試的會客室。

午後一點五十四分，距離面試時間還有幾分鐘。

會客室裡還坐著另外三個男人。

「如果我沒猜錯的話，他們應該都是你的競爭對手。」小魚看了看時間。

「什麼？」周祈見這三人年紀都比他大上一截，第一個西裝筆挺，生了張滑頭的生意人臉，還抹著個油頭；第二個蓄著小鬍子，裝扮休閒卻不至於輕佻，像個時尚都市雅痞；第三個穿著白襯衫，端著厚厚的資料和筆記型電腦，一副精明幹練、準備萬全的態勢。

周祈低頭望了望自己一身T恤牛仔褲和破球鞋，明顯與這三人格格不入，不禁有些怯意，他微微側頭，問著身旁的小魚。「妳到底幫我投了什麼職缺呀？」

「設計組組長。」小魚低聲說：「茱麗葉有專屬的廣告設計部門，負責旗下產品包裝廣告。」

小魚這麼說的同時，隨意找了個角落沙發窩下，揭開筆電，還蹺起腳，一副悠哉模樣。

「同學，你來和我們應徵同一個職位？」白襯衫男人聽了小魚的話，狐疑地望向周祈。

「我以爲今天茱麗葉同時面試不同職缺，例如行政助理，或是某個部門的工讀生什麼的。」雅痞男失笑。「原來是對手。」

油頭男人則是瞥了周祈一眼便自顧自地講著手機，一副生意做得很大、一分鐘幾十萬上下的忙碌模樣。

「面試還帶女朋友？」雅痞男向周祈挑挑眉，朝小魚努了努嘴。「你會緊張嗎？」

「勸你下次應徵別這樣。」白襯衫男自信地笑了笑，對周祈說：「應徵有親友陪同，會給人沒辦法獨當一面的印象，扣分扣到負數了。」

「你說得好像他今天肯定失敗一樣。」雅痞男呵呵笑著。

「今天只有一個人成功。」白襯衫男推了推眼鏡。

「我猜是我。」雅痞男揚了揚眉。「除非我對這間公司人事主管的眼光判斷錯誤。」

「嗯，我跟你想的一樣。」白襯衫男信心十足地哈哈一笑。

「……」油頭男繼續講著電話，像是對這喊話般的寒暄一點興趣也沒有，電話那端也不曉得是哪裡的大老闆或是大客戶。

「唔……」周祈對眼前幾位前輩老兄那種像是關切又像是調侃的問候一下子招架不住，支支吾吾地插不上話。

他低頭從口袋掏出偷心眼鏡盒，見到眼鏡盒上的指示燈，從橙色變成黃色，表示此時電力至少已經回復至50%以上。

「你們說的沒錯，面試帶人助陣，真的很糟糕。」小魚嘻嘻笑著開口。「不過今天，來面試的是你們三個，至於他——」她指了指周祈。「他是來偷心的。」

「偷心？」雅痞男和白襯衫男相視一眼，被小魚的話逗得笑了。

他們正想再問，就見外頭走進幾人。

總機人員替眾人身旁茶杯注入新的茶水，跟著在會議桌的空位擺上三個茶杯，也注入茶水。兩男一女分別入座，其中坐在最左側、戴著眼鏡的中年禿頭男人，清了清喉嚨，對著周祈等人說：「爲了節省大家的時間，我們不分別面談，大家一起聊聊。」

「設計這種東西很主觀的。」坐在三人中間那四十出頭卻生著一張娃娃臉的主管，笑咪咪地說：「就因爲主觀，所以大家時常見解不同，不像研究數學公式那樣一是一、二是二，存在著許多標準答案。你們應徵的是組長，要帶整組人，必須擁有在眾人面前替自己的設計和創意辯護的勇氣和能力，才能夠勝任這個職缺。」

除了周祈以外的三人，聽那娃娃臉主管這麼說，不約而同地點點頭，都露出認同的神色，甚至是自信的笑容。

大家稍稍挪移椅子、調整座位，集中坐在三名主管會議桌對面。跟著，大夥將目光移到右側第三人臉上，皆想著前兩名主管都開口說了話，這第三人應該也會說些什麼。

但她什麼也沒說，只是低著頭，靜靜望著手中幾份履歷。

她一身素雅套裝和一頭漆黑長直髮，美麗得不輸替茱莉亞化妝品代言的影視女星們；年紀介於二十五歲至三十歲之間，是這三人中最年輕的。

「好了，面試要開始了。」禿頭主管推了推眼鏡，他頂上那油亮的禿頭面積與周圍頭髮面積大約是95%比5%，他清了清喉嚨，皺眉望向小魚，說：「陪同的親友請先離開——各位，我希望你們明白，面試時帶親友，並不恰當。」

「我不是親友喔。」小魚突然說：「我是周祈的私人助理，是來協助他處理私人雜務。」

「私人助理？」娃娃臉主管笑了。「周祈是哪位？應徵還帶私人助理——公司並沒有提供這筆津貼喔。」

「我……周祈是我！」周祈不但緊張地舉起了手，甚至還像小學生般站了起來。

他緊張地猛吞口水，還用雙手托著眼鏡，不停地對著對面三名主管眨起右眼。

但他很快發覺眼前什麼百分比、鎖定框都沒有出現——因爲偷心眼鏡還躺在桌上的眼鏡盒裡充電，他戴的是自己的眼鏡。他焦急地坐下，揭開眼鏡盒換上偷心眼鏡。

「你幹什麼？你眼睛怎麼了？」那中年禿頭主管皺起眉頭問。「面試幹嘛帶兩付眼鏡？」

「抱歉……因為……」周祈尷尬地說：「我……新配了眼鏡，還不太習慣，頭有點暈，只好換上舊的，不好意思……」

他這麼說的時候，還托起眼鏡假意伸手揉了揉眼睛。

然後飛快眨眼。

鎖定對面娃娃臉主管和那美麗女人。

但跟著他接連對著禿頭主管飛眨了十幾下眼睛後，卻見那禿頭主管腦袋上的鎖定框依舊黯淡，顯示在他頭頂上的腦波契合度只有27%。

「哦——」小魚在一旁低聲喃喃。「這契合度還真低，真少見呢。」

「你叫周祈是吧……你的面試部分已經結束，你可以帶著你的私人助理離開了。」禿頭主管長長吸了口氣，耐性顯然已經到達了極限。

「張副理還是一樣嚴厲呢。」娃娃臉主管搖頭笑了笑，一旁的美麗女性雖然似乎對於禿頭主管突如其來、乾淨俐落的面試模式有些訝異，卻也沒有表示慰留周祈的意思。

周祈身邊的雅痞男和白襯衫男相視一眼，忍不住都笑了。

雅痞男拍了拍周祈胳臂，安慰他說：「別難過，你還年輕。」

然而，周祈卻沒有離去的意思，他站起身，雙手按著會議桌，望向坐在中央的娃娃臉主管說：「拜……拜託！請讓我留下來。我可以證明我是今天來面試的四人之中，最適合這份職缺的人！」

「哦？」娃娃臉主管在與周祈四目交接的短暫剎那，像是跌入了夢鄉——

偷心眼鏡運作中。

娃娃臉主管喃喃地問：「你怎麼證明？」

「我可以說服你，相信我……好，我已經說服你了！你願意給我這個機會，你們都願意給我這個機會……」周祈左右環視著娃娃臉主管、美麗套裝女人和禿頭主管三人，但見禿頭主管頭上顯示的腦波契合度不但沒有提升，反而下降到了23%。

「很遺憾，你並沒有說服我。」禿頭主管敲了敲桌子，轉頭喊來接待人員，指了指周祈和小魚。「帶他們出去吧。」他這麼說的同時，還望了娃娃臉主管一眼，苦笑著說：「晚點我們應該檢討一下審核履歷表的人。」

「小姐，妳別聽他的。妳出去，我們聊得很好！」周祈朝走進會議室的接待人員說。「可能他肚子餓了，妳去替他買個便當好了，謝謝。」

「什麼！」那禿頭主管像是怎麼也沒想到周祈竟然做出這種應對，愕然露出怒容，喝叱說：「小子，你以爲這裡可以這樣胡鬧？你要我找警衛來嗎？」

「等等，張副理……」娃娃臉主管連忙打起圓場，說：「我好像眞被他說服了，讓他留下來吧。」

「啊！黃經理，不是吧——」禿頭主管眼睛瞪得老大。

「不知道爲什麼，我相信他的話。」娃娃臉主管無奈地搖搖頭，轉頭問身旁的美麗女人，說：「心璦，妳覺得呢？」

「嗯。」那叫作心璦的美麗女人，點點頭說：「讓他留下來吧。」

「啊！」禿頭主管雙眼瞪得極大，連連搖頭。「你們……吃他這一套？他在裝模作樣呀，現在一堆年輕人就只會裝模作樣，肚子裡半點墨水也沒有！」

「別被四眼禿頭嚇著，他只是副經理，他說什麼你都當他放屁就行了；他旁邊那個帥帥的男生才是經理；更重要的是，右邊那位漂亮姊姊是王茱瑛的私人祕書——呂心璦。」

「她是這三人裡權力最大的。」

「也是你接下來的主要行動目標。」

「上吧，萬中無一的偷心賊。」

周祈望著鏡片上的文字訊息，那是一旁悠哉窩在沙發上的小魚，透過筆電遠端控制軟體，隨手敲在他眼鏡上的即時訊息指示。

「請不要趕我走，給我一個替自己辯護的機會。請相信我，我能做好這份工作，我比任何人都適合這份職缺。」

周祈聽從小魚的指示，放棄控制那禿頭主管，全神貫注地望著面前的娃娃臉主管和那叫作呂心璦的美麗女人。

他有點覺得，自己的視線彷彿被三秒膠黏上了那叫呂心璦的美麗女人的臉龐，漸漸拔不開了。

04

電梯前站著雅痞男、油頭男和白襯衫男。

電梯門敞開，三人先後步入電梯。

雅痞男像是看完一齣喜劇片般意猶未盡地哈哈笑著。

白襯衫男像是尚未從惡夢中驚醒，捧著他那準備萬全的作品集，拉鬆領帶透氣。

油頭男氣急敗壞地繼續講電話，在電話裡向不知是客戶還是友人大聲抱怨面試過程中種種荒誕怪事。

他們三人在周祈發言後，各自花了不少時間講述自己的學經歷和歷年作品。雅痞男曾在一間小型廣告公司擔任設計總監；白襯衫男曾在某間大公司廣告部門裡任居高位；油頭男曾經創業過數次，雖然都未能長久經營，總也算是人脈廣闊。

但他們都不敵周祈最後那突如其來的一句結論——

「別想那麼多，用我就對了，我是最棒的！」

於是，那娃娃臉黃經理立刻就宣布錄取了周祈，連分別通知個人結果這手續都省下來了。

此時周祈留在會客室裡，與那娃娃臉主管談及接下來的薪資待遇。

一旁的禿頭主管臉色鐵青地捏著拳頭，完全無法理解，爲什麼黃經理和呂心璦竟然會青睞周祈這個莫名其妙的怪小子。他舉起顫抖的手，顫抖地推了推眼鏡，顫抖地指向角落那整個人都蜷窩進沙發上打盹的小魚。「你說……你上班時……也帶著你那個……特別助理？」

小魚像是聽見了禿頭主管的話，睜開眼睛，打了個哈欠說：「我不做白工喔，我要拿薪水的。」

「當然。」周祈點點頭，望著娃娃臉主管說：「小魚很能幹的，我要帶她進入我的團隊，也給她一份薪水。」

由於小魚提醒過他，使用偷心眼鏡說服目標時的言談自信和神采，都會影響到控制效力，因此他故意加重語氣，讓自己彷彿不是個求職者，更像是高級主管對下屬下達指示般威風凜凜。

此時的他，已不像面試剛開始時那樣緊張，他知道自己已經掌控全局，他知道偷心眼鏡的威力無可匹敵——除了那禿頭主管。

雖然此時那禿頭主管望著他的神情，像是想咬斷他脖子一樣，但他知道禿頭在三人中，是權力最小的一個。周祈伸手指著四眼禿頭主管，對他說：「副經理，以後你有任何事情要交代，直接跟小魚說，她可以代表我——她說的話，就是我說的話。」

「什麼，你……咳咳咳咳！」四眼禿頭主管彷彿聽見在夢中也不會聽見的話般嗆咳起來，他大力推著眼鏡，幾乎要把眼鏡推裂。「到……到底你是主管還是我是主管，你到底在說什麼？」

「就這麼說定了。」黃經理哈哈笑著站起，向周祈伸出手。「不知道爲什麼，我覺得有你這強大生力軍加入我們，茱麗葉的營業額會成長三倍以上。」

「三倍？」周祈嘿嘿笑著，也伸手與黃經理握手。「我保證成長十倍。」

「咳咳咳咳咳！」四眼禿頭整張臉都咳得紅了。

「收工，回家。」小魚從沙發中蹦起，伸了個懶腰，起身向周祈勾了勾手指，帶著他頭也不回地離去。

05

「整體宣傳專案?」周祈不解地望著眼前那四眼禿頭主管——張光輝。

「整體宣傳專案。」張光輝拟著手，點點頭，冷峻的笑容裡流露出某種神祕的自信。

「整體宣傳專案?」周祈又望向擺在他桌上的四個小玻璃瓶。

四個小玻璃瓶裡裝著透明液體，是香水。

今天，是他們上班的第一天。

他和小魚剛進茱麗葉設計部，來到設計部第一組的辦公桌區，還沒坐暖組長椅子，就被張光輝連同整個第一組，全喊進了會議室。

他交代周祈上班後的第一件工作，就是眾人眼前這組香水。

一旁的小魚興致昂然地拿起每一瓶左右翻看，還將香水噴在試香紙卡上，捏著紙卡伸入口罩裡聞嗅。

「對，整體宣傳專案。」張光輝點點頭，說:「這組香水，是我們茱麗葉生技下一季的主打商品，也是你們『第一組』下週的主要工作——替這組香水，量身打造一套整體宣傳專案。」

「整體……宣傳專案?」周祈接過小魚聞過後遞來的紙卡，隨便嗅嗅，他腦袋裡對香水的認知，就只有「聞起來很香」這種籠統概念而已。

「就是整體宣傳專案!你要重複幾次啊!你故意的是不是?」張光輝瞪大眼睛，不耐地拍了拍桌子。「周祈，你到底知不知道你這設計部第一組組長負責什麼樣的工作？」

「我……我知道！」周祈連忙點頭說：「負責帶領『第一組』同事們，替這套香水量身打造一套宣傳專案……嗯？宣傳……是廣告對吧？所以是什麼廣告？是電視廣告還是……貼在牆上的海報啊？」

「都要做！」張光輝不耐地說：「我剛剛不是說了，整體宣傳專案啊！『整體』呀！你要不要翻翻字典，『整體』是什麼意思？整體就是『全部』的意思啊！我要你替這組香水設計一套完整的宣傳專案——從商品名稱、商品包裝，到影像廣告、平面廣告、只有聲音的廣播廣告，再到網路行銷、戲劇置入行銷，再到電視節目合作宣傳，全都要做——我要一套完、完、整、整的宣傳專案！」

「什麼？」周祈吐了吐舌頭，他當然知道「廣告」這兩個字是什麼意思，倘若要他設計幾張平面廣告或是一則影像廣告，就算他非本科出身，至少腦袋裡也能想像出一個模糊的成品；但是張光輝口中這「完整的宣傳專案」，卻似乎巨大得超出了他的理解範圍，他根本不知道這是什麼東西，只知道絕對是個難題。

「我得提醒你。」張光輝見到周祈臉上爬出的吃驚神情，心滿意足地冷笑兩聲，推推眼鏡說：「這組香水，是茱麗葉香氛產品的第一彈，之後我們每一季都會推出全新的香水，且還會推出精油、薰香等等香氛產品；這整個香氛系列，可以說是茱麗葉生技接下來幾年內最重要的產品系列之一，就像是一條直衝雲霄的巨龍；而負責擔任開路先鋒的第一彈，則像是引領巨龍飛上雲霄的龍球；而你，周祈，必須讓這龍球閃閃發光，吸引所有人的注目。這整條巨龍的成敗、整個茱麗葉生技的營業額重擔，從你被黃經理和呂心璦小姐看中的那一刻，就已經落在你的肩膀上啦，知道嗎！周祈！」

「……」周祈一時接不上話，只能聳聳肩。「是喔……」

他是來臥底的，不是來幫助什麼巨龍飛天、龍球發光的。

「什麼叫『是喔』！」張光輝又生氣了，他按著會議桌的手像是想將桌子捏碎一般。「我告訴你，我最討厭你們這些年輕人的其中一點，就是你們習慣利用這種輕佻態度，來掩飾你們空虛的心靈和貧瘠的大腦。你們以為裝出一副跩跩的樣子，看起來就顯得深不可測、很厲害、很從容，對吧？」

「我……我沒那麼想，真的……」周祈連連搖頭，他對張光輝的指控並不完全反對，他在大學時期也見識過許多外表潮潮屌屌，但腦袋裡全是大便的假文青學長學弟們；但他此時反應，純粹只是在面對一件超乎自己想像和能力太多的任務，而自然產生的呆滯反應——他連將外表包裝得潮潮屌屌的能力都不太具備。

然而此時，他無論如何也明白自己必須說些什麼，否則張光輝在捏碎桌子前，會先掐死他。他只好說：「我向你保證，我會做好這件工作，我不會讓你失望的……」

「失望？」張光輝激動的胸膛還猶自起伏，聽周祈這麼說，突然冷笑幾聲，哼哼地說：「放心，你絕對不會讓我失望——因為我從來沒對你抱持過任何期望。」

「我只是等著看好戲。」張光輝這麼說，還伸手在桌上叩了兩下，像是替「好戲」這兩個字加註引號一般。

跟著，他又補充說：「你有一週的時間，下週這個時候，會有一個正式的產品會議，茱麗葉裡大部分高階主管都會參加，更重要的是，王茱瑛董事長也會透過視訊，同步觀看整個產品會議。你得在那之前交出我要的東西，包括商品名稱、包裝草圖和所有企劃提案。我奉勸你做好心理準備，你肚子裡墨水是多是少、你整個人的程度素養，將在那場會議裡赤裸裸地呈現出來——那可不是單靠幾句簡單熱血的口號和裝腔作勢就可以蒙混過去的場合。」

「好自爲之。」張光輝用這四個字做出結尾，然後轉身離去。

與周祈同桌的第一組成員裡，有三人隨著張光輝的離去而緩緩站起，他們猶豫地相望幾眼，然後跟著張光輝一同走出了會議室。

會議室裡安靜了十幾秒，除了周祈和小魚外，另外還有四人，他們面面相覷，終於有人開了口：「等等，我……我不太懂……」這人一開口，另外也有人搭腔：「是啊，張副理三天前不是才要我們設計一組化妝品的形象廣告嗎？怎麼突然又要我們改做香水？而且還是什麼——整體宣傳專案，這到底是什麼東西？」

「對啊，從商品名字到平面廣告再到影像廣告……」又有人低聲說：「連置入性行銷也要我們想，這不是行銷部門或是業務部門該做的事嗎？我們只是設計耶……」

第四人跟著說：「而且……黃哥、王姊跟Amy都被張副理抓去繼續做之前的化妝品了……只剩下我們來做這套專案？」

在低聲交換完各種意見之後，所有人的視線全部集中到了周祈臉上。

他們的神情裡，都充滿了疑惑。

周祈的歲數比這「第一組」裡最小的小孟還要小了幾個月。

「好了、好了。」小魚拍拍手，站起身來，說：「船到橋頭自然直。大家第一次見面，先自我介紹，讓我們熟悉一下彼此吧——大家叫我小魚就好了，我呢，氣管很敏感，所以總是戴著口罩，請各位千萬不要碰我的口罩喲。」

她這麼說的時候，伸手在粉紅底色的小熊口罩上指了指，同時從連身工作服諸多口袋裡，取出一把瑞士刀，噹地插在那薄薄一疊香水試紙上。

「妳幹嘛這樣……」周祈則依序和被小魚嚇呆了的四名組員握了握手，說：「我叫周祈，大家以後多多關照。」

□

廉價自助餐店裡擠滿了人，周祈和小魚窩在最角落一處髒髒舊舊的貼牆橫桌前用餐。

小魚一面吃飯、一面不停滑動手機，她的手指飛快得像機關槍，同時在好幾個通訊軟體和社群網站訊息對話間切換。

她即便在吃飯的時候，嘴上的小熊口罩也不取下，而是用筷子將飯菜堆在湯匙裡，掀起口罩放入嘴慢慢地嚼。

「妳這樣吃飯不累嗎？」周祈對小魚這種吃飯方式感到訝異。

「累呀。」小魚推了推那度數極深的厚重眼鏡，斜了他一眼，說：「你忘了我們現在的身分是臥底嗎？你沒看過特務電影嗎？要懂得保密呀！就連同夥間也要盡量保持神祕。這樣一個被抓，才不會掀出另一個，所以我不能讓你看清楚我的長相。」

「什麼跟什麼啊！」周祈哭笑不得，忍不住不時轉頭，想趁小魚揭開口罩塞湯匙的時候多瞧她嘴巴幾眼。

「虧你還是個寫小說的，一點想像力都沒有。」小魚卻像是裝了雷達般敏銳，即便雙眼盯著手機，也總能在周祈望來時蓋上口罩或是撇開頭，讓周祈猶如霧裡看花，僅能微微看出她口罩底下小巧紅嫩的雙唇，難以拼湊出她具體樣貌。

「妳眞的覺得我的《聖龍戰記》好看？」周祈咬了口焢肉，扒著飯。他聽小魚又提起他的小說，便忍不住問：「妳覺得我應該繼續寫下去？」

「要不要繼續寫，應該由你自己決定。」小魚臉上那小熊口罩上的小熊，隨著她的咀嚼而晃動著肚子。「這是你的興趣，你連自己喜歡做什麼都搞不清楚？」

「我是有喜歡的興趣呀……」周祈呆了呆，喃喃地說：「但……我喜歡的興趣滿多的，我不知道……」

「總有最喜歡的事情吧。」小魚說：「打電玩、看漫畫、看小說，也寫小說、看A片……」她咬了口菜，滑著桌上的手機，繼續說：「嗯……你的小說還算是有趣，但是呢……」

「但是什麼？」

「你的小說就跟你的人一樣。」

「跟我的人一樣？」周祈不解。「我的人怎麼了？」

「缺乏自信。」小魚這麼說：「你在《聖龍戰記》裡安排了許多伏筆，但時常到了最精采的時刻卻草草跳過——因爲你缺乏自信、你怕羞、你害怕流露出眞實的感情。就像是在寫了封精采的情書後，自己看了卻害羞地撕掉一樣，你連在只給自己看的故事裡都有所保留，你的故事僅止於有趣，而沒辦法更加動人。」

「妳看得這麼仔細……」周祈聽小魚這麼說，不免感到有些震驚——他震驚的並非小魚對他的作品提出了負面意見，而是震驚於小魚竟如此認眞看待他那隨興之作。

「聽妳這麼說，我反而有點感動耶……」周祈不好意思地摸摸鼻子。

「我還沒吐槽完你急著感動什麼，你寫的情色小說就更做作了，例如那篇《那天下午，教室裡發生的事》——女主角都背著夕陽掀起裙子了，男主角還在害羞什麼？爲什麼要轉過身去呢？你爲什麼要開始回頭寫他們認識的經過呢？那是回顧往事的時候嗎？你會在脫下褲子坐上馬桶正要準備大便的時候，突然跑出去翻畢業紀念冊感念老師們諄諄教誨嗎？你懂不懂做每件事的節奏和時機啊？」

「喂！妳幹嘛講到那些……那是我隨便亂寫的！」周祈嗆咳幾聲，卻又有些不服氣地問：「不然應該怎麼寫？」

「男主角應該撲上去，掀起她裙子掰開她大腿把頭埋進去啊！」小魚將一匙飯伸進口罩嚼了嚼，認眞評論著說：「你寫的又不是言情小說，是成人色情小說，要浪漫不夠浪漫、要下流不夠下流，這不是半吊子嗎？半吊子成不了大事，要果敢一點。該脫就脫、該上就上！知道嗎？」

「上妳個大頭！」周祈聽小魚音量越來越大，急急喊著：「妳這樣講話像是女生嗎？」

「不然女生應該怎麼講話？」小魚放下湯匙，一把揪起周祈的衣領，冷冷地望著他。「你的性別刻板成見根深柢固得像是塊千年宿便，阻塞著你那被父權遺毒和沙文主義交叉感染的腐壞大腦裡的汙穢血管是吧。」

「不不不……」周祈像是被指控強姦般地連連搖頭擺手起來，驚恐地否認。「抱……抱歉，我完全沒這個意思，我……對不起……」

「哈哈哈，就是這樣！」小魚哈哈笑地鬆開周祈的衣領，拍拍他的臉，笑著說：「沒事沒事，跟你開開玩笑、嚇嚇你的——你看，這就是我說的問題。你太沒自信了，如果你不同意我說的話，可以反駁呀，而不是見風轉舵——從小說、到興趣、到人生，都是這樣。」

「……」周祈呼了口氣，繼續扒起飯，喃喃地說：「我哪敢反駁妳啊……」

「不過這也不怪你。」小魚哼哼地說：「真要怪，就該怪四眼禿頭那世代的人吧——他們竭盡所能地打造草莓園，又來嫌草莓園裡種出來的草莓太像草莓。草莓園不長草莓，還能長什麼呢？總之呀，我討厭那傢伙。」

「嗯……」周祈點點頭，說：「我也覺得張副理不太喜歡我……」

「何止不喜歡！你也太遲鈍了吧。」小魚訝然地說：「你不知道他想整死你嗎？」

「他想整我？」周祈愣了愣，問：「妳是說……那個什麼整體宣傳專案？」

「是呀！」小魚說：「你才上班第一天，他就丟給你這件案子，還把資深組員都調走，這樣你怎麼可能做得好——而且我從沒聽過這種工作，什麼叫整體宣傳專案吶，誰會把產品名稱到平面影像廣告和行銷企劃全部包在一起做啊，又不是包粽子。他分明刁難你，想讓你在之後的會議上出糗。」

「沒差呀。」周祈輕輕敲了敲桌上的眼鏡盒，裡頭的偷心眼鏡正在充電。「反正下週開會，我戴上眼鏡，不管我說什麼大家都會拍手。」

「不行喲。」小魚搖搖頭說：「這次這份工作恐怕沒辦法靠眼鏡，我們得眞材實料完成它。」

「什麼？」周祈愕然問：「不靠偷心眼鏡，怎麼可能做得好？妳不是也說張副理故意刁難我……」他還想繼續問，但見小魚不理他，而是自顧自地滑起手機，知道她不想在人多的地方談論更多偷心眼鏡細節，便不再追問。

他們吃完飯，在返回茱麗葉的途中，走在一條林蔭道路上，小魚這才說：「你不用擔心，我已經想好完成這件工作的方法了。」

「眞的不靠眼鏡？」周祈問。

「當然要靠眼鏡。」小魚說：「但跟你原本以爲的方式應該不一樣，稍微拐了個彎、稍微麻煩一點——」

「怎麼個麻煩法？」周祈問。

「首先呢，我問你，你原本打算怎麼做？」小魚反問。

「就……」周祈想了想，說：「開會的時候，用眼鏡控制公司主管的腦袋，讓他們以爲我做得很好——反正我說什麼他們都相信，不是嗎？」

「這辦法行不通。」小魚搖搖頭。「我跟你說過，偷心眼鏡的效力是有時間限制的，到時候開完會，那些高階主管回到工作崗位，和其他人討論你交出來的成果時，大家會怎麼想？說不定現在呂心璦跟黃經理，已經對自己選擇你卻沒有選擇另外三人開始產生疑惑。但你的履歷是我幫你假造的，他們還沒有確切的證據證明選擇你是錯誤的決定——更重要的是，偷心眼鏡只能控制在場人士，要是董事長王茱瑛和其他天靈高層透過視訊連線，看到你鬼扯的樣子，那還得了，你必須用實際的成績證明自己的能力。」

「那好，我應該怎麼證明？」周祈無奈地攤了攤手。「要我替香水取名字，我可以；要我想包裝、想廣告內容，也可以，但成果肯定很糟糕……」

「這一點你不用擔心。」小魚神祕地笑了笑。「我已經安排好了。」

「是喔……」周祈隨口答著，準備轉進茱麗葉辦公大樓，卻被小魚拉著繼續往前走，他不解地問：「妳不回公司？妳要去哪？妳要蹺班嗎？午休時間快結束了……」

「去面試呀。」小魚嘿嘿笑地拉著周祈走。「我剛剛出來之前已經跟組員說過了，午休之後我們要跑一趟外務，跟整體宣傳專案有關。」她這麼說的時候，瞪了周祈一眼，說：「你以為我剛剛滑手機只是無聊打發時間嗎？」

「呃……」周祈完全不曉得小魚的意圖，在她的指示下牽了機車，載著她來到距離茱麗葉大樓二十餘分鐘車程外一條靜僻巷弄，進入一間不起眼的咖啡廳。

周祈瞪大眼睛，吸了口氣。

他見到強爺雙手抱胸，坐在咖啡廳角落的座位，直勾勾地望著自己。

強爺的打扮和他去應徵時幾乎一模一樣——一身泛黃的白袍，內裡是泛黃的無袖背心，外加一條短褲，腳踏藍白拖鞋。唯二不同之處，是他那頭雜亂蓬鬆的灰白亂髮，紮了個短短的沖天炮辮子；而唇上兩撇八字鬍，像是刻意抹上油，捲成兩個彎角。

「你別介意，強爺雖然醉心研究腦神經科學幾十年，導致腦袋變得怪怪的，但出門也會打扮一下。」小魚這麼說。

「這叫打扮？」周祈攤了攤手。「只打扮鬍子？」

小魚和周祈進入咖啡廳後，卻未與強爺同桌，而是來到強爺後方一張圓桌坐下。

小魚與強爺背對著背，接過服務生遞來的菜單翻看。

「鬍子，是一個男人的第二生命。」強爺回過頭，盯著周祈說：「小子，我建議你也留跟我一樣的鬍子。」

「不要耶，謝謝。」周祈搖搖頭，只見強爺一面講，還從懷裡的包包取出一小瓶東西，越過小魚肩頭，朝周祈挑眉揚手，示意他伸手來接。

那是一瓶潤鬍油，保養鬍子用的。

小魚不等周祈舉手接那潤鬍油，直接搶下，轉頭扔回強爺包包裡對他說：「不是這個啦，強爺，我要你帶的東西你帶來了嗎？」

「我帶來啦！」強爺瞪大眼睛，不解地從包包裡又翻出那瓶潤鬍油，說：「妳扔還給我幹嘛？給周祈呀……」

「我要你帶『遠端控制器』，你拿鬍子油來幹啥？」小魚不耐地說：「你該不會忘了帶吧？」

「遠端控制器？妳要遠端控制器做啥？」強爺瞪大眼睛，說：「我們不是來聊鬍子嗎？」他一邊說，一邊翻著那破爛背包，裡頭裝的不是刮鬍刀，就是鬍後水，再不然就是鬍子定型液。

「聊鬍子幹嘛？」小魚急急取出手機，開啓通訊軟體，當著強爺面滑給他看。「你自己看，我們剛剛聊了什麼？」

「哎呀呀！哎呀！」強爺這才像是回過神來，露出了做錯事的神情，驚慌失措地帶著背包逃離了咖啡廳。

「強爺沒付錢啊……」周祈呆了呆，卻見那咖啡廳裡的店員和店長一點也不以爲意。

「強爺和這間咖啡廳店長很熟，他們已經習慣了。」小魚解釋。「強爺腦袋有點不靈光，時常忘記帶錢出門，所以我跟咖啡廳店長說好，平時記帳，月底結清。」

「嗯，所以……妳帶我來這裡到底想幹嘛？」周祈有些不耐煩。「妳應該講清楚，別老是賣關子……妳……」

周祈正埋怨到一半，就見到咖啡廳進來一個男人。

正是昨天一同面試的那雅痞男。

「我沒說清楚，是因爲沒有時間，我一直忙著跟強爺還有一堆人聯繫。」小魚向周祈挑挑眉，快速地說：「接下來我一個口令你一個動作，你會明白我的用意。」

「呃……」雅痞男在咖啡廳環視一圈，見到遠處小魚對他揚起手，不由得有些訝異。

一天未見，他似乎已經不記得周祈的長相，卻對小魚那兩個包包髮髻和小熊口罩有些印象。雅痞男遲疑地走向小魚和周祈，問：「約我的人是你們？你們不是昨天一起面試的那兩位嗎？你們用茱麗葉的名義約我出來？」

「是。」小魚推了推眼鏡，從背包裡取出幾份資料。

和那四瓶香水樣品。

「我們代表茱麗葉來與你洽談一份外包工作。」小魚這麼說的同時，轉頭對周祈眨了眨眼。

「如果沒有意外的話，昨天一同面試的另外兩位先生也會過來，大家一起討論這份工作。」

周祈陡然明白小魚想做什麼了。

張光輝交付的這份宣傳專案工作巨大得太刻意了。

刻意得很惡意。

他還調走第一組三名老手，留下四名資淺組員，目的就是想讓周祈在之後的成果會議上交不出像樣的成績。

而小魚則想借用這三人的能力和人脈，協助周祈完成這個專案。

油頭男和白襯衫男，也分別在三分鐘和五分鐘後抵達咖啡廳。

油頭男一樣穿著西裝，手機響個不停；白襯衫男今天穿了件花襯衫，同樣帶著厚重資料。

「很好，大家都很準時。」小魚故作神祕地說：「大家聽好，我外包給你們的專案須要絕對保密，你們不能向任何人透露。」

「等等！」襯衫男顯然對小魚跳躍式的說話方式有些意見，他說：「我還搞不清楚情況，妳代表茱麗葉生技？妳要外包工作給我們幾個？工作內容是什麼？酬勞怎麼算？」

「對啊，講重點。」油頭男打岔說：「我晚點還有約，明天也要跟幾個朋友談創業，我懶得繼續去其他公司面試了，妳說有大生意想談，到底是多大？」

小魚笑了笑，對周祈使了個眼色。

周祈早已用偷心眼鏡鎖定了油頭男和襯衫男，望著他們的眼睛，說：「你們什麼都不用問，照我跟小魚說的做就對了。」他說到這裡，見兩人有些遲疑，便加重語氣，說：「聽清楚，這件案子對你們、對整個世界都非常重要，要是失敗了，後果會非常非常嚴重！」

「有……多嚴重？」油頭男面露驚恐，顯然已經相信了周祈說的話。

他呈現在偷心眼鏡上的腦波契合度高達95％，另兩人也有80％以上。

一旁早幾分鐘過來的雅痞男，則像是早已接受了周祈的說法，緊張地抓著那組香水資料，認眞研讀著。

「比你們所知道任何一件可怕的事情，都還要可怕一千萬倍。」周祈這麼說。

三人都露出了面臨世界末日的神情。

「好啦，我開玩笑的，其實也沒那麼可怕……」周祈見到三人那副見到鬼的樣子，擔心施壓過頭嚇瘋他們，反而造成反效果，便立刻改口。「總之，這件工作關係到各位的前途，要是成功，大家開心幸福；要是失敗，大家都要過苦日子，明白了嗎？」

「明白……」三人點了點頭。

「我再說一遍，你們認眞聽。」小魚對三人說：「這是一件機密任務，你們要對這張桌子以外的任何人保密，不能讓其他人知道你們接手茱麗葉生技的工作，平時我會用手機傳訊息給你們，分配你們工作，必要的時候會召開視訊會議，除了透過我之外，你們三個不能私下聯絡。還有，以後爲了行事方便，大家用代號稱呼彼此，我叫小魚、他叫大王。」小魚先替周祈取了個代號，跟著依序替雅痞男、襯衫男和油頭男各自取了個代號：「雅痞、襯衫、油頭。」

「等等，我有名字，我叫……」雅痞顯然不太習慣被這麼稱呼，他想要自我介紹，但立刻被周祈打斷。

「小魚說的話，就是大王我說的話。」周祈瞪大眼睛，環視三人。「我跟小魚說的每一句話，都非常重要，你們一定要乖乖照做，知道嗎？」

「知道了……」雅痞點點頭，不再堅持。

「好了，現在我來分配工作。」小魚這麼說，依序對三人說：「雅痞，你負責規劃整體包裝方向，替這組香水取個響亮的名字，再想一些宣傳金句；襯衫，你是設計本科出身，你的美術底子最好，你負責平面廣告，畫些設計草圖，記得要留點位置擺雅痞的廣告金句；油頭，你人脈廣，我要你湊齊能夠拍好一支廣告的團隊，你列一份名單給我，估算一下成本。」她這麼說的同時，望了周祈一眼，說：「廣告成本是重點，四眼禿頭肯定會在這點上做文章。」

「嗯……」三人點點頭，都望著小魚，像是在等她下一步指示。

但小魚不再說話，自顧自地玩起手機，她見周祈和三人都望著她，這才說：「愣什麼，現在就可以開始工作囉。」

「那我呢？」周祈指指自己。

「你安靜等強爺囉。」小魚隨口說。

「等強爺？」周祈不解地問。「等強爺幹嘛？」

周祈正狐疑間，強爺已經氣喘吁吁地又跑回了店裡，手裡仍抓著那個破爛背包，神祕兮兮地來到周祈和小魚身邊，緊張地打量雅痞等三人。

「別擔心，他們已經是我們的夥伴了。」小魚同時向雅痞等三人說：「這是強爺，是我們的……好朋友。」她這麼說時，伸手拍了拍強爺提著的破爛背包，盯著強爺說：「強爺，你千萬別告訴我裡面裝的還是鬍子油喔。」

「鬍子油？」強爺喘著氣，像是一下子忘記自己過來的目的，他一面翻找著背包，一面望著周祈和三個男人。「你們想要鬍子油？」他見雅痞下巴和唇上蓄著鬍碴，便說：「等你嘴上鬍子再多點，我教你怎麼打理鬍子。」

強爺邊說，邊從背包裡掏出一個小盒遞給小魚。

小魚揭開小盒，見到裡頭那三枚約莫半截拇指大小的方形金屬小儀器，這才吁了口氣。「還好你沒帶錯。」她一面說，一面捏起方形金屬小儀器檢視起來，撥撥按按，像是開啟了開關。

「哦！」周祈立時透過眼鏡，見到那方形金屬小儀器上，也出現了猶如電力顯示指示般的百分比數字。

「這個東西呢，是我們臨時工作小組的專屬護身符，一人一個，保祐你們身體健康、工作順利。」小魚又從小盒中取出了紅線，穿過這小儀器上的圓孔，繫得像是條護身墜飾般，吩咐雅痞三人將之掛在頸上，叮嚀他們。「這東西怕水，你們洗澡時千萬別讓它沾到水，平時也要小心別淋到雨，知道嗎？」

「很重要，要記住。」周祈在一旁幫腔，儘管小魚並未事先和他說明這小儀器的功用，但他猶自記得不久前小魚提及「遠端控制器」這幾個字，便也猜出了大概——這些遠端控制器，能夠使這三人在遠離偷心眼鏡之後，仍然能夠影響受控制者的腦部活動，讓他們對周祈說過的話深信不疑。

「好了，解散。」小魚見三人戴上遠端控制器後，和周祈確認過儀器正常運作之後，便宣布會議結束。

□

「妳怎麼會有他們的聯絡方式？」周祈與小魚在茱麗葉生技大樓內緩緩向上的電梯中。他好奇地低聲問。

「昨天面試的時候，我剛好瞄到他們的履歷表，就順便記下來了。」小魚隨口說：「我知道他們有用處。」她說到這裡，還補充：「如果我沒記住，就會帶著你去拷問人資妹妹了。」

「對耶，這眼鏡還可以用來拷問——」周祈呆了呆。「人資妹妹呀……」

「只要腦波頻率符合，什麼都問得出來喔。」小魚推著眼鏡望著周祈說：「年紀、三圍、體重、交過幾個男友、初吻在幾歲，通通都問得出來。不過呢……你使用眼鏡時的一切活動，都會同時在我的電腦、手機裡的偷心眼鏡專屬監控程式裡留下記錄，所以你千萬不要以為可以用偷心眼鏡來做一些不太好的事喔。」

「什麼不太好的事啊。」周祈哼哼地說：「到目前為止，我都聽妳指揮，哪有機會做什麼不太好的事。」

「那是到目前爲止呀。」小魚說：「之後你會不會亂來，誰知道呢？要是你用這眼鏡命令呂心璦小姐在你面前脫光衣服，她可是會照做喔——」

「哦！」周祈嚥了口口水，像是開始幻想那樣一幕情景，見到小魚露出了嫌惡的神情，便說：「幹嘛這樣懷疑我……我、我有喜歡的人了……」

「男人不管愛不愛一個女人，都會有扒光她衣服的慾望啊。」小魚哼哼地說。「爲了不讓你誤入歧途，事後大家尷尬，我得事先提醒你，我或者是強爺，隨時可以透過電腦或是手機，遠端強制眼鏡停止運作喔！」

「妳別預設我是變態狂好不好！」周祈翻了個白眼。

電梯門打開。

張光輝扠著手，站在小魚和周祈面前。

「借過，謝謝。」小魚這麼說。

張光輝卻不讓路，而是說：「你們第一天來上班就這麼隨興啊？人家午休一小時，你們午休三小時？」

「我們不是午休，我們在工作。」小魚這麼說。

「那請妳好好交代，妳們在外面做了什麼工作。」張光輝說。

「你擋在電梯門口，電梯門要關上了，我只剩兩秒鐘可以交代。」小魚聳聳肩。

「電梯門關上可以按開！」張光輝像是賭氣般伸手進電梯裡長按著開門鍵。

「那按這個可以讓電梯停久一點。」小魚伸手揭開緊急按鈕的保護蓋，作勢要按那緊急按鈕。

「妳幹什麼！」張光輝急急伸手要撥小魚的手，阻止她按緊急按鈕。

小魚在張光輝手伸來之前便縮回，說：「你不是要我們在電梯裡向你報告，我按那個紅色的，可以報告仔細一點呀。」

「妳非得這樣頂嘴嗎？」張光輝額上青筋暴露，整張臉脹得通紅。「妳以爲自己嘴巴很厲害是不是？小朋友，妳進茱麗葉是來耍嘴皮子的嗎？」

「我沒有頂嘴呀。」小魚聳聳肩。「我想向你報告專案進度，你到底要不要聽？」

一旁的周祈儘管使用偷心眼鏡鎖定了張光輝，但此時在眼鏡裡，張光輝那禿頭上方的腦波契合數字只有16%，鎖定的方框也呈暗褐色，表示他極難受周祈控制。

倘若周祈是萬中選一的偷心賊。

那張光輝或許就是萬中選一的鐵腦袋。

「請問，電梯裡發生什麼事嗎？」大廳管理員透過螢幕見到電梯裡的小魚和周祈像是受到阻礙般被擋在電梯裡頭，便透過電梯裡的通訊設備詢問。

「是這樣子的——」小魚雙手在口罩前做出擴聲狀，對著監視器鏡頭嚷嚷地說：「張副理他要我們在電梯裡報告工作進度，我覺得滿有創意的，這是茱麗葉生技設計部一大創舉……」

「夠了！」張光輝大喝一聲，終於側身讓開，朝小魚和周祈不停招手。「出來出來，來我辦公室裡講！」

「喔！」小魚和周祈相視一眼，踏出電梯，跟著怒氣沖沖的張光輝往他辦公室走。

周祈不停眨眼，將沿途所見一個個瞠目結舌的同事一一鎖定，彷彿在練習一樣，擅長電玩遊戲的他，很快便熟悉這眼鏡的操作方式。

小魚則是雙手插在連身工作服的口袋裡，嬉皮笑臉地跟在張光輝身後，但她卻在途中拉著周祈轉向，進入黃經理的辦公室裡。

張光輝直到走入自己的辦公室，坐下等了兩分鐘不見人來，這才暴怒從椅子上跳起，一路追問到黃經理辦公室，卻見到周祈和小魚與黃經理有說有笑。

在周祈眼鏡裡的黃經理，腦波契合度超過95%——周祈相信，就算他現在叫黃經理扛起電腦螢幕往張光輝頭上砸，黃經理也會欣然照辦。

黃經理見張光輝滿臉怒容地站在他門外，朝他招了招手，說：「我覺得他們的點子不錯，一起來聽聽——」

「不不不，黃經理，請你暫時保密。」周祈連忙說：「再過不久，我在會議上向大家報告我的方案，如果大家覺得不好、認爲我搞砸了，別說開除我，直接把我從窗戶扔下樓都行；要是覺得我做得不錯，用掌聲跟笑容鼓勵我，我就感激不盡了。」

「哦！這麼有自信！」黃經理滿意地起身，拍了拍周祈的肩。「公司很難得有像你這麼優秀的年輕人了——啊，我忘了跟你說，如果你在下週的產品會議上表現優異，或許有機會參加王茱瑛董事長的餐會喲。」

「餐會？」周祈呆了呆，喃喃地問：「在餐會上，可以見到王茱瑛董事長本人嗎？」

「當然啊。」黃經理說：「王茱瑛董事長每一季定期舉行幾次餐會，會邀請整個集團裡的資深同仁，跟一些表現不錯的新進人員，那是個很棒的聚會，有機會認識很多大人物喔。」

他說到這裡，略顯得意地說：「當初我進天靈集團第二年，就受邀參加餐會，之後十年，除了老婆生孩子那次不克前往之外，每一季餐會我都有參加。前兩年茱麗葉生技剛成立不久，我也正好完成了一件不錯的設計案，在餐會上被王董事長點名派來茱麗葉當設計部經理，在此之前，我跟你一樣只是個組長喔。」

「哦！」周祈眼睛亮了亮，望了小魚一眼，他和小魚的任務，就是想辦法一步步接近王茱瑛，黃經理口中的餐會，便是會見王茱瑛本人的絕佳機會。

而按照黃經理的說法，想要獲得賞識、受邀參與餐會，最快的方式，就是在下週的工作會議上一鳴驚人。

「那我們繼續去工作了，光陰似箭，一刻都不能浪費呢！」小魚大聲說，和周祈一同向黃經理道別，大步走出黃經理辦公室，向佇在門外氣得七竅生煙的張光輝點點頭。

「張副理，別太心急，反正再過幾天，你就有好戲可以看了。」小魚笑著說：「我們會在產品會議上證明自己的本事，到時候我們會把功勞歸功於你跟黃經理領導有方。」

「妳說的……對極了……」張光輝擠出了彷如殭屍咬人的笑容，僵硬地說：「我眞的不須要急……到時候，要嘛看好戲，要嘛沾你們的光……怎樣都不吃虧……嘿嘿……」

「眞的，穩賺不賠；你眞走運，撿到寶了。」小魚嘻嘻笑著附和，推著周祈回到自己小組辦公桌前，跟幾個不知所措的組員閒話家常起來。

# 06

人在需要時間的時候，時間似乎過得特別快。

張光輝給周祈的一週時間，像是從池裡撈起的一掬水般，轉眼就洩走了七八成，已經來到了週四午後。

明天就是茱麗葉生技每一季的產品會議，周祈要在會議上，在代表王茱瑛前來與會的呂心璦以及茱麗葉生技高層主管面前，報告他進入茱麗葉的第一件案子——替那組香水量身打造一套完整的宣傳專案。

雅痞、襯衫和油頭準時在下午一點整，依序走入這不起眼的咖啡廳，來到那不起眼的角落，在周祈和小魚面前坐下。

幾天之前，這三人各自散發著不同風格的社會菁英氣息，但到了此時，三人身上卻顯露出大同小異的徵兆——

疲累。

他們看起來疲累極了，三人六隻眼睛，都圈著厚厚的黑眼圈，嘴際、下巴生著雜亂的鬍碴，身上也散發著不佳的氣味——在小魚的指示下，他們只能小心翼翼地擦澡，以免弄濕了掛在頸上那只不怎麼防水的遠端控制器。

半截手指大小的遠端控制器，作用是在他們離開偷心眼鏡控制範圍時，也持續影響他們的心智，讓他們對周祈說的話深信不疑。

他們紛紛取下控制器，放在圓桌上一只無線充電的方板上——方板上的顯示小燈亮起，三枚遠端控制器開始充電。

遠端控制器的電力只能連續運作三十小時，因此他們每天都會來到這間咖啡廳報告工作進度，也讓小魚檢查遠端控制器的運作情況，並且充飽電力。

此時眾人的目光，都放在油頭的平板電腦上。

平板電腦正播放著一則短片，短片裡是個穿著邋遢、睡眼惺忪的女孩，被鬧鐘吵醒，翻身下床，打著哈欠踏過堆滿垃圾的地板，從衣櫃翻出衣裙隨意套上身，還一手撥開梳妝台小椅上的垃圾，從垃圾堆中撈起梳子對著鏡子梳頭。

鏡子映照出堆滿垃圾的整間套房，角落甚至躺著具男性屍體。

女孩梳完頭，扔下梳子，起身走至玄關，一面穿鞋子，一面隨手從包包中拿出一個小玻璃瓶，往前方噴了噴，然後走過那香水雨幕，伸手開門——

出門的女孩，容光煥發、丰姿綽約，像是換了個人，自信地走在街上，經過她身邊的每個人，都忍不住回頭望著她。

「清新素雅，如沐春風。」

雅痞沙啞地替這無聲短片配起音來。「茱麗葉，素雅春風。」

短片也同時出現雅痞所唸字幕。

「還不賴。」小魚對油頭露出讚許的神情。「完成度好高，拍攝品質和演員表現，比一堆廉價廣告還要好。」

「我朋友剛好在拍片……我厚著臉皮跑去他片場，請他在拍攝空檔，幫我拍這些東西……」油頭兩眼空洞，他疲累的模樣，和短片裡那具屍體臉色相差不多——那具屍體就是他本人飾演。「我以前幫過他大忙，所以他也給我面子……」

這則短片雖說只是概念草稿，但由於出於專業人士，因此運鏡手法和演員演技扮相都有專業水準。

「我覺得……裡面那具屍體會不會有點多餘？」襯衫推了推眼鏡，說：「這樣不會太嚇人嗎？」

「大王給我的腳本就是這樣啊。」油頭對襯衫的提問不置可否，看了看周祈。

「可以掩飾屍臭的香水，不是很屌嗎？」周祈對自己的創意倒是頗具信心。

「香水當然不能掩飾屍臭。」小魚一面檢視遠端控制器，快速地說：「不過這概念有趣、有衝擊性。眞要上電視螢幕，屍體畫面剪掉就好了——而且吶，這只是個草稿提案，提案就要讓主管有開口糾正的空間，做面子給他們，免得一些自以爲是的豬頭外行主管，爲了表現自己的聰明才智，明明什麼也不懂，硬要給你這裡改一下、那裡改一下，結果改成四不像。屍體這個梗，就像是刻意賣出的拳靶子，讓他們也能擠過來打兩拳，獲得點參與感——例如那個四眼禿頭，他一定會上鉤，事先知道他怎麼攻擊，我就有辦法對付囉，嘻嘻。下一部。」

油頭開啓第二則短片。

同一個女孩，不同的扮相。場景是處冷氣壞掉的辦公室，人人汗流浹背，捏著領口搧風喊苦；只有女孩不受酷暑折磨，笑咪咪地繼續辦公。

她的身邊彷彿下起了雪，讓同事們忍不住往她的位置湊近再湊近。

她優雅地起身，拖曳著香風送文件去了。

畫面切換到她座位上那瓶香水。

雅痞開始配音：「炎炎暖陽裡的宜人涼風，茉麗葉，沁心冷雪。」

「好像不夠強烈……算了。」小魚這麼說：「下一部。」

油頭開啓第三則短片，這部影片主角是個男人，又是油頭本人。

油頭拿著模型槍，身處在空曠賣場中，鼻子抽動聞嗅著，像是在找尋著什麼。

他逐層往上搜索，途中開槍擊爆一個個來襲活屍的腦袋，最後終於在一處小櫃前，見到夾在小櫃門外的一截衣角。

打開來，是同一個女孩。

這次女孩穿著火辣些，一身火紅禮服，像是出席晚宴的嘉賓。

油頭拉出她，嗅了嗅她的髮際，摟著她轉身迎戰追來的活屍群。

他們的背景模糊遠去，畫面聚焦在一只從小櫃裡滾出的香水瓶子身上。

「乾柴烈火，一發不可收拾。」雅痞配音：「茉麗葉，濃情紅顏。」

周祈像是十分喜歡這一部短片，他說：「可惜片長不夠，拍不出決戰大魔王的那一幕。」

「這是香水廣告，不是電影。」小魚哼哼地說，突然靈機一動，改口說：「不過故事性廣告也不賴，可以放在網路上連載——不錯不錯，大王，你的作用比我想像中大一點。」

「妳這話什麼意思？妳原本覺得我的功用只是個人體眼鏡架？」周祈在短短幾天想出幾則廣告劇情，兩隻眼睛也掛著淡淡的黑眼圈。

「沒什麼意思。」小魚彈了記手指。「開第四瓶香水囉。」

油頭開啓第四部短片，仍是同一個女孩。

女孩紮著麻花辮，坐在田野旁三合院的門口——

此時的她滿頭白髮，一身老妝，飾演七、八十歲的老太太。

她望著天，像是在回憶往昔，然後她的視線放低，見到了從田野那端走來的男人——油頭。

油頭也化老妝，胸前掛著一台相機，手上捏著一張照片，一步步跨過田野，往三合院走來。

他來到了扮成老婆婆的女孩面前，遞給她那張照片。

那泛黃單色照片，是女孩年輕時的模樣，照片裡年輕版的女孩動了起來，照片畫面晃動成動態影片，場景是港口市街一角，女孩和姊妹談著天。

經過她身邊的油頭被那香味吸引，轉身拍下她幾張照片。

便這樣地魂縈夢牽，一直尋她到老。

老妝油頭將照片遞給女孩，還取出一瓶香水一同遞去。

女孩凝視著照片，嗅嗅香水，笑著點了點頭。

「一香傾心，三生難忘；茱麗葉，三生三世。」雅痞配音。

「這可以拍成長篇鄉土劇了。」小魚笑著拍了拍手，跟著將視線放在襯衫身上。

襯衫與另外兩人一樣疲累，他揭開自己的電腦，開啓一個資料夾，裡頭是十餘張大小海報廣告設計草圖，與油頭那概念影片一樣，雖說是草圖，但完成度已經頗高。

在襯衫設計的海報草圖裡，四種香水各自有兩種主色，素雅春風是青草綠搭粉綠色；沁心冷雪是白色配銀色；濃情紅顏是紅色配紫色；三生三世則是稻禾黃搭金色。

「嗯嗯……」小魚對美術設計顯然研究不多，她跳過一張張圖，左看右看，也提不出太多意見。她見三人的體力和心神顯然已經接近極限，便說：「差不多就這樣，你們回家洗個澡、睡個好覺，我會再跟你們後續聯絡。」

「哦──」雅痞等三人聽小魚說他們終於可以休息，都露出鬆了一口氣的神情，紛紛收拾東西，準備解散。

「那麼……」襯衫遲疑地問：「這次案件的酬勞是……」

襯衫那麼說，雅痞和油頭也同時露出了終於想到這件事的神情，他們紛紛望向周祈和小魚。

「酬勞就是，大家齊心合力完成了一件很棒的工作之後，得到了豐富的經驗和友情呀！」周祈望著三人的眼神，幾天下來，他已經習慣在三人感到疑惑或是疲累時，利用偷心眼鏡的力量對他們精神喊話。

「對啊！」三人臉上出現了恍然大悟的滿足感，滿心歡喜地與周祈和小魚道別。

「別急。」小魚在一旁補充：「這次外包案件是件長期工作，我會再跟你們聯絡，所有的酬勞會在全部完工之後一次結算給你們，絕不會虧待你們三位。」

雅痞三人聽小魚保證確實能夠拿到酬勞，再加上周祈剛剛說的豐富的經驗和友情，都覺得自己接了份好工作，心滿意足地離開咖啡廳。

「你的嘴砲功夫越來越厲害了。」小魚對周祈豎了豎大拇指。「可以當一流的神棍或是心靈團體高層幹部了。」

「是妳要我這麼說的。」周祈白了小魚一眼，摘下偷心眼鏡，放在眼鏡盒上充電。「原來偷心賊就是大騙子。」

「不唬爛怎麼偷心啊，你以爲心這麼好偷啊。」小魚哼哼地說，繼續操作著筆記型電腦。「不過你嘴砲功夫提高也是件好事，這樣你才有足夠的戰力迎戰學長哥。」

「迎戰學長哥？」周祈先是一呆，跟著啊呀一聲，掏出手機開啓行事曆。

「別看了，就是今天。」小魚敲著電腦，她這幾天可也沒閒著，時時刻刻都在製作明天會議所需的簡報。但是她此時和周祈聊的事情，跟手指敲的資料，顯然是兩件不同的事情，她像是十分習慣一心多用。

今天晚上，是周祈愛慕的宜君，與直銷學長相約的日子。

□

「這裡？」

周祈望著眼前位於防火巷裡，那老舊大樓側面一處不起眼的小小入口。

「是啊。」小魚點點頭，她換了副青藍底色的小熊口罩，手上抓著一袋甜甜圈，她吃甜甜圈的方式，是將甜甜圈撕成一小塊，掀起口罩一角，將甜甜圈碎塊塞入嘴中。

此時是下班時間，捷運站商圈裡人潮熙攘。

周祈和小魚身處在兩棟大樓之間的防火巷裡，他遲疑地踏入那像是逃生通道般的小入口，只見裡頭燈光昏暗，牆上貼著一張小小的告示——

超領導課程，請上三樓。

這個「超領導課程」，就是宜君那位學長的直銷公司。

「課程？他們賣教學？」周祈有些訝異，他本來以爲那學長賣的是牙膏、化妝品之類的商品。

「靈骨塔都能賣了，教學當然也能賣。」小魚嘴裡塞滿了甜甜圈，她那口罩上的小棕熊隨著她的咀嚼而晃動，像是在跳肚皮舞。

他們走上三樓，推開逃生門，經過一條長廊，來到一處小小辦公室外。

門外擺著一個立牌，上頭寫著「超領導工作坊」幾個字。

隔著門，周祈就能聽見裡頭傳來的一聲聲心戰喊話。

「想不想當領袖！」

「想！」

「平民和領袖，你想當哪個？」

「領袖！」

「想不想當人中之龍？」

「想！」

「平民和領袖，誰才是人中之龍？」

「領袖！」

周祈伸去推門的手，被那陣陣奇異的對話聲浪嚇得停在空中；他轉頭，望了小魚一眼，怯怯地說：「妳確定是這裡？」

「確定啊。」小魚說：「有沒有覺得氣氛跟你故事裡的一個邪教組織很像？」

周祈還沒答話，門便自己開了。

一個年輕女孩望著周祈和小魚，堆著笑臉說：「你們是來旁聽課程的嗎？」

「是啊。」小魚點點頭，將手機螢幕讓那女孩看了看，螢幕上顯示著超領導課程的社群網站裡一則活動辦法，那是一個免費體驗超領導課程的活動。

「各位！」女孩活潑笑著回頭，對一處寬闊得猶如舞蹈教室裡的眾人說：「又有新朋友上門了，讓我們歡迎未來的領袖——」她說到這裡，轉頭向周祈說：「請問兩位尊姓大名？」

「在我們決定上課之前，沒辦法透露太多個人資料喔。」小魚笑咪咪地說。

「沒關係，隨便取個代號也可以，讓同學們彼此稱呼。」女孩一點也沒有不悅。「我們這裡完全不會勉強任何人做任何事喔，一切的一切，都由你的心決定！」

「由你的心決定！」那鋪著地墊的空曠區裡的年輕學員裡，其中一人高聲帶頭喊，其他學員們也跟著歡呼。「由你的心決定！」

「好吧，他叫尼可拉斯凱吉，我叫小魚。」小魚這麼說。

「好！」女孩立刻帶著周祈和小魚換上室內拖鞋，往那空曠聚會區走去，周祈這才發現這間辦公室比他想像中大了些，除了那空曠聚會區外，還有許多小小的隔間。

「讓我們歡迎——」女孩熱情地拉著周祈和小魚的手來到學員面前，高高舉了起來。「尼可拉斯凱吉跟小魚。」

「尼……」周祈低聲埋怨：「妳幹嘛隨便幫我取代號，要取也是我自己取……」

「未來的領袖，怨言不要那麼多。」小魚冷冷應著。

那帶領他們的女孩似乎聽見了小魚的話，驚艷地說：「看來我們兩位未來的新領袖們，已經具備一定程度的領袖意識了！」

「領袖、領袖、領袖、領袖！」十餘名學員開心地鼓掌。

「……」周祈倒吸了口冷氣，覺得自己像是掉進了一個奇異空間，遇上了一群奇幻電影或是恐怖遊戲裡才會出現的奇異教徒們。

他讓那女孩牽著，又被身旁一個瘦瘦高高的年輕男孩牽起手，十餘人牽起一個大環，在幾個資深學員帶頭下，喊著領袖宣言。

「在一個叢林裡，有獅子、有兔子、有猴子，誰才是領袖？」

「獅子！」

「獅子、兔子、猴子，你要當哪個？」

「獅子！」

「獅子和獵物，你要當哪個？」

「獅子！」

「尼可拉斯凱吉，領袖跟平民，你要當哪個？」周祈右手牽著的那竹竿男，轉頭問他。

他一連問了數次，周祈都沒反應。

周祈不停左顧右盼，尋找宜君的身影，他見到這辦公室中還有些人影來來去去，他找了半晌，都沒有見到宜君——

小魚聲稱今夜宜君和那學長就相約在這個地方，他懷疑宜君已經被學長帶入某間隔間中單獨對話；他與小魚之間還隔著那領他們過來的女孩，他將身子往後仰，不停朝小魚擠眉弄眼。

「你幹嘛？人家在問你耶，領袖跟平民、獅子和獵物，你要當哪個？」小魚這麼提示他。

「啥？獅子？獵物？」周祈呆了呆，這才聽清楚右手邊那竹竿男問的問題，便隨口應付幾句，跟著忍不住想問身旁那女孩關於學長的下落——

但他還沒口，就見到宜君和那學長，從其中一間隔間走出，身旁還跟著幾個學員。

他們有說有笑地走進這牽手圈圈區，學長從兩個學員牽著的手間鑽進圈圈中央，緩緩轉著圈，環視每一名學員。

而宜君則插進了小魚的隊伍旁，和小魚牽起手，問著她：「妳是新同學？」

「我來體驗你們的免費活動。」小魚這麼答。

宜君點點頭問：「感覺如何？」

「不清楚，我們才剛剛進來。」小魚這麼說。

「唔……」周祈不停仰頭、探頭，只想聽清楚小魚和宜君嘰哩呱啦說些什麼。

「各位新同學，你們會來到這個地方，可能是基於各種理由，可能是對未來的人生感到困惑，可能是剛好看見了我們的傳單或是網路廣告，又可能是經由親朋好友口耳相傳而得知我們的存在。」學長意氣風發地對每一個人說話。

他像是一隻巡視自己領地的獅王般，與每一個人四目相交，拍拍每一個人的肩。

然後，他的視線與周祈對望，也拍了拍周祈的肩，對他說：「新同學，歡迎你的加入，我相信你絕對可以成爲領袖。」

不知怎地，周祈竟然自卑地低下頭來。

「未來的領袖，我知道妳很努力。」學長拍了拍周祈與小魚之間那領路女孩的頭，女孩臉上泛起微微紅暈。

「妳也是新同學？妳的頭髮好可愛，現在沒人留這種頭。」學長的手繞過那女孩，像是想碰小魚的髮髻。

「我走復古路線。」小魚這麼說，竟然不避不閃，任由學長揉了揉她頭上兩個包包髮髻。

「呃？妳不是……」周祈本來以爲小魚會賞他一記過肩摔，但見小魚毫無反應，一時竟有些不是滋味。

學長望著小魚眼睛，說：「妳近視度數很深？身體不舒服嗎？怎麼戴著口罩？」

「是啊。」小魚點點頭，說：「我近視超過一千度，只能戴著醜醜的眼鏡，眼睛看起來都變形了，而且我氣管敏感，每天都戴著口罩，現在空氣品質太差了。」

「眞是可惜。」學長拍了拍她的頭。「妳的眼睛其實很美。」

「你也是。」小魚這麼答。

然後學長來到了宜君面前，雙手按著她的肩，說：「未來的領袖，妳準備好接受往後每一天的挑戰了嗎？」

「我每一天都準備好了。」宜君微笑地答。

「……」周祈焦慮地探著頭，他見到宜君此時望著學長的雙眼，流露出她社群網站帳號那些生活照片裡沒有的光彩。

那是種好美好美的光彩——倘若是望著自己的話。

偏偏宜君望著的人不是自己，而是學長，因此周祈一點也感覺不到幸福，而是濃濃滿滿的嫉妒和哀怨。

「哎喲，同學……」周祈左右兩邊的學員，似乎都感受到周祈與他們互牽著的雙手上那股散發出嫉妒和怨毒的力道，連連向他反應起來：「你握得有點大力喔。」

「抱歉……」周祈嘆了口氣。

他悵然所失地度過了接下來數十分鐘的「未來領袖訓練」，聽著大家輪流敘述心目中對於領袖與平民、獵人和獵物間的想像。

有些人痛哭流涕地講著自己過去是如何地被輕賤、被瞧不起；有些人陶醉地想像自己成爲領袖之後的威風神采；有些人努力揣摩著成爲領袖的過程中可能遭遇到的困難和挫折，以及應對之道。

他們的共通點，是立志成為人中之龍、領袖中的領袖。

學長站在眾人牽手圍成的圈圈中，像是一團炙熱的營火，用他充滿磁性的嗓音，點燃著大家的夢想。

就在氣氛逐漸攀升到最高點的時刻，學長突然靜默了數十秒，才終於開口繼續說——

「然後，終於來到抉擇的時刻了。」

學長緩緩轉圈，凝視每一個人的眼睛，沉沉地說：「你們每一個人，都想成為領袖。而在成為一個領袖的路途上，必然會遭遇困難；大大小小的生命課題，會在你們意想不到的時刻，出現在你們面前，考驗你們的智慧和遠見。」

他說到這裡，頓了頓，又說：「考驗你們的眼睛，究竟能夠看多遠。而這也是領袖與平民的分別——老鷹和獅子，能夠遠遠地看到獵物；而獵物，永遠只能看見眼前的草。當牠們低下頭吃草的時候，就是老鷹和獅子發動狩獵的時候。」

「接下來幾十分鐘，是你們在領袖之路上，面臨到的第一個考驗，考驗你們的眼睛究竟能夠看得多遠。」學長吸了口氣，又頓了頓，嚴肅地說：「這個考驗，決定了你們的未來；想成為領袖，或是永無止盡地當個平民。想當偉大的獅王，或是可憐的獵物——由你們自己決定。」

學長說完，便走出了這牽手圈圈，頭也不回地往辦公室深處走去。

資深學員們放開了手，將新學員一一帶入小隔間中。

開始了超領袖免費體驗的第二階段。

開始了學長口中的第一個考驗。

考驗著眾人選擇短視或是遠見、想當獵人或是獵物、領袖或是平民。

彷彿也同時考驗眾人口袋和智能的底限。

周祈望著宜君擺在他眼前的那疊契約，上頭詳載著各式各樣的課程排列組合，眼花撩亂的程度，比各大連鎖速食店的套餐菜單全部加起來再乘以十倍還要複雜。

「你們可以慢慢看，如果有看不懂的地方儘管開口問我，我會把我知道的一切都告訴你。」

宜君微微笑地拍了拍周祈和小魚的手。

周祈覺得腦袋裡開出幾朵花，這是他第一次碰到宜君的手，但在這之前，他想破頭也想不到竟然是在這種場合、這種情形之下。

他望著宜君的眼睛，覺得全身飄飄然地，但飄然之中，卻又有些惆悵。

因爲宜君似乎完全沒認出眼前的他。他曾經和她就讀同一所大學，且四年來在校園裡擦肩而過許多次，還是她的社群網站上其中一名好友。

「嗯，其實我們是同學喔……」周祈勉強擠出笑容，報上一個校名。

「啊！眞的啊？」宜君呆了呆，笑得十分燦爛。「那我們在學校裡應該見過面喔。」

「見過很多次喔！」周祈點頭如搗蒜，他幾乎可以背出所有在校園裡見到宜君的情景，但很顯然地，在宜君的記憶中，自己的身影和形象，就和校園裡的棕櫚樹或是磚牆桌椅之類的背景一樣模糊。「但妳可能不記得就是了。」

「不，我記得你喔……」宜君笑著說。「我感覺你是個內向的人。」

「哦？」周祈有些驚訝，卻聽見身旁的小魚噗哧地笑了一聲。

「妳說的沒錯喔，他眞的又內向又優柔寡斷。」小魚撿起桌上的筆，塞進周祈的手上，說：「你到底想不想當領袖，拖拖拉拉還不快簽名，尼可拉斯凱吉。」

「啊呀，不用急，一定要看清楚喲。」宜君溫柔地說：「我們每一項課程的特質和時間需求都不一樣，你們千萬要考慮清楚，我們不會勉強，因爲呀——」

「因爲呀。」小魚插話說：「這是考驗我們的眼睛，究竟能看得多遠，短視的人會畏懼於課程的長度跟學費；有遠見的人，卻能夠將視線放在這座山後面的美麗風景。」

「對，就是這樣。」宜君露出發現了璞玉般的讚賞神情。

「對啊，我簽好了。」小魚哈哈笑著，跟著將自己那份契約推至宜君面前。

「哇——」宜君眼睛亮了亮，見到小魚勾選了整份契約上爲期兩年、最爲昂貴的頂級課程套餐，加上八組教學光碟、十四套課本、課程中所需的營養補給品跟遊戲道具，還有能夠提昇領袖專注力的薰香和睡前紓壓精油等，一共要價四十八萬九千八。

這時的宜君反而有些驚嚇，她說：「嗯，有些課程用品並不是一定要買，可以視自己情況跟需求選購……不必浪費錢喲……」

「可是我有遠見啊。」小魚這麼說的同時，從那連身工作服其中一個口袋裡掏出了皮夾，翻出一張黑卡，和自己的身分證。「同學，我朋友做事慢吞吞，讓他慢慢看，妳先處理我的合約，回來我再幫妳說服他……」

「太好了！」宜君欣喜地拍了拍小魚的手，又拍了拍周祈的手，對他說：「你慢慢看喲，千萬不要給自己太大壓力，只要問自己的內心，究竟想當一個領袖，還是繼續當一個平民就行了。」

「嗯……」周祈呆愣愣地點了點頭，目送小魚和宜君走出這小隔間，緩緩舉起手，湊近鼻端，像是想嗅嗅宜君手指香味。

他突然感到有些茫然無措，他搞不清楚自己是爲了什麼才來到這個地方了。

四周還隱隱約約聽得見，其他小隔間中傳來的那些資深學員和參加體驗課程的年輕人之間各式各樣的領袖對話。

「我平常還要上班，這個時段可能不適合我……」

「這一組課程只要十八萬八千八，在體驗課程裡簽約可以打八折，取整數只收你十五萬，之後就沒有這樣的優惠囉！」

「有沒有……再更便宜一點的，現在我還有學貸要付……」

「當然有呀。但是這取決於你給自己的定位囉，領袖的視野，是很遼闊的；對一名領袖來說，二十萬還是十五萬，都只是草原上的一座土丘，大一點的土丘跟小一點的土丘，都只是土丘而已；一隻老鷹，不會計較自己飛過了大土丘或是小土丘，牠只會看見土丘後面的美麗風景呢——不過這還是得靠自己決定囉，你必須相信自己擁有一雙領袖的眼睛。」

「……」周祈聽著各式各樣千奇百怪的對話，突然發覺自己的手機震動起來，他取出手機看了看，上頭是小魚傳給他的訊息——

「看看我擺在桌上的手機，白痴領袖。」

「呃？」周祈拿起小魚留在桌上的手機，點開螢幕，只見螢幕上顯示著一個監視器畫面——畫面裡的人，正是小魚。

小魚正坐在櫃檯，與課程人員核對資料，確認每一項課程和所需費用的細節，小魚不時提出問題，一面操作著另一支手機。

顯然小魚事前已經駭入這間領袖課程教室裡的監視系統，再透過特殊程式，將監視器畫面傳至周祈手上的手機螢幕。

「你看我的手機了嗎？按右下角的按鈕，可以切換不同監視器畫面喔。」

「唔！」周祈望著這則訊息，這才驚覺，此時手機那監視器畫面裡正與櫃檯人員核對資料的小魚，正同時傳訊息給他。

小魚一向能夠一心多用。

他依照小魚的指示，按下監看程式右下角的按鈕，將畫面切換至另一個攝影鏡頭。

畫面上出現兩個人，分別是坐在辦公桌前的學長，和剛走進門，繞過辦公桌，坐上學長大腿的宜君。

「唔！」周祈像是看見恐怖電影裡嚇人橋段般身子猛地一顫。

「別太驚訝喔，學長也看得見你，但他不知道你也看得見他，嘻嘻。」

「喝！」周祈望著小魚傳來的第三則訊息，更驚訝了。他在進入這個小隔間的同時，就注意到小隔間上方裝了一具監視器。他並不訝異學長在辦公室裡能夠看見所有隔間裡的一舉一動，他訝異的是自己竟然能夠用小魚的手機反過來看見學長和宜君的一舉一動。

「原來不是小魚，是一條大魚。」宜君坐在學長大腿上，攬著學長的腦袋，貼在自己身軀上最柔軟的部位，和他一同看著坐在櫃檯前的小魚。

「你太有魅力了，我剛剛在她旁邊，她一看到你的眼睛、聽到你的聲音，就受不了了。」宜君嘻嘻笑著說：「你對這個四眼口罩妹有興趣嗎？說不定口罩打開來是個醜八怪喲。」

「我對她的黑卡很有興趣。」學長這麼說，一面隨意在宜君身體上各個部位游移撫摸，像是把玩著一個大玩具一樣。「爲了她的黑卡，我也必須讓自己對她的人感興趣了——至少她的眼睛很美。」

「她的眼睛有我的眼睛美嗎？」宜君轉著學長的腦袋，將之轉向與自己對望。「我也對她的黑卡有興趣，只好勉爲其難將你借給她玩了。」

「……」周祈感到有些暈眩，他全身都在發抖。

他有些明白自己從剛剛到現在那種茫然不自在的感覺了。

他本來是來英雄救美的，是來拯救心目中的女孩逃離大壞蛋魔掌的。

原來宜君並不是學長鎖定的獵物，而是和學長一樣，是同一群狩獵者。

他才是獵物。

「我發現那個尼可拉斯凱吉對妳挺有興趣耶，他看著妳的眼神，像是看著女神一樣。」學長這麼說。「妳也要加把勁，把他釣起來喔。」

「他說他是我同學耶，我根本不認識他。」宜君笑容燦爛如花。「你要我去釣他，你不會吃醋嗎？」

「會啊。」學長像個嬰兒一樣地將臉貼在宜君胸間扭來轉去。「我會吃醋呀，但是如果可以釣出一條大魚，吃醋當吃補，我會默默承受的。」

「哼，我標準才沒你那麼低呢，什麼胖的黑的、豬鼻子歪嘴巴的全都吃得下去！」宜君說：「我要確定他真是大魚才釣呀，窮酸小蝦米有什麼好釣的，浪費我時間，哼。」

「跟他一起來的小魚都是條大魚了，說不定尼可拉斯凱吉是大鯨魚或是尼斯湖水怪喔！」學長這麼說，又將視線放回自己電腦螢幕上的櫃檯畫面。

畫面裡的小魚已經笑嘻嘻地刷卡簽下帳單。

「好了、好了。」宜君起身，攤平被學長揉縐了的襯衫，拉整裙角，望著周祈這小隔間裡的動靜。

周祈一動也不動，低著頭盯著小魚的手機。

然後他突然起身，推開房門快步離開。

「他怎麼了？」學長和宜君都是一驚，趕忙想要起身阻止周祈離開。

周祈低著頭，一句話也不說，來到櫃檯前換上自己的鞋子，瞪了小魚一眼，推門離去。

「怎麼了、怎麼了？」學長和宜君來到了櫃檯前，望著周祈奔出的背影，不解地望著小魚。

「妳朋友……尼可拉斯凱吉怎麼了？」

「他？」小魚想了想，說：「他可能沒錢，他很自卑，又不好意思說——不過你們放心，我正式來上課的時候，會再帶他來，如果他眞的付不起學費，我會替他出。」小魚說到這裡，揚了揚手上的黑卡。

「啊？」學長和宜君又是訝異又是驚喜。「是……是嗎？妳……妳們是男女朋友？」

「不是喔，他是我的手下，是我的小跟班。」小魚呵呵笑著回答，跟著啊呀一聲，望著手機。「已經這麼晚了，我還有事，各位領袖再見！」

小魚說完，在學長和宜君滿臉笑意的目送下，換上鞋子離去。

# 07

河堤上的夜風又大又冷。

站在堤防步道上，往剛剛那捷運鬧區的方向望去，夜晚一棟棟大樓堆聚在一起的遠貌，瀰漫著科幻電影裡的神祕氣氛；一扇扇透著光的窗，像是巨大航空器或是機械人上的警示燈號。

周祈走在前頭，小魚跟在後面。

「你走來這裡幹嘛？」小魚問：「你家又不是這個方向。」

「關妳什麼事！」周祈惱怒地問：「妳跟在我背後幹嘛？妳家也不在這啊！」

「因爲我看你傷心難過又生氣，怕你做出傻事。」小魚望著漆黑的河面，望著倒映在河面上的點點燈火。「要是變成水鬼來找我，怎麼辦？」

「我才不會那麼做！」周祈焦躁地說：「我幹嘛傷心難過生氣？我跟她……本來就沒關係……她本來就不認識我，我也不認識她！我跟她只有在網站上聊過幾句而已。」

「網路上聊過幾句就這麼失落啊。」小魚嘻嘻笑地說。

「我哪裡失落了？」周祈說。「只是看清楚她的樣子而已，道不同不相爲謀而已……」他說到這裡，見到小魚沒有搭話，而是仰著頭看星星，只覺得滿腹焦躁無處發洩，悶著頭走了半晌，忍不住主動回頭說：「妳爲什麼不早點跟我說？」

「跟你說什麼？」小魚問。

「跟我說……眞相啊！」周祈說：「情形根本不是妳說的那樣子，那個學長根本沒有要騙宜君，他們本來就是合作關係！」

「什麼，是這樣呀？」小魚佯作驚訝說：「我不知道耶，你是怎麼發現的？」

「妳再裝啊！」周祈見小魚嬉皮笑臉的模樣，更生氣了，他說：「妳入侵他們的電腦，連自拍照片都看到了，怎麼會不知道他們平常相處的狀態，妳根本早就知道他們的關係，故意騙我親眼去看！」

「親眼看不好嗎？」小魚攤了攤手說：「我用講的，你又不一定相信，說不定還以爲我在騙你。現在眼見爲憑，她是怎麼的人，你自己判斷，這樣不是很好嗎？你不是說自己不失落嗎？反正你跟她本來就不熟，你喜歡的她，不是眞的她，而是你腦袋裡想像中的樣子——其實這也不稀奇啦，現在很多宅男都是這樣，但他們永遠沒機會見到眞相，至少你見到了，不是嗎？」

「……」周祈翻了個白眼，懶得再跟小魚爭辯，默默走了半晌，突然聽小魚電話響起。

「是是是，我正在勸他回心轉意。你們放心，到時候我正式去上課，一定會帶他一起去的。」小魚嘻嘻笑著應答，然後掛上電話。「看起來宜君跟學長都很在意你耶，他們很想要我帶你回去。」

「妳竟然留眞電話？」周祈訝異地問。

「何止眞電話。」小魚說：「我連課程都是眞的買耶。」

「什麼！」周祈駭然地說：「妳瘋啦，那要三十幾萬耶，妳眞的被他們說服了？」

「什麼三十幾萬，加上一切課程所需的教材跟各種道具，快五十萬了。」小魚這麼說。「你以為我拿假的黑卡呀？我只會入侵電腦，還沒厲害到做假信用卡喔。」

「妳哪來的黑卡，妳哪來這麼多錢？」周祈不解地問：「妳為什麼要買那個鬼課程？」

「我不買下最貴的課程，怎麼讓你見到宜君心花怒放跑去跟學長報告戰果的樣子呀？」小魚嘿嘿笑著說：「至於這張黑卡呀，當然是強爺的啦；研究偷心眼鏡的經費跟工作室一切支出，都由我管理呀，我身兼會計耶；強爺腦袋時好時壞，讓他處理經費、數字這種事情，會很可怕喔。」

「讓妳處理也很可怕啊！」周祈愕然說：「妳竟然挪用公款幹這種事？」

「公款公用啊！」小魚哼哼地說：「我又不是拿來買自己的東西滿足私慾，我是為了救贖你破碎的心耶，這跟我們的任務有關；而且我又沒有眞的要去上課，之後玩夠了，再請他們退費就好囉。」

「哪有這麼容易？」周祈瞪大眼睛。「虧妳這麼精明，妳不知道他們這種直銷公司很難搞嗎，怎麼可能會退費給妳？啊……我知道了，用偷心眼鏡就容易多了……」

「是啊，用偷心眼鏡的話，別說退費了，要他們把整間公司讓給我們都行呀。」小魚哈哈大笑。「不過我其實沒打算用偷心眼鏡解決這件事耶，因為那樣太容易了，沒有挑戰性，不夠有趣；我想用我的方式解決，所以我很期待他們不退費給我，這樣我才有全面開戰的藉口呀。」

「用妳的方式解決？」周祈不解地問：「妳想怎麼解決？」

「祕密。」小魚這麼說：「這你就不用擔心了，反正簽約的人又不是你，這是我跟超領導獅王之間的戰爭，你等著看好戲就行了。你要做的，是讓心情放鬆，好在明天的會議上，從容面對張光輝那些人。」

「好，我盡量放鬆。」周祈翻了個白眼，說：「妳眞會挑時間啊，明天有重要會議，今天帶我來看這種事……對了！」他像是突然想起了什麼，說：「妳不是不准別人碰妳的髮髻嗎？爲什麼他就可以碰？」

「你白痴啊。」小魚笑著說：「我不是說過了，我這身造型是故意的，免得讓天靈集團的人盯上。我們現在可是準商業罪犯耶，我兩個髮髻裡藏著腦波保護裝置和竊聽器——至於那學長，他根本無關緊要，讓他碰碰又沒差。幹嘛？你吃醋啊？你也想碰啊？」

「讓你碰碰的話，你心情會比較好一點嗎？」小魚這麼說的時候，搖頭晃腦，故意將兩個包包髮髻在周祈面前晃來晃去。「會比較放鬆嗎？」

「不曉得。」周祈哼哼地伸出手，往小魚那髮髻抓去，但被小魚閃過。

「要碰髮髻可以，但是你得摘下眼鏡。」小魚嘿嘿笑地向周祈伸出手。

「啊！」周祈先是一呆，跟著猛然會意——小魚髮髻裡藏著能夠抵抗腦波控制的小裝置，要是周祈不安好心，故意捏壞那裝置，就能夠用眼鏡控制她了。周祈氣呼呼地將眼鏡摘下，交給小魚，埋怨地說：「妳也太提防我了吧，妳眞的把我當夥伴嗎？妳害怕我用眼鏡控制妳？我控制妳要幹嘛？」

「防人之心不可無呀，誰知道你腦袋裡想什麼。要是你用眼鏡控制我，要我脫光光然後非禮我，然後露出你的尼斯湖水怪咬我怎麼辦？」小魚接過眼鏡，在河堤邊坐下，像是個維修員般翻看檢視著眼鏡，還順手從一個口袋裡取出工具，對眼鏡做起例行檢查，喃喃地說：「我眞怕眼鏡故障喲，有些關鍵晶片很稀有的，我聯絡好多外國廠商才弄到手的……」

「你當我變態啊！什麼尼斯湖水怪，不要學那個傢伙說話！」周祈在小魚身旁坐下，探手往她頭上撈去，小魚果然不再閃避，讓他捏著髮髻，只是隨口提醒他：「別太大力，腦波保護裝置也很貴的，眞捏壞的話，你賣屁股或是水怪也賠不起喔。」

「哼……」周祈輕輕地捏揉她頭上那兩顆髮髻，果然感到裡頭都包著東西，捏了半晌，見她沒有反應，也不好玩，索性枕著頭躺下仰望起星空。

周祈才剛躺下，突然瞥見小魚舉手往耳際摸去，揭下了口罩，搧風透氣。

「……」他望著小魚背影，見到她的口罩只繫著一耳，便悄悄地從身旁背包取出自己的眼鏡戴上。

然後陡然坐起身，還將身子往前一探，望向小魚的臉。

但小魚在他起身的同時，已經飛快將口罩戴回臉上，仍不發一語地檢視著偷心眼鏡。

「別傻了，你仰臥起坐的速度哪有我的手快。」小魚見周祈又仰倒躺下，只能看見她的背影，便又揭開口罩透氣。

「妳怕被天靈集團的人認出妳的樣子，有必要連我一起防嗎？」周祈這麼說。

「我不是說了，我們就跟特務一樣，進行著一件神祕而不可告人的任務。」小魚笑著說。「要是出了什麼意外，你的計畫被天靈集團識破，你被逮個正著，他們把你綁在椅子上，把你褲子脫了、把你的雙腿掰開，用很粗的繩索鞭打你的水怪，威脅你供出我的長相，那就糟糕了，你絕對會招供的！」

「哈哈……妳也未免太誇張……」周祈哈哈大笑，然後——

用更快的速度坐起。

但小魚戴回口罩的速度也更快。

「……」周祈緩緩地躺下。

「小心別閃到腰，這樣明天開會會不舒服喲。」小魚這麼說，又將口罩揭下半邊透氣。

「天靈集團的人有這麼兇嗎？」周祈問：「你們一開始不是說這個任務不會有人受傷？」

「我的意思是我不會使用偷心眼鏡做一些傷天害理的壞事呀，但別人會不會粗魯對付我們，誰知道呢？天靈集團這麼大，總有些保全措施嘛。」小魚這麼說。「我們想吞下人家一半資產，總要做好最壞的打算呀，你以爲錢這麼好賺啊。」

「……」周祈用手枕著頭，隨口問：「要是眞拿下一半天靈集團的資產，你們會分我多少？」

「分你多少？」小魚答：「你不是說完成任務就跟我一刀兩斷嗎？」

「一刀兩斷啊……」周祈喃喃地望著星空。

「那不如你說說，你想要多少？」小魚問。

「我不知道。」周祈答：「我只要能平平安安過日子就好了。」

「不如這樣好了，如果我拿下天靈集團一半資產，我就開一間出版社，出版你的小說。」小魚這麼說。

「呃！」周祈想不到小魚會這麼說，連忙說：「我……我還沒準備好，我說了我是隨便寫的，要是……要是書出了，賣不好怎麼辦？」

「賣不好就寫下一本啊，你有點挑戰世界的志氣好不好！」小魚哼哼地說：「再不然，也可以開一家電影公司，把你的故事拍成電影也行呀。」

「寫小說、拍電影……對我來說都太遙遠了啦。」周祈望著星星，像是聽著夢話一樣。「我沒辦法像妳一樣同時想這麼多東西，我一次只能想一件事，先平安度過明天的會議再說啦……」

他說到一半，突然又飛快坐起身。

小魚已戴回口罩，像是早已看穿周祈的意圖。

「其實你也很期待明天的會議吧。」小魚這麼說：「你總算也付出了心力，替四瓶香水想了四則故事，你很期待大家的看法，不是嗎？」

「雖然你以前只會打電動跟打水怪，只會在網路上暗戀一些你根本沒見過幾次面的女生，然後想著她們打水怪，但是在你的心底，還是希望有朝一日，自己能夠受到更多人的肯定不是嗎？」小魚將維修好的眼鏡，遞還給周祈。「明天，就是你大展身手的時刻，雖然你使用了眼鏡的力量找來幫手，但你自己也做出了貢獻——那些廣告腳本。很快你就能見到大集團裡面的頂尖人士，對你的才能做出評價。你有機會證明自己是個善良而且有才能的人，而不是成天窩在電腦前面看A片、寫色情小說、欺負水怪的人生失敗者。」

「妳不要用這種正經八百的語氣講水怪好不好……」周祈揉著腰，像是當眞扭著了腰。

「沒辦法，因爲我看過水怪本尊嘛。」小魚嘻嘻笑著說：「烙印在腦海裡的畫面洗不掉。」

「妳夠了喔……」周祈躺下，懶得再跟小魚拚戴回口罩的速度了。

# 08

小魚佇在某條地下街一處靜僻廁所外。

戴著一副粉綠色的小熊口罩。

據她說，她有一整套十餘種顏色、十餘種圖樣的小熊口罩。一週下來，周祈還沒看過小魚臉上出現重複的小熊。

當她吃東西的時候，口罩上的小熊就開始抖動起肚子。今天她吃的是麵包店裡賣的仿馬卡龍小糕點。

周祈從廁所走出，穿著一身西裝。

「你穿得好醜！」小魚正將一枚小糕點塞入口罩裡，見到周祈的模樣，瞪大眼睛，抬腳作勢要踢他屁股，像是想將他趕回廁所裡重穿一樣。

「我沒穿過西裝嘛……而且又不合身。」周祈辯解。

「放屁！」小魚將周祈推入廁所。「這西裝是替你量身訂做的，我調查得很仔細，你的身高體重和水怪尺寸我都知道。」

「妳還講水怪……喂喂喂，幹嘛，這是男廁！」周祈被小魚拉入一間殘障人士專用的隔間廁所中。「妳想幹嘛？」

「想幹嘛？當然是想教你怎麼穿西裝呀！」小魚沒好氣地說：「難不成想盜獵水怪啊？」

「給我拿好，別掉在地上喔！」小魚將那袋小糕點塞進周祈手裡，替他拉整西裝外套和襯衫的位置，重新繫著領帶，一面說：「我之前說過，偷心眼鏡只能控制在場的人，且有時間效力，你必須盡量替你本人增添額外的說服力——眞實跟催眠，是相輔相成的。」

「妳是說過沒錯……」周祈點點頭，小魚曾經仔細對他解說過偷心眼鏡的控制方式，是強行入侵對方大腦，將記憶跟思緒強制覆寫在對方當下的思緒裡，藉以達成類似催眠的效果——但其控制的程度，除了和對方腦波契合度有關之外，也與所述事件的合理性、眞實程度有某種程度的關聯。

簡單來說，周祈拿著一顆柳橙，騙對方是檸檬，自然要比拿著一坨大便騙對方是檸檬更容易許多；因爲柳橙的形狀和味道，總是比大便更接近檸檬。

也就是說，穿著西裝正經開會的周祈，除了讓未能親身與會，只能透過視訊連線的其他集團人士，不至於過於起疑之外，也能增加偷心眼鏡對於現場人士的影響力——倘若有必要的話。

「如果可以的話。」小魚拍了拍周祈肩膀，又將他拉出廁所，來到鏡子前，替他撥整頭髮。「最好整場會議都用不到偷心眼鏡，你知道爲什麼嗎？」

「因爲……妳擔心會被王茱瑛或是其他人發現——」周祈這麼答：「偷心眼鏡的存在。」

「對。」小魚正經地說：「天靈集團的前身就是強爺那研究室，裡頭許多高層，包括王茱瑛本人，過去可都是頂尖的腦神經科學研究員，你要是太招搖，他們說不定會發現我們的計謀。」

「嗯。」周祈望著鏡子裡穿上西裝的自己，倒也人模人樣，他不禁開始遐想，倘若是這副模樣的他，與學長同時站在宜君面前時，會是什麼樣的一幅光景。

但他一想到宜君，就想到昨晚從小魚手機螢幕裡見到的情景，不禁讓他胸中生出幾分酸楚。

「幹嘛？你在想，你現在這副帥樣，有沒有贏過那個領袖學長，對吧。」小魚拍拍他的肩，將他往廁所外頭拉。「我實話實說好了，你全身上下，除了你的特殊腦波和水怪以外，沒有一點贏得過他。」

「妳又在說什麼，我才沒那樣想……」周祈當然否認，突然又有點驚喜，連忙問：「等等，妳說我水怪贏他？」

「你不是說不要提水怪？」

「是妳一直在提啊！以後再也不要提了，不要提宜君、不要提他、也不要提水怪！」

「好，再也不提。」

他們穿過了尚未開始營業的陰暗地下街，上到了地面，左繞右拐好一陣，抵達了茱麗葉生技。

□

第一組辦公室裡，四名資淺組員戰戰兢兢地不知所措。

這一週來，那被張光輝「借」走的資深前輩，似乎日夜加班，平時甚少回到自己這小組裡。

這是因爲一來張光輝也想在產品會議上完美呈現自己的案子；二來是讓那幾名資深組員，沒有心力再替周祈貢獻些什麼。

「大家都做得很好呀，爲什麼一副半死不活的樣子。」

小魚哈哈笑著，檢視著四名組員各自的工作成果，是一些設計草圖、文宣和網路行銷企劃規劃等等——這些天小魚零星瑣碎地分配一些細節工作，交給四名組員製作。

儘管小魚並非組長，但指揮調度時的氣勢一點也不輸給公司裡的高級主管，加上與組長周祈熟絡，四名組員早已將小魚當成眞正的組長，完全聽她指揮。

「小魚姊，可不可以問一下。」一名年紀和資歷都比小魚大的組員，怯怯地問：「我們這一週……到底做出了什麼？」

「我們做出了很驚人的東西喲。」小魚神祕笑著，對四人說：「我跟組長每天加班到半夜，很辛苦呢。」

四人面面相覷，也不知道小魚說的是眞是假，但他們也沒有機會多問些什麼，小魚便拉著周祈到角落進行攻防演練——

「攻防演練？」周祈瞪大眼睛，說：「妳形容得好誇張，又不是打仗？」

「你不知道設計這行，靠的就是兩樣武器嗎？」小魚認眞說：「一是技術，二是嘴巴；跟內行人溝通可以靠技術，但對付外行人就得靠一張嘴了。」

「問題是……」周祈不安地看了看四周。「我也是外行、妳也是外行……我們要怎麼跟那些內行人攻防技術？」

「別忘了，我們有三名內行猛將。」小魚反覆地檢視周祈筆電裡幾個資料夾，裡頭裝著雅痞這三名準主管們，一週來齊心協力、極度超時工作的心血結晶。「你要做的一件事，就是沉著。」

「主管們已經陸續到了。」張光輝捧著一疊資料，在桌上重重敲了敲。「你們菜鳥不先進來等嗎？現在年輕人連禮貌都還給學校老師了？還是你們讀的學校裡，從來沒有教過這件事？」

「……」周祈和小魚相視一眼，這才起身，準備往會議室走。

張光輝揚起手，將跟在周祈身後的小魚攔下。「會議室裡位子置不夠，只有組長級同仁才能一起開會。」

「有道理。」小魚也沒與張光輝爭辯，而是帶著自己的筆記型電腦，繞去茶水間獨處，這情形其實也在她的預測之中——今天可是茱麗葉生技的例行重要會議，自然輪不到她這個普通組員在會議裡大放厥詞，且那樣也太過引人注目。

她替自己泡了杯咖啡，窩進小沙發裡，蹺起腿，揭開筆記型電腦——

螢幕上出現了即時視訊畫面。

那是周祈所見畫面，來源是偷心眼鏡上的微型攝影機。

「深呼吸、別緊張。」小魚嘻嘻笑著，喃喃自語地敲著鍵盤，將訊息敲至周祈偷心眼鏡的鏡片上。「待會，我打什麼字，你照著說就行了。」

即便獨處時，小魚也極端謹慎，她會特地將臉背向監視器照不到的方向，揭開口罩，輕啜幾口咖啡。

她見到許多高級主管都來泡咖啡、閒聊，然後一一往會議室裡走。

當見到呂心璦也走入茶水間時，還特地敲鍵盤通知周祈。「注意、注意，呂心璦小姐來了，她是你今天的目標，我會另外安排任務，待會可別一直盯著她看，很不得體。」

喝完咖啡的小魚，托著筆記型電腦來到廁所蹲了個大號，不時安撫著周祈。「深呼吸、別緊張，還沒輪到你發言，不要隨便亂鎖定，會浪費偷心眼鏡的電力啦。」

小魚捧著筆記型電腦，回到第一組辦公桌群，和組員們閒聊兩句，拿著延長線躲去角落。

「輪到你了，照著我打的字說——」

「這是我們第一組，這一週來的工作成果……」周祈戰戰兢兢地捧著電腦站上報告台，在會議助理協助下，將視訊線材接上自己的電腦，開啓小魚替他準備的簡報檔案。

在他正對面，也就是這會議長桌的另一側，有面巨大螢幕，螢幕上有個年邁女人，正是王茱瑛。

王茱瑛滿頭白髮，穿著優雅，戴著一付老花眼鏡，她雖然年邁，但目光炯炯有神，有著大多數成功企業家那渾然天成的威儀。

「說太早了，你應該開檔案之後才說。啊呀，你不要緊張，你的聲音在抖，你整個人都在發抖，你連眼鏡都在抖……」

小魚連珠炮似地打字在他的鏡片上。

「慢點慢點，我看不清楚……」周祈忍不住要這麼說，但只低語半句立刻住口，他知道要是在這時候露出馬腳，可立即要被張光輝抓住把柄了——雖然這不是正式考試，讓組員在外頭遙控組長談話好像也不是多麼嚴重的弊端，但會讓人知道，他總是戴著一付超乎尋常的眼鏡。

儘管「超乎尋常的眼鏡」和「腦波控制」仍然有一大段距離，但在十餘公尺外那大螢幕上王茱瑛的雙眼，銳利得彷彿能夠看透一切。

這讓他感到極大的壓力。

「紅字就是你的台詞，照著說。」

小魚傳來一段綠字，她意識到過量的訊息會讓周祈壓力更大，便立刻改變作風，打字盡量精簡。

「我有點緊張，不好意思……」周祈朝著眾人笑了笑，唸出小魚傳給他、但卻是他肺腑之言的台詞。

「這是我……進入茱麗葉之後的第一份工作，也是我人生裡第一份正職工作。」周祈緩緩地說，回頭望了身後螢幕一眼，確定呈現著自己電腦裡畫面後，便將游標指向簡報第一頁上的標題；那是張極簡單的首頁，全黑的底色搭上一排白字——

「茱麗葉新一季香水整體宣傳專案」

「或許做得不好，請大家多多包涵。」周祈怯怯地說，跳入下一頁。

坐在一角的張光輝聽周祈這麼說，像是想立即回些什麼話，但還是忍下了，他知道這不是批判的時機，要是操之過急，會予人不夠大度的印象。

他在等待能夠給周祈一刀斃命的機會。

張光輝打從心底不認爲周祈具有擔任主管的能力，他調走了資深組員，留下四個菜鳥，他覺得這次會議可以讓周祈原形暴露。

「素雅春風、沁心冷雪、濃情紅顏……三生三世。」

會議上眾人低聲誦唸起第一組替這四瓶香水取的名字，跟著見到周祈開啓的一系列宣傳海報，紛紛低語交談起來。「這案子是什麼時候發下去的？」「名字還不錯。」「我覺得太過言情了點。」

「哦？」其中有名主管這麼提問。「你……你是設計部第一組組長？」

「是。」周祈這麼答。

「你什麼時候來上班的？」那主管問。

「上週。」

「上週？」主管呆了呆。「原本負責這份工作的人是誰？」

「原本？」周祈想了想，按照小魚給他的訊息答。「這份整體宣傳專案，是從我來到茱麗葉之後，從頭開始做起的。」

「你說你上週才來上班，這案子是你這幾天做的？」那主管瞪大眼睛，問：「名字也是你取的？你學什麼的？」

「我……我大學讀電機……」周祈如實回答，但見到鏡片上小魚的提示，便立刻補充：「我自學過一些美術、接過一些網頁設計的打工案子、平常也喜歡寫小說。爲了這個案子，我找一些同學討論過……他們教了我很多。」

「產品名稱怎麼會給設計部想？」「這些香水不是在討論中嗎？已經確定要推出了？」主管們再次交頭接耳起來。

「是這樣的。」張光輝嚥下一口口水，說：「這是我給周祈的工作，目的是測試他的抗壓性。產品會不會正式上市，其實還等其他部門討論——這是我們設計部的習慣。我跟黃經理都相信，好的設計，或許能帶動好的產品。」

張光輝開始緊張了——

周祈展示的一系列海報草稿的完成度超乎他的想像，構圖、配色的簡潔和洗練，都不像二十來歲的年輕人能夠做出來的成品——

這些作品是出自於襯衫的作品。

襯衫過去的作品，得過國內外不少設計獎項。

雅痞、襯衫和油頭三人，不論任何一人，都是能夠獨當一面的主管級人物。

在張光輝的想像中，他會看見周祈手足無措地對眾人展示著拙劣的作品，然後他挺身而出，代替同意任用周祈的黃經理向眾人致歉，如此一來，他就可以名正言順地狠狠修理周祈，到那時候，黃經理應該沒有什麼立場替周祈和小魚辯護了——

這是他理想中的發展。

「你才進公司幾天，能夠做出這些海報，還……勉勉強強過得去，雖然有些缺點，你……」

張光輝有些結巴，周祈展示的成果跟他理想中的發展有些不大一樣。

他一直在想像周祈搞砸了作品的樣子，而沒有準備好周祈其實幹得不錯時，他該有什麼反應，先前他完全不認爲這會發生。

「至於我交代的其他工作，你一定覺得不可能實現。」張光輝勉強地說：「但是身爲設計人，就是要化不可能爲可能……」

「張副理。」周祈展示完一系列的海報之後，開啓一則影片檔案。「你交代的每一樣工作，我們都完成了。」

周祈在小魚提醒下，往旁退開一步，露出背後的螢幕，播放起由油頭主導拍攝的四則廣告短片。

由於只是概念影片，因此廣告是無聲的。

但這四則周祈撰寫的腳本，不需要台詞就能夠清楚表達出情境和劇情，他只有在四則影片的結尾，模仿著雅痞，在每則影片最後的字幕閃現時，替產品名稱配音——

「茱麗葉，三生三世。」周祈喃喃說完，見到會議桌一片寂靜，只當反應不佳，他有些失落，這些影片的劇情是他編的。

爲了掩飾窘迫，他趕緊點開其他檔案，介紹起來：「然後是網路行銷的部分，我跟組員討論過後，覺得……」

「等等、等等！」主管們鬧哄哄地叫嚷起來。

「剛剛那是什麼？」「那是你只花一週拍出來的影片？」「你怎麼拍的？」「你從哪找來的

演員和攝影團隊？」「重播一次，剛剛沒看清楚！」「該不會從網路抓來的影片吧？」

「應該不是網路抓的。」研發部主管舉手說：「影片裡有出現香水的瓶子啊，那是我們的香水沒錯。」

「是這樣子的……」周祈在小魚提示下，按下重新播放，同時解說起自己的設計理念和設計過程。「我有同學認識一些劇組，他們剛好在拍片，我拿著劇本請他們幫忙拍攝——這只是概念影片，如果被採用，當然得重拍。」

「腳本是誰寫的？」有主管這麼問。

「腳本是我寫的。」周祈不等小魚指點，立刻這麼說：「四部影片的腳本都是我寫的。」

這是周祈上台以來，講得最有力的一句話。

自然，在小魚提示下，他又補充說：「可能各位長官覺得劇情有點輕浮，但我覺得調性很符合茱麗葉這家新公司的年輕朝氣，這些影片的劇情具有開放性，非常利於網路上口耳傳播，甚至可以製作一系列劇情短片，在網路上以連載的形式長期宣傳。」

張光輝張大了口，下巴都快掉下來了。

「OK、OK，你先別解說，讓我們重頭到尾再看一次。」一名主管這麼說。

「是。」周祈再次按下重播鍵，讓四則影片再次循環。

這一次，影片結束時，周祈沒有擅自配音，倒是幾名主管，不約而同地照著片尾字幕吟唸起來。

「茱麗葉，三生三世；茱麗葉、沁心冷雪……」「劇情還算有趣。」「配合廣告一起看，我覺得名字取得挺好。」「三生三世，意思是幾輩子也忘不了的香味？」「素雅春風那支影片，房間有個死人是怎麼回事？」「我覺得死人很好笑啊——房間髒亂的女生很多，但是亂到躺一個死人就很少了，剛好凸顯噴上香水之後的反差，夠有力！」「我覺得過頭了啦……」「剪成網路版和電視版兩個版本呀；電視版符合尺度、強調質感，網路版搞誇張一點拉高點擊率。」

「你……」張光輝直視周祈，像是努力從周祈全身上下，找出可以攻擊的破綻。「你剛剛說……影片是你找朋友幫你拍的，所以……這不能算是你自己的作品，對吧……」

「是……」周祈點點頭，他還沒開始思考怎麼回答張光輝的問題，小魚已經將字打上他眼鏡鏡片。

「對，因爲從我上週四正式開始上班，接下這個案子，只有幾天的時間……」周祈照著唸出小魚傳給他的台詞。「我一直在思考如何用最少的資源，完成最大的成果，我……」

「等等。」張光輝揚手打斷了周祈的話，說：「你講到重點了。」他接著說：「設計最關鍵的部分，就是如何將創意成眞。天馬行空容易，但要實踐卻很困難——很多年輕一輩的小朋友，最大的缺點就是把想像當成世界的全部，他們偶爾想到了一個有趣的題材，覺得好像有無限可能，就覺得自己無所不能了……但是他們缺乏將想像成眞的能力。」

張光輝說到這裡，頓了頓，像是終於找到了可以發揮的空間，便繼續說：「想做什麼、該怎麼做，這是兩個課題；前者和天賦或許有些關聯，後者卻和一個設計者的努力、素養、苦工有關——就拿你這些影片來說好了，你有沒有考慮過拍攝成本？想出一堆有趣的點子有什麼難，網路上一堆年輕人都有滿肚子鬼點子，請最昂貴的技術人員、請最知名的導演、請當紅的明星，都能拍出很棒的影片，但你確定預算不會超支嗎？」

「不會。」周祈在小魚的提示下，在張光輝提問剛結束的下一秒，立刻說：「這四支廣告的概念影片其實完成度已經很高了，運鏡和節奏經過專業友人建議，有一定水準，所以不需要額外聘請知名導演；廣告內容沒有太誇張的視覺效果需求，所以也不需要昂貴的技術人員；甚至我們不需要當紅的明星——我心中已經有一位最適合的人選，我不確定她的價碼，但絕對比一線女星便宜。」

「誰？」張光輝呆愣愣地問——他完全無法想像眼前這個周祈，和私底下唯唯諾諾、總是讓小魚替他發聲的周祈，是同一個周祈。

「呂心瑷小姐。」周祈這麼說的時候，望向坐在會議桌角落的呂心瑷，繼續唸著小魚傳來的指示口白：「呂心瑷小姐的外貌不輸給當今任何一位一線女星，氣質也和茱麗葉香水十分貼近，如果請呂心瑷小姐擔任這四支廣告片的女主角，絕對可以將成本壓縮到相當低的程度——當然，我並不是指呂心瑷小姐理所當然拿較低的酬勞，而是指如果真有必要壓縮成本時，尋找眼前最適合的素人幫忙，肯定要比影視紅星更適合，不是嗎？」

「你說什麼？呂心瑷小姐是王董事長的祕書……」張光輝對周祈的提議瞠目結舌；即便會議上某些主管對周祈這些廣告影片讚譽有加，也覺得周祈這提議太過荒唐，他們紛紛訕笑起來。

「術業有專攻呀，心瑷又不是演員……」「也要看人家願不願意呀。」

「這……」一直沒有開口的呂心瑷，也讓周祈這主意逗得搖頭苦笑。

給我強勢點！萬中選一的偷心賊！

小魚透過眼鏡對周祈下令：「照我的話說——」

「就當我異想天開好了！」周祈吸了口氣，直視著呂心璦的雙眼，說：「但我真的覺得，不考慮成本問題，呂心璦小姐依然是這四支香水廣告最適合的女主角人選；就算要付出比當紅影星更高的價碼，呂心璦小姐依舊是最適合的人選！」

他這麼說的同時，眨眼鎖定呂心璦。

偷心眼鏡功能啟動。

「妳一定行的！」周祈雙手按著報告台桌面，對呂心璦說：「相信自己的潛力，妳是這四支香水最適合的代言人——這四支香水，就像是一顆引領飛龍升天的龍球，替茱麗葉下一季、下下一季的精油、薰香，以及後續整個香氛系列打開市場，讓這個香氛系列飛龍升天呀！」

「只有妳，才有讓這顆龍球閃閃發亮的能力！」周祈握著拳頭說：「請妳告訴大家，妳願意！」

「我……」呂心璦點點頭。「我願意。」

「嘩——」會議室裡眾人譁然。

有些人不敢相信向來沉默寡言的呂心璦，竟然願意擔任廣告女主角；有些人則狐疑地與產品研發部主管詢問起來：「這香氛系列不是還在討論中嗎？什麼時候變成茱麗葉之後幾季的主打產品了？」

「小子，你……」張光輝愕然地瞪著周祈，他一來不敢置信呂心瑷竟然會答應周祈的請求；二來聽周祈竟原封不動地將自己先前那套「龍球」說詞拿來說嘴，儘管惱火，但卻也不好說破——連同香水在內的整套香氛系列，其實並未確定上市，而是張光輝爲了刁難周祈而刻意誇大的說法。

「如果我沒記錯的話……」

王茱瑛的聲音，自長桌另一端的螢幕傳出。

她一開口，眾人立刻靜默下來。

「這套香水，不是還沒被排進正式產品行程裡嗎？」王茱瑛招來其他祕書詢問，戴上老花眼鏡，盯著她們手上的平板電腦，喃喃地說：「怎麼你們一副已經要開工的態勢呢？」

「呃，張副理說……」周祈正想解釋，但立刻被張光輝大聲插話的聲音蓋過。

「這……這是因爲啊！」張光輝嚷嚷地解釋起來，想要掩飾他最初的意圖——倘若周祈提出一份極爛的專案成果，那麼張光輝便可以得意洋洋地聲稱這整個專案，不過是給周祈一個考驗；大家不會追究張光輝將一份未確定的產品交給周祈規劃是否失當，反而會讚揚張光輝眼光犀利，沒讓能力不足的周祈拖累正式產品的行程。但偏偏周祈做得有模有樣，從產品名稱、宣傳海報，再到電視廣告都搞得煞有其事，且竟然說動讓呂心瑷點頭擔任女主角，這麼一來，反而使張光輝這項「考驗」，變成像是故意讓人做白工的惡作劇一樣。

「因爲我一聞到香水的味道，就覺得……」張光輝急急地說：「就覺得很棒，我以爲……那是正式的產品，或許、可能，嗯……」

「可能我們設計部實在太想替那套香水量身訂做宣傳專案了！」周祈大聲搶過話說：「是我請求張副理讓我接手這件案子的，黃經理也同意……我們設計部一致認爲這套香水眞的很棒，這絕對是茱麗葉未來幾年的重要產品。身爲一位設計人，最美妙的事情，就是替頂尖的產品，打造一流的包裝跟宣傳吶。」

周祈這麼說的前一刻，也用偷心眼鏡鎖定了黃經理。

「是啊……」黃經理點點頭，也同意周祈的說法。

「這樣啊！」研發部幾名高階主管反倒狐疑地彼此交頭接耳起來。「那香水眞這麼香？」「你有帶來樣品嗎？」「沒有耶……不是還在研發階段？」「老張跟我要幾瓶樣品和資料，說借去參考參考，原來設計部這麼喜歡啊。」「說眞的，剛剛廣告有趣歸有趣，但是我連哪一部配哪一瓶我都沒搞清楚……」

「這樣看起來……設計部比研發部還急呢。」王茱瑛點點頭，摘下眼鏡，似笑非笑地點了幾名研發部門的主管大名，說：「接下來，你們得加把勁囉——擦肩而過，追尋到終老的香味，我希望可以在下次的產品會議上見識一下。」

「啊！」研發部幾名主管不可置信地互望幾眼，勉強說：「我們盡量趕工，四瓶香水味道其實都還在調整呢，定案之後，還要進行市場調查……」

王茱瑛聽完研發部門報告完那些香水目前的研發進度，與他們約定了下一次產品會議上的預期進度後，才又將話題轉回剛剛的呂心瑷擔任女主角這件事上。

「至於廣告主角的事，之後再說，不急。」王茱瑛淡淡地說：「我們家產品的廣告，預算不是問題，不須要把省錢列爲優先考量的條件，天靈集團誰都請得起。當然——如果心瓔本身有意願，當然也得尊重她的意願。」

王茱瑛說到這裡，話鋒一轉，望著她眼前螢幕裡的周祈，說：「新來的設計部第一組組長，你剛剛說你叫什麼？」

「我叫……」周祈答：「周祈。」

「你幹得不錯，繼續加油。」王茱瑛微微一笑。「過幾天我回台灣，會重新審視一下那組香水上市時程，還有——那幾天，剛好有我們天靈集團例行舉辦的餐會晚宴，你如果有空，可以來吃頓晚飯，認識一下天靈集團裡頭許多資深前輩。」

「謝謝董事長！」周祈深深地鞠了個躬。

# 09

晚間七點三十分，距離茱麗葉生技百來公尺外的餐廳。

周祈和呂心璦面對面坐著，服務生正替他們收拾用畢的碗盤，同時送上餐後甜點。

周祈在會議結束大夥陸續離開的空檔，在小魚的指示下，向呂心璦提出了晚餐邀約；自然，他使用了偷心眼鏡的力量，因此不論是邀約還是晚餐過程，都十分順利。

「眼鏡電量快不夠了，先充個電。」

小魚的提醒訊息傳到了周祈眼鏡鏡片上。此時的小魚戴著鴨舌帽，坐在餐廳外對街便利商店的用餐區，吃著麵包和紅茶，透過筆記型電腦持續對周祈下達行動指示。

周祈取下眼鏡，放在一旁的眼鏡盒上，換上自己的眼鏡。

「你平時帶著兩付眼鏡？」呂心璦有些不解地比較周祈兩付眼鏡間的差異。

「哦……」周祈笑著解釋：「我想這付眼鏡比較適合這杯布丁。」

「啊？」呂心璦呆了呆，不明白他這麼說的意思。

「啊！」周祈有些心虛，當他使用偷心眼鏡的力量與呂心璦說話時，就算他說盤子上香噴噴的肉排是從尼斯湖水怪屁股上割下來的肉，她也會相信。因此當他摘下眼鏡時，反倒對自己講出的話有些缺乏自信。

「我開玩笑的，哈哈。」他稍微慌張地解釋，指了指擺在眼鏡盒上的偷心眼鏡說：「新配的眼鏡還不太習慣，戴久了有點頭暈，換上舊的休息一下。」

「嗯……」呂心璦點點頭，一面吃著布丁，一面和周祈談著工作上的瑣事，一面盯著手機即時通訊軟體上的訊息，快速錄下即時訊息，用語音回覆。「我知道了，我會處理。另外七點半了，記得提醒董事長吃藥。」她同時向不同人發出不同指示。「安琪拉，明天上午十點董事長有個飯局會議，妳記得把資料準備好，中午過後琳琳會來幫妳；別忘了要提醒董事長吃藥。」「琳琳，明天中午之前記得去支援安琪拉，別忘了定時提醒董事長吃藥喔。」

呂心璦在下達指令的時候，眼神銳利、說話簡潔俐落，像是幹練的商界人士；但是當她放下手機，將注意力放回桌上甜點，與周祈隨口閒談的時候，語氣和目光都變得緩慢，像是兩個不同的人。

她對數名祕書做出指示後，見到周祈目不轉睛地盯著她，便笑了笑說：「希望沒嚇著你……董事長要我能收能放，把專注力用在重要的時刻，不能時時刻刻都像隻嚇人的討債鬼——那樣不但自己會累壞，也會對身邊的人造成過大的壓力。」

「嗯……」周祈問：「妳說的董事長……就是王茱瑛董事長？她生病了？每天都要吃藥？」

「是啊。」呂心璦點點頭，說：「董事長年紀大了，但她還不想從第一線退下，這幾年她記性漸漸變得不好，須要依靠藥物來讓腦筋保持清楚……」

「這麼拚……」周祈不解地問。「她的家人都沒有意見嗎？」

呂心璦聽周祈這麼問，靜默下來，像是在深思這個問題，半晌才答：「董事長的親人大都已經離世了……天靈集團等於是她全部的世界，她以前曾經說過，她希望自己能夠在自己的位置上，工作到最後一口氣。」

周祈沒有接話，心中倒是有些肅然起敬，他以爲這樣的話只有從電視劇裡那些手握重權的老男人口中講出，沒想到王茱瑛這位老太太可也巾幗不讓鬚眉。

呂心璦吃完了布丁，手機剛好響起。

她望了望螢幕上的來電顯示，突然一怔，連忙側過身子，接聽電話。

周祈見她講這通電話的模樣，與剛剛對下屬指示時那精準俐落截然不同，也與在公司裡和他人應對那優雅氣質不太一樣——更像個戀愛中的小女人般嬌羞，還笑紅了臉。

好半晌，呂心璦終於結束了這通電話，還掩著嘴笑了笑，有些不好意思地對周祈說：「不好意思，我男朋友講話喜歡故意逗我。」

周祈乾笑兩聲，突然覺得氣氛有些尷尬，他見到呂心璦神情古怪，像是想說什麼。

他知道她想說什麼。

「妳別擔心，待會我們純粹談公事……」周祈這麼說，趕緊換上偷心眼鏡，眼鏡上有著長長一排訊息——

「快問她王茱瑛吃的是什麼藥？」

「是哪家藥廠出的藥？」

「啊呀我忘記你拿下眼鏡就看不到我說話了……」

「這通電話肯定是她男朋友打來的，聽她講話聲音就知道了。」

「你終於戴上眼鏡啦，快發動攻擊，她要改變主意了——」

「不然這樣好了。」呂心璦想了想，說：「我們還是改約其他時間，或是找家咖啡廳繼續坐，仔細想一想，我家還是不太方便呢，畢竟……」

「不。」周祈戴上偷心眼鏡後，自信彷彿增強了數倍，他輕輕推了推眼鏡，搖著頭說：「一定要去妳家。」

在前往這家餐廳的路上，周祈已經和呂心璦約好，用完餐後將一同前往呂心璦私人住處，進一步深談香水廣告的拍攝細節。

這是小魚的指示。

「對！就是這樣，拿出你身爲偷心賊的魄力，說什麼也要殺去她家！」小魚傳來訊息。

周祈望著眼鏡上的訊息，彷彿能看見小魚此時瞇著眼睛竊笑的模樣，由於他還未曾見過小魚的眞實模樣，只記得她笑的時候，厚重眼鏡下兩隻小眼睛會瞇成兩條彎月。

「這是因爲——」周祈透過眼鏡，見到呂心璦頭頂鎖定框上的腦波契合數字超過90%，知道自己不論對呂心璦說什麼，都像是聖旨一樣。「身爲這四支廣告的策劃者，爲了拍出更完美的作品，一定要更了解女主角的全部……呃妳千萬不要誤會，我只是想多聊點妳的成長過程、看看妳平時起居的環境，我們就像是在茱麗葉工作一樣，妳男朋友應該不會介意……不！他不但不會介意，而且他百分之百支持妳。」

「哈，你講話怎麼像是A片星探一樣，你戴著眼鏡瞎掰的功力越來越厲害了。」小魚傳來訊息。

「好……」呂心璦在偷心眼鏡效力下，並不反對周祈的說法，但依然面露不安，她緩緩拿起電話，說：「那我跟他講一聲……」

「不不不！」周祈連忙搖頭，按住呂心瑷的手。

「把你的手拿開，用嘴巴説就好！」小魚又傳來訊息。「偷心賊只能偷心、偷商業機密，不能偷人家身體喲。」

「別跟他說……」周祈被小魚不斷敲上鏡片的即時訊息擾得焦躁不安，他縮回手，吸了口氣，說：「我的意思是……他現在應該還在忙，別打擾他工作，我們也是在工作，他也希望妳當個獨立的女孩，一定是這樣子！絕對是這個樣子！」

「好吧。」呂心瑷點點頭。

□

喀——

電燈照亮這雅緻的客廳。

「嘩！妳家好漂亮呀！」周祈忍不住低呼出聲。

呂心瑷的住家比他想像中漂亮許多，這棟大樓位於市區中心某處靜僻巷弄，樓層不足十樓，住戶不多，但管理良好。

客廳約莫八坪大小，裝潢素雅，一旁的寬敞落地窗外有個小小的陽台，鋪著木地板，擺著許多盆栽，像座別緻的小花園。

「妳……妳應該只大我幾歲吧。」周祈咋舌問：「竟然可以在市中心住這樣的房子……」

「不要問多餘的廢話，快要她把王茉瑛的藥袋拿出來！」小魚的訊息，立刻閃現在他的鏡片上。

「我得警告你，呂心瑷是王茉瑛的貼身祕書，是我們接近王茉瑛的關鍵鑰匙，你得和她長期保持聯繫；所以你最好乖得像是小綿羊一樣，千萬別做出越矩的行爲，千萬不能隨便露出你的水怪，那會讓她在眼鏡效力消失之後對你起疑，那會妨礙我們之後的行動。」

「妳字打太多了，我眼鏡上全部都是妳的字……」周祈向呂心瑷提出了想看看藥袋的要求，再趁著呂心瑷取藥順便替他倒茶的空檔，背過身低聲對著眼鏡上的收音設備抗議。「明明是妳要我來她家的……我怎麼可能隨便露水怪，我又不是變態……」

「嗯，其實這是公司提供給我的員工宿舍……」呂心瑷淡淡笑著端來兩杯茶，此時她舉止神態就像是在公司裡接待訪客一般。

「這就是董事長平常吃的藥。」她端茶上桌時，還將一個白色藥袋一齊放在周祈面前。

「這是藥袋？怎麼一片空白？」小魚的訊息傳來。

「這藥袋上面怎麼沒有字？」周祈拿起那藥袋翻看，替小魚問。

「這不是醫院正式的處方用藥，也還沒正式上市。」呂心瑷這麼說：「這是集王藥廠的新產品，能大幅改善老人失智症狀，董事長對這款藥物非常有興趣，希望和集王藥廠合作生產這種新藥。」

「董事長她吃的……是還沒正式上市的藥？」周祈問。

「是。」呂心瑷點點頭。「董事長前兩年腦袋糊塗得很嚴重……那時大家都以爲她沒辦法繼續工作了，後來她有個國外友人，將集王藥廠這款藥介紹給她，董事長使用這款藥物之後，情況好轉許多。」

「問她王茱瑛吃多久了。」小魚催促。

「王……董事長吃這種藥，大約吃了多久的時間？」周祈問。

「大概將近兩年了……」呂心璦答。

「你向她要兩顆藥，就說帶回家研究研究。」小魚傳來這樣的訊息，卻又突然改變主意。「等等，不行，那樣太突兀，肯定會打草驚蛇……你先喝茶，讓我想想。」

「打草……」周祈覺得小魚的指示來得又急又快，且有些紊亂。他對小魚不停追問王茱瑛服用的失智藥感到不解，但當下又沒辦法直接向小魚詢問。他喝了幾口茶，見小魚沒再傳訊指示，便隨口亂問：「我記得天靈集團本身也是從藥廠起家，怎麼吃別家藥廠的藥呢？」

「這什麼笨問題？你自己開餐廳難道就不吃其他人做的飯了嗎？自家藥廠的藥沒別人有效，當然只好吃別家的藥啊！」小魚的訊息再次連珠炮似地飛上他眼鏡上。「你問她集團裡平常由誰負責和那個集什麼……藥廠聯繫？」

「哈哈。」呂心璦像是也感到周祈問了個突兀的問題，她苦笑著答：「其實我們集團內幾間藥廠跟研究單位，這些年一直有研究腦部疾病的相關藥物，只是……偏偏最有效的藥物，被其他藥廠先研究出來。所以董事長對集王藥廠很有興趣，想要進一步合作。」

「原來如此。」周祈點點頭，照著小魚的指示問：「那麼……你們平時由誰負責和集王聯絡……拿藥？還是買藥？還是……」周祈當然不懂大公司之間的聯繫方式，形容得像是毒品交易一樣。

「董事長之前透過國外友人和集王藥廠聯繫，現在則完全由我負責跟集王藥廠聯繫。」呂心瑷這麼答，突然有些不解地問：「怎麼……你對她的藥好像很有興趣？」

「不……」周祈連連搖頭，說：「我只是……在會議上看見董事長，覺得她是一位很慈祥的老奶奶，我希望她身體健康、長命百歲。」

「你這什麼白痴回答。」小魚傳來訊息取笑，但又補充說：「不過白痴得不錯，轉移她注意力，別讓她事後覺得你在打探什麼東西。」

「哈……」呂心瑷點點頭，說：「董事長在公事上雖然很嚴厲，但私底下，確實是個和藹又慈祥的老奶奶，我也希望她健健康康、長命百歲呀。」她說到這裡，頓了頓，又替周祈倒滿了茶，說：「我們開始談那四支香水廣告吧……」

「好呀……」周祈點點頭，又喝了幾口茶，一下子竟想不出究竟該談些什麼——他又不懂拍攝廣告，來呂心瑷家中談廣告，是在小魚指示下隨口胡謅的牽強藉口，要不是仗著偷心眼鏡的效力，連剛剛那頓晚餐可都吃不成。

「就跟她聊劇情。」小魚傳來了新的訊息。「你叫她練習那齣殭屍廣告，騙她躲進衣櫃裡——」

「我們……」周祈摸摸鼻子，只覺得這指示有些唐突，但他還是盯著呂心瑷的雙眼，認真地說：「現在來預演一下廣告，看看有什麼須要修改的地方。」

「預演？」呂心瑷呆了呆，一下子還不明白周祈口中「預演」的意思。

「就是……那支濃情紅顏的廣告，女主角躲殭屍那部；妳演女主角，找個地方躲起來。」周祈這麼說：「我演男主角。」

「你演殭屍。」小魚同步傳來訊息。

「我要演男主角。」周祈抗命。

「你演男主角，我演女主角……」呂心璦感到有些困惑：「這個預演的用意是……」

「用意……」周祈自己也不明白這麼做的用意，隨口胡謅說：「是訓練妳的演技，我當妳的練習對手。妳發揮想像力，想像我們正被殭屍追殺，現在四處都是殭屍，快躲起來——」

「四周……都是殭屍？」呂心璦隱隱露出驚恐的神情。「這是演戲還是……」

「啊呀，本來想要演戲，沒想到殭屍眞的出現了！」周祈見到呂心璦那副那緊張神情，知道偷心眼鏡開始發揮效力，索性誇張地說：「好多殭屍在門外，我們快躲起來！」

「什麼！我們能躲去哪？」呂心璦一下子亂了手腳，正想打電話求救，立刻被周祈阻止。

「不能打電話！因爲……因爲電話線路被殭屍監聽了，殭屍裡面也有很聰明的殭屍，打電話會暴露行蹤！手機也一樣，千萬別使用喔！」周祈煞有其事地說著小學生等級的鬼話。「妳家有沒有衣櫃呀、廁所呀……」

「有……」呂心璦急急往臥房走去，周祈立刻跟上，那是間整潔芬芳的漂亮臥房，裡頭有個碩大結實的原木衣櫃。

「這裡！」呂心璦快速拉開衣櫃門，鑽了進去，對周祈說：「快進來……這衣櫃很大，躲得下兩個人。」

「你一起進去衣櫃幹嘛？」小魚急忙傳來訊息。「給我滾出來，笨蛋！」

「等等！」周祈見到小魚的訊息，只好將跨進衣櫃的右腳抽出，安撫呂心瑗，說：「妳躲在裡面，我去找看看有沒有武器……」

「武器？」呂心瑗聽周祈這麼說，突然又想往外擠，說：「廚房有刀……」

「不，妳留在衣櫃裡。」周祈立刻將她推回衣櫃，問：「妳是什麼血型？」

「我……」呂心瑗回答。「我是B型……」

「啊呀，那剛好！」周祈瞪大眼睛，正經八百地說：「那批殭屍專門咬B型血的人，牠們會聞到妳血液的味道。」他說到這裡，指指自己胸口。「而我是O型血，那些殭屍害怕O型血，妳乖乖躲著，我去趕跑牠們。妳不管聽到什麼都別出來、別打開衣櫃，也別發出聲音！知道嗎？」

周祈說到這裡，不等呂心瑗回答，立刻關上衣櫃門，緩緩後退，同時讀著鏡片上小魚傳來的訊息。

「這劇情爛透了！好吧，總之她相信了。快去找找看有沒有可疑的東西。」

周祈盯著那衣櫃幾秒，見呂心瑗乖乖地沒有動靜，這才緩緩退出臥房，低聲對眼鏡抗議：「我臨時怎麼想得出像樣的劇情……妳到底想幹嘛？妳想要找什麼？」

「把王茱瑛的藥袋拿來。」

周祈匆匆從桌上取來那白色藥袋，拎在眼前讓小魚看個仔細。

「打開來看看。」

周祈揭開藥袋，裡頭是一包包相連的分裝藥包，每個小藥包，都裝著三種膠囊。

「拿一包走。」小魚這麼下令：「不，兩包好了，裡面有這麼多包，少一、兩包她應該不會發現。」

「妳偷拿王茱瑛的藥做什麼？」周祈有些不解，但小魚不停催促，只好照做。他撕下其中兩包藥包，將藥袋捏合封上，扔回桌上。

「我擔心王茱瑛的腦袋和強爺的腦袋有同樣的問題……」

「什麼？」周祈有些訝異。「強爺腦袋有什麼問題？啊，妳是說他的記性和古怪的個性？」

「強爺並不是一般的老人失智。」小魚傳來一大串訊息。「強爺長年醉心鑽研腦波控制，他的人手和財力不足，時常把自己當成實驗對象，可能或多或少讓大腦留下了一些後遺症。」

「嗯，那跟王茱瑛的藥袋有什麼關係？妳們不是要向王茱瑛撈點好處嗎？管她吃什麼藥，要是她失智了，不是更方便我們行動？」周祈問：「還是妳想把藥拿回去給強爺吃？」

「當然不是，但偷心眼鏡對一般人和對腦部病變的人，效力未必相同，我得知道王茱瑛的腦袋究竟有什麼問題，這樣才能隨時微調腦波眼鏡的頻率呀。」小魚這麼解釋，跟著又傳來訊息。

「而且我總覺得這集王藥廠有點可疑。」

「可疑？」周祈皺著眉問：「我們的行動跟集王藥廠有什麼關係？」

「關係可大了，要是別人也知道王茱瑛腦袋出現問題，說不定也想混水摸魚來分杯羹。」小魚這麼答。

「天靈集團這麼大，一人分一杯也不會怎麼樣啊。」周祈哼哼地說。

「強爺要的不只是一杯，是一半！要是有人想趁著王茱瑛腦袋不清楚，從她口袋裡撈好處，等於是從強爺口袋裡撈好處，從強爺口袋裡撈好處，等於是從我口袋裡撈好處，懂嗎！」小魚這麼答：「如果有人想從我口袋撈好處，我會宰了他！」

「妳也想太遠了，單憑來路不明一包藥，就覺得有人想從妳口袋撈好處啊。」周祈無奈說。

「你別囉嗦了，快去她書房找找有沒有茉麗葉的相關資料。」小魚催促。

「知道我的厲害了吧，臭殭屍，吃我的鐵拳！」周祈作勢嚷嚷，刻意喊給躲在衣櫃裡的呂心瑷聽，讓衣櫃裡的呂心瑷相信他正在外頭與殭屍搏鬥。

他虛空揮拳踢腿地和想像中的殭屍大戰，轉進呂心瑷書房——

呂心瑷的書房和客廳一樣，有面巨大落地窗，一側是書桌，另一側是整面書櫃壁櫥。

「妳想找什麼……」周祈一面低喃，一面來到那兩張木桌併成的大書桌前，在小魚指示下，他開啓書桌下的個人電腦電源。

在等待開機的過程中，他的視線轉移到牆上那一幅幅相框，大都是呂心瑷和男友的合照；她男友高大英挺，兩人依偎在一起，就像是童話故事裡的王子和公主。

除此之外，還有一幅呂心瑷與王茱瑛的合照，照片裡的王茱瑛和藹笑著，呂心瑷則環臂摟著王茱瑛，照片中的她們，不像雇主與下屬，更像是一對祖孫。

呂心瑷和王茱瑛的合照旁，還有一張照片，裡頭的呂心瑷年紀約莫十歲上下，留著一頭及腰長髮，而在她身旁，還站著一個年紀更小的女孩，同樣留著及腰長髮，照片裡的她們一高一矮，穿著相似的童裝、留著同樣的髮型，眼睛嘴巴都有幾分相似。

在她們身後，還站著一個女人，同樣也留著一頭長直髮，左右手搭著她倆的肩。

「這是她媽媽和她的……妹妹？」周祈好奇地湊近那照片，只見照片裡的三人，就像一組俄羅斯娃娃般同樣美麗、大小不一。

「你管人家媽媽妹妹幹嘛？」小魚傳來訊息。「動作快點呀，你想把她悶死在櫃子裡嗎？」

「妳到底想找什麼啊……」周祈見這書桌雖然與一般公司行號裡的辦公桌一樣，都有著成堆的文具、辦公用品和文書資料，但桌上大小收納盒、層架都出自同一品牌，甚至連文具、辦公用品都刻意精心挑選相近色系，再搭配上格櫃裡的擺飾，和十餘株小小多肉植物盆栽，使得這辦公桌雅緻得像是設計雜誌上精選布置的範本。

但也因此，使得桌上數瓶顏色鮮艷的罐子顯得十分突兀。

那些罐子外觀上沒有任何標籤，但顏色鮮艷得像是油漆顏料一般。

瓶子旁有張小紙條，上頭寫著小提示：

起床吃紅色、午睡前吃綠色、晚餐後吃藍色、睡前吃黃色。

祝心愛的心瓔，每晚都有美麗的夢，和美麗的一天。

文豪

「這是……藥？」周祈見到那四瓶罐子前，還擺著幾個小型方格盒，每盒都有四格，裡頭分別裝著紅綠藍黃四種顏色的膠囊。「她吃這麼多藥？她也生了病？」

「每種拿一點走。」小魚這麼下令，跟著她又傳來訊息：「文豪？這個文豪就是牆上照片上那個帥哥？」

「應該是吧……」周祈依言揭開每瓶罐子，分別取走一些膠囊，跟著捏起那小紙條翻看，只見紙條後頭還有些小字，註明著幾樣會抑制藥物效果的食物，以及某些日常作息上的叮囑，字跡與前面署名文豪的字跡相同。

這令周祈有些訝異地問：「這藥怎麼看起來是她男朋友開給她的？她男友是醫生？」

「找看看有沒有其他和文豪有關的東西，例如情書什麼的。」小魚傳來訊息。

「妳到底在懷疑什麼？」周祈莫可奈何，只覺得小魚像是在玩偵探家家酒，對於出現在眼前一切的事物都抱持著懷疑。他朝著臥房方向又多喊了幾句和殭屍搏鬥時發出的叱喝聲音，高聲囑咐呂心瑷無論如何也不要出來。

由於呂心瑷有著極佳的分類習慣，這讓周祈在搜索「文豪」時，輕易地從桌邊的小木櫃裡，發現了「滿滿的文豪」。

木櫃左右兩格，左邊擺著文豪送的許多小公仔、小玩偶，每隻小玩偶身上都掛著寫有祝福字句的小紙卡，上頭都有文豪的署名。

右邊那格擺著兩個小方竹籃，一個竹籃裡整齊排著一疊像是情書的信件；另一個竹籃，則是一些文書資料。

「啊！」周祈即便再遲鈍，也逐漸瞧出了些線索——

那些文書資料上的某些角落，印著某些相同的名號。

集王藥廠

「她男友是集王藥廠的人？」周祈從那籃文件中，翻出了一張名片，說：「所以……王茱瑛的藥，也是她男友提供的？」

那名片上寫著：

集王藥廠副總經理

傅文豪

「哇，是副總經理啊！」周祈有些驚訝，跟著取出那些文書資料翻了翻，大多是些關於阿茲海默症、帕金森氏症等各種老人失智症狀相關的資料和醫療方式。

「電腦開機開好了，去看看她的電腦。」小魚這麼說。

「嗯。」周祈點點頭，轉向呂心璦電腦，只見呂心璦電腦桌面和她的書桌一樣整齊，只有些簡單的程式圖示。他打開呂心璦的行事曆，突然想到什麼，問：「妳不是駭客嗎？怎麼不直接駭進來看她電腦？」

「我怎麼知道她個人電腦的網路位置啊，她又不像你一樣成天掛在網路上打電動還跟其他玩家吵架。」小魚傳來訊息。「至於天靈集團裡的電腦我哪敢隨便碰，人家有專門的資安團隊在維護電腦安全的。我的功力頂多破解那個什麼超領導學長的電腦，或是成天下載A片又到處發廢文的好色宅男，例如你。」

「……」周祈無話可說，心想小魚倘若能駭入天靈集團電腦系統，那其實也不需要他幫忙幹這些事情了。

「下週她好像挺閒的……」周祈看著呂心璦的行事曆，發現她接下來一週十分悠閒，但再下一週，則擠著密密麻麻的行程，大都是陪同返國的王茱瑛進行各種公開行程或是私人聚會。

而排在工作時間上的行程外，也寫著她與傳文豪的私人相聚約會——週一他們會去某間日本料理餐廳共進晚餐，後頭還跟了個愛心圖樣小貼圖；週二他們會看某部新上映的電影；週三她會要去外縣市一處溫泉——這些行程，剛好與王茱瑛的活動行程相符。

「眞幸福啊！」周祈忍不住露出嫉妒的神情。

「我猜傳文豪現在人在美國。」小魚說：「王茱瑛要和集王談合作，她男友既然是集王副總經理，一起參與相關會議也很正常。」

「那呂心璦怎麼沒跟著一起去？」周祈有些不解：「她不是王茱瑛最得力的祕書嗎？男朋友又是集王的人，那麼她怎麼反而自己留在台灣？」

「因爲她不是一般的祕書呀。」小魚解釋：「王茱瑛年紀大了，天靈集團各子公司的內部會議，幾乎都派呂心璦代表她出席；她出國談生意時，呂心璦就留在國內替她看家——她不像許多大集團總裁有一堆家人重臣，她孤家寡人，呂心璦幾乎是她最親的人了。」

「所以妳打算接下來怎麼做？」周祈這麼問。

「你忘了黃經理說過的那個餐會嗎？這週我們做好準備，到時候在餐會上應該能夠見到王茱瑛本人，那時候應該是正式攤牌的時候了。」

「所以……妳要我到時候在餐會上，用偷心眼鏡控制王茱瑛，要她把天靈集團資產分一半給強爺……」周祈愣愣地問。

「你當切蛋糕啊，上市公司可以說分就分嗎？有一大堆股東和手續要解決的，過程非常複雜，我們得從長計議。」小魚敲來訊息：「眼前我們得先搞清楚，究竟有沒有人想從我口袋裡撈好處——如果有的話，那情況會變得很複雜，我們明天偷偷跟蹤呂心瑷。」

「跟蹤？跟蹤她什麼？」周祈不解地問：「我們連她家都進來了，還有什麼好跟蹤的？」

「你不覺得她下週一整週的行程很詭異嗎？」小魚問。

「詭異？」周祈見鏡片上小魚的訊息，不解地又看向呂心瑷行事曆上的行程。

從明天開始的一整週，呂心瑷的行事曆上幾乎都是空白的，只有每天晚上九點時，有一個相同的行程——

綺麗心靈紓壓

「綺麗心靈紓壓？」周祈不解地問。「什麼是心靈紓壓？」

「我猜是類似心理治療之類的課程。」小魚飛快傳來訊息：「但是我猜沒有正式執照，所以改用『心靈』、『紓壓』這種模擬兩可的詞彙——剛剛在『文豪區』的籃子裡，正好有幾份綺麗心靈紓壓的課程介紹，我稍微瞄了幾眼。」

「什麼？」周祈呆了呆，回頭翻了翻那裝著失智症狀相關資料的竹籃裡，果然夾著幾份綺麗心靈紓壓的課程介紹，他驚訝地問：「妳眼睛這麼利！我剛剛只是隨手亂翻一下而已，妳竟然看這麼清楚……」

「我有火眼金睛你不知道嗎？」小魚催促：「好了，今天先查到這裡，別把她關在衣櫃裡悶壞了……你用她電腦開一個網站。」

周祈開啓呂心瑷電腦的瀏覽器，按照小魚指示，登上一個網路論壇——這是他十分熟悉且定時瀏覽的網路論壇，裡頭有著各式各樣的影片、動漫畫，以及眼花撩亂的成人資訊。

「呃……」周祈盯著小魚指示他進入的那則討論主題，露出了驚訝加上恍然大悟的神情——嫩白馬尾學生妹、黑色膝上襪迷你小短裙cosplay特輯

「快點進去啊，你發什麼呆？」小魚立刻傳來催促訊息：「就像你那時一樣啊，快把檔案抓下來解壓縮，我要在她電腦裡植入木馬。」

「原來這主題是妳發的，原來妳在檔案裡藏了木馬……」周祈臭著臉將那則論壇留言主題裡的圖輯壓縮檔下載之後，解壓縮出一個資料夾，裡頭有上百張黑色膝上襪馬尾學生妹的圖片，照片裡的女孩模仿著漫畫角色的打扮，擺出各式各樣的撩人姿勢。

「圖片裡沒有毒，我把木馬藏在影片裡，那是個假影片，點開來只會看到錯誤訊息。」小魚得意地說明著。

「對喔，我想起來了……就是這個影片檔，點開來根本沒東西……真失望。」周祈這麼說，點開那夾雜在圖片中的一個影片檔，立即跳出無法播放的訊息——數個月前，他就是開啓了這假影片檔而中了木馬，被小魚控制了他的視訊鏡頭，被監視著一舉一動。

「哪有失望，你明明很興奮啊，你當時明明很愛這些圖片，你盯著螢幕，兩隻眼睛都要凸出來了。」小魚不停傳來訊息：「那是我第一次即時實況收看男生欺負水怪的樣子，好恐怖喔，嚇死我了！」

「妳夠了喔！都叫妳別提水怪了妳還一直提，妳一直提，小心我眞的派出水怪去欺負呂心璦喔！」周祈焦躁地說。

「那我只好報警抓你了。」小魚答。

「……」周祈成功將木馬植入呂心瑷的桌機後，刪除整個資料夾和壓縮檔，再清除了資源回收桶裡的殘骸後，這才關上電腦。

他回到呂心瑷房間，敲了敲衣櫥門，然後拉開。

衣櫥裡的呂心瑷臉色有些蒼白，全身汗濕，緊張地望著周祈，顫抖地問：「殭屍……還在嗎？」

「出來、出來！」周祈連忙擺出和第三支香水廣告片裡的男主角一樣的姿勢，右手比出持槍手勢，朝裡頭伸出左手，將疲累無力的呂心瑷拉出衣櫃，說：「茱麗葉，濃情紅顏——」

「什麼？」呂心瑷彷彿還沒搞清楚狀況，她不停朝房門外探頭探腦。「你趕走殭屍了？」

「心瑷，妳演得很好！」周祈將呂心瑷拉回客廳，按著她雙肩，說：「妳果然有擔任最佳女主角的潛力！」

「演得很好？」呂心瑷神情恍惚，她在壁櫥裡蹲伏太久，加上偷心眼鏡的效力，令她內心眞實經歷一段生死交關的避難過程，因此她全身虛脫無力，雙腿猶自不停顫抖。「這是……演戲？你剛剛說眞的有殭屍……」

「沒有殭屍呀，我們從頭到尾都是在演戲。」周祈見到嚇傻了的呂心瑷，不禁感到有些內疚，他連忙說：「我們說好來談廣告呀，我們是在練習，我剛剛那些話只是劇情設定，是假的；妳演得很好啊，完全演活了躲避殭屍的表情和心境。」

「啊……」呂心瑷聽周祈這麼說，這才鬆了一口氣，撫了撫胸口說：「我還以爲要世界末日了，所以……練習結束了嗎？」

「對啊，結束了！」周祈快速退到門邊，指了指牆上時鐘，用腳穿著鞋子，說：「時間也不早了，談完公事，我也該走了，今天眞的很謝謝妳，呂心璦小姐！王茱瑛董事長有妳這麼能幹的祕書，是整個天靈集團的福氣！」

「啊，別這麼說……」呂心璦見周祈要離開，立刻起身送客；此時的她模樣雖然疲累，但舉止仍然有禮。「之後董事長回來，我會把你交出的工作成果報告給她，幫助茱麗葉推動這組產品……」

「太謝謝妳了。」周祈穿上鞋子，踏出門外，突然想到什麼，轉頭說：「妳是不是……還有一個妹妹？」

「啊，是啊……怎麼了？」呂心璦呆了呆，說：「你怎麼知道我有妹妹？」

「白痴啊，幹嘛問多餘的問題。」小魚傳來不悅的訊息。「你這樣會讓她事後懷疑我們在她房間亂翻耶！」

「不……」周祈只好說：「我……我隨便問問，我是想，妳如果有妹妹的話，應該像妳一樣漂亮吧，哈哈、呵呵……」

「哈哈。」呂心璦笑了笑，答：「她還在國外讀書呢，不過……嗯，我好久沒看到她了。」

「如果她回來台灣，請介紹給我認識一下。」周祈笑嘻嘻地說。

「你變態呀，你好意思用偷心眼鏡的力量，逼人家介紹妹妹給你？」小魚催促。「鞋子穿好趕快滾啦！」

「好，我會轉告她。」呂心璦笑著點點頭。

# 10

「什麼啊，原來妳用這招……」

周祈盯著小魚的筆記型電腦，只見電腦螢幕裡的影片，正是昨晚他在呂心璦書房裡，翻找竹籃時的攝影畫面。

此時畫面停格在那則心靈紓壓工作室的課程資料上，小魚飛快操作，令那畫面放大數倍——裝設在偷心眼鏡上的微型鏡頭，外觀極不明顯，但效能顯然極高，在將攝影畫面放大之後，仍然辨識得出傳單上的宣傳字樣。

那是一間開設在市郊的個人工作室。

「我還眞以爲妳有火眼金睛咧。」周祈哼哼地說，昨晚小魚提示他翻找資料時的指令訊息又急又快，他本以爲小魚有過目不忘的本事，現在看她操作電腦，這才知道小魚不時停格放大那錄影畫面，包括傅文豪的照片、名片，以及那用藥叮囑小卡片，都已被她截圖存檔，隨時查閱。

「有喔。」小魚隨口答：「偷心眼鏡上的鏡頭，我愛叫它火眼金睛，不行嗎？」

今天她戴著一副黑色的小熊口罩。

口罩上的小熊正緩緩轉動著肚子，轉了轉，不轉了。

小魚再從小紙袋裡捏出一塊小糕點，捏開口罩塞入嘴裡。

小熊肚子又開始轉了。

「妳這樣吃東西不累嗎？」周祈打著哈哈。

「累呀。」小魚說：「你現在才知道我做事有多認眞了吧。哪像你，腦袋空空，滿腦子齷齪思想。」

「我哪有偷懶！」周祈抗議：「今天禮拜六耶，我都出來陪妳一整天了。而且我哪裡齷齪了？我只是問她有沒有妹妹，妳爲這件事從昨天唸到現在……」

「因爲你不乖乖按照我指示說話，自己加油添醋，這樣很危險；你腦袋又不好，要是說錯了話，你轉得回來嗎？下次我要你演殭屍，你就要乖乖演殭屍，不准自行決定演男主角。」小魚斜眼瞪他，繼續說：「你說你沒偷懶，那你說，從剛剛到現在，你觀察出什麼？」

「觀察出……什麼？」周祈呆了呆，望著對街斜前方那住商混合的中古大樓——那是那心靈紓壓工作室的所在大樓，這一帶是工業區，離鬧市有段距離。

此時晚上十一點近凌晨，附近街上冷清寂寥，周祈與小魚窩在中古大樓對街斜角的機車旁——他們待在附近已有數小時之久，偶爾才輪流前往數百公尺外的餐廳如廁。

「嗯，這大樓很舊、附近沒什麼人……」周祈勉強擠出幾個他這幾小時觀察下來的心得。

「你不覺得很詭異嗎？」小魚指著螢幕上那心靈紓壓課程資料截圖，說：「爲什麼要在這種鬼地方開心靈紓壓教室？」

「我覺得呂心璦竟然會來這種心靈紓壓教室比較詭異。」周祈這麼說：「我完全看不出來她須要心理治療啊。」

「她桌上堆著一堆藥。」小魚說：「那些藥的使用方法是她男友寫的，這個心靈紓壓教室課程資料和她男友的信件、集王藥廠的文件擺在一起，所以只有兩種可能——一是她生病了，她男朋友想要幫助她；二是……」

小魚並沒有說出第二個可能，而是望著周祈，說：「你有沒有注意到，從剛剛到現在，有幾個人上門？」

「我哪知道。」周祈隨口答。

「我數過——」小魚說：「我們七點左右過來，待了四個小時，扣掉呂心瑷，另外只有九個人進入那大樓，九個人裡面有四個大叔、三個大嬸、兩個老人，沒一個看起來像是要去上那什麼心靈紓壓課的。」

「嗯，那又怎樣。」周祈聳聳肩。「妳剛剛說的第二種可能是什麼？」

「剛剛你一定沒注意到。」小魚指了指斜上方那中古大樓三樓某個方向。「那幾扇窗一直到晚上八點四十分才亮燈，九點呂心瑷準時上門。」

「嗯，那又……怎樣？」周祈聳聳肩，說：「妳想說……他們生意很爛？」

「爛得很詭異。」小魚還想說什麼，突然低呼一聲。「小聲，她出來了。」

周祈咦了一聲，果然見到呂心瑷從那大樓走出，站在街邊等了一會兒，登上一部計程車離去。

他們又等了幾分鐘，仍不見有其他人出來。

「開工囉。」小魚闔上電腦，伸了個懶腰，左右看了看馬路，大步往那中古大樓走去。

「喂！」周祈連忙跟上，不解地問：「妳想做什麼？」

「去報名心靈紓壓課程呀。」小魚這麼說。「我想見識一下，從頭到尾只有一個客人的心靈紓壓課程，究竟在玩什麼把戲？」

「報名？」周祈跟在小魚身後，隨著她一齊走入這中古大樓。

大樓管理員年事已高，懶洋洋地窩在管理室裡看著小小的電視，一點也不理睬周祈和小魚。

他們進入那老舊電梯，直達三樓，按照傳單上的地址，來到了三樓之五的門前——

這戶大門外觀看起來甚至像是尋常住戶，門外連招牌都沒有。

「妳想……」周祈正想問，小魚已經伸手按下電鈴。

開門查看的是兩個女人，一個年紀約莫四十來歲、身穿灰色套裝；另一個年紀甚輕、戴著眼鏡，像是助理。她們一齊望著門外的小魚和周祈，神情都帶著幾分驚訝。

「你們……要找誰嗎？」眼鏡助理問。

「我們來檢查瓦斯管線的。」小魚這麼說，用手肘頂了頂周祈。

周祈連忙透過偷心眼鏡，快速眨眼鎖定她們，說：「對，我們來檢查瓦斯管線，這是例行檢查，不用緊張。」

「……」眼鏡助理轉頭望了望套裝女人，套裝女人不置可否，說：「妳帶他們檢查吧，我先走了。」

眼鏡助理開了門，那套裝女人則擠過周祈和小魚身邊，匆匆離去。

「嗯……」小魚左顧右盼，打量著這心靈紓壓教室周遭環境——布置有些奇特，十餘坪的客廳寬敞而空曠，鋪設著木地板，角落有兩、三張辦公桌，正中央則擺著一張高級躺椅，躺椅前方是一片環形投影布幕，上方除了投影設備外，還有一組照明燈具；除此之外，另外有一整套環繞著躺椅的高級音響。

乍看之下，這心靈紓壓教室裡的布置，就像是一處高級個人電影院包廂。

「聽說這裡是心靈紓壓教室？好酷喔！」小魚扠著手，左顧右盼，隨口問：「現在還能報名嗎？」

「這是私人空間，不對外開放。」眼鏡助理扠著手，不耐地說：「麻煩你們動作快一點，我趕時間……」

「恐怕不行喲。」小魚對眼鏡助理搖搖手指，轉頭對周祈挑挑眉，使個眼色說：「你向她解釋一下這次檢查的重要性。」

小魚這麼說，立刻自顧自地四處摸索起來，她來到窗邊望望外頭、抬頭看看燈具、蹲下敲敲地板，跟著來到那躺椅前，只見躺椅旁有張小圓桌，圓桌上擺著吃剩的糕點和飲料，以及幾只裝著膠囊的小玻璃瓶。

玻璃瓶裡的膠囊鮮紅如血。

小魚目不轉睛地盯著那些膠囊，若有所思。

「嗯，請帶我看看你們的熱水器。」周祈抓著頭，隨口編造著說詞——由於偷心眼鏡的效力只能持續一段時間，倘若他不想讓受控制者事後回想嚴重起疑的話，那麼說詞就不能太過天馬行空。小魚認爲這心靈紓壓教室很有持續調查的必要，事前特地和周祈沙盤推演過一套說詞。

「請問小姐妳記得上一次檢查瓦斯，是什麼時候的事嗎？」周祈這麼問。

「我不記得了。」眼鏡助理領著周祈繞到裝設熱水器的後陽台，不耐地說：「我剛來上班沒多久……」

她這麼說完，像是想要離開，讓周祈一個人檢查瓦斯。

但周祈立刻阻止她，說：「等等、等等！這次檢查需要妳的配合。」

「什麼？」眼鏡助理有些訝異，說：「檢查瓦斯還要我配合？」

「是的。」周祈盯著眼鏡助理雙眼，說：「要喔，不然會有危險。」

「有什麼危險？」眼鏡助理狐疑問。

「總之會有危險，非常危險。」周祈轉了轉熱水器上的水量調節和火力開關，說：「妳有聞到瓦斯味嗎？」

「沒有。」眼鏡助理搖搖頭。

「那這樣呢？」周祈不停轉動火力和水量開關，偶爾撥撥熱水器的水閥和天然氣管線氣閥，指導眼鏡助理嗅聞瓦斯的方式和姿勢。「先一口氣把肺部的空氣全部吐出來，然後用腹部呼吸，慢慢地吸氣……對對對就是這樣，這樣才能聞個仔細，這很重要，這關係到整棟大樓的安全。」

「還是沒有……」眼鏡助理持續搖頭。

「不要緊，繼續。」周祈說：「妳要有耐心，上次隔壁大樓有人沒有照著檢查，結果……」

「結果怎樣？」眼鏡助理問。

「結果……」周祈一面在想結果究竟如何，一面盯著鏡片上小魚的訊息——

再拖一下，我裝好針孔和竊聽器了，正在用她們的電腦下載木馬。

「結果……」周祈吸了口氣，瞪大眼睛說：「結果，發生了很可怕的事情，可怕到妳絕對不敢相信，世界上竟然會有那麼可怕的事情。」

「有這麼嚴重……」眼鏡助理聽周祈這麼說，這才露出驚訝的神情，問：「所以結果到底發生了什麼事？」

「發生了非常非常非常嚴重的事情。」周祈煞有其事地說：「那件事當時震驚了全台灣，電視上名嘴每天都在講，警察跟消防兄弟忙得不可開交，小孩子一聽到大人提起這件事都會當場嚇哭！妳竟然不知道？」

「我不知道……」那眼鏡助理連連搖頭。「到底是什麼事？」

「是很恐怖的事。」周祈指了指自己故意抖個不停的雙腿，說：「我現在一想到，都怕得站不穩了，妳看。」

「有這麼可怕？」那眼鏡助理儘管還是不知道那恐怖的事究竟是什麼，但她顯然也被周祈的驚恐情緒感染，身子微微顫抖起來。

「一直到現在，有些人想起來，都會害怕到想跳樓。」周祈這麼說，跟著繼續亂轉各種管線開關，持續要眼鏡助理聞嗅瓦斯味，直到見到小魚傳來了大功告成的訊息，這才說：「那件事情，妳如果不知道，那麼還是不要知道得好，對妳沒好處的。」

「什、什麼……」眼鏡助理訝然且不知所措地跟著周祈返回教室客廳，一副想要問明眞相，卻又害怕自己是否承受得了眞相的恐怖。

「檢查得如何？」小魚這麼說。

「一切正常，沒有問題。」周祈答，同時轉頭向眼鏡助理說：「妳放心，妳們這裡非常安全，什麼事情都不會發生。」

「檢查完畢，謝謝妳的合作。」周祈和小魚同時向眼鏡助理鞠了個躬，快速離去。

□

週一晚上，八點三十分。

周祈並未外出，而是穿著短褲，窩在自己房間電腦桌前吃著宵夜，盯著螢幕。

他的電腦螢幕上，同時並列著兩個視窗畫面。

左邊的視窗顯示著心靈紓壓教室內部一景——這畫面來自於小魚昨夜趁著周祈引開眼鏡助理後，在教室窗邊裝設的針孔攝影機，幾乎能攝得整間教室的全景；小魚直接使用心靈教室裡的電腦設備作爲針孔攝影機的主機，再在那電腦裡也植入木馬，讓她能夠遠端監看，甚至分享給周祈一同看。

此時眼鏡助理坐在心靈紓壓教室角落辦公桌前，隨手翻著雜誌，套裝女人則佇在窗邊不停講著電話。

周祈電腦螢幕右側的那視窗，則是小魚的視訊畫面。

畫面裡的小魚像是剛洗完澡，穿著無袖背心和短褲，頭上裹著毛巾。

此時她沒戴口罩，而是戴著小熊面具。

那小熊面具只有上半截，且像是特別設計剪裁過，能和她那厚重眼鏡完美嵌合，她露在面具下的嘴巴，正嚼著鹽酥雞。

「我第一次看見妳的嘴巴。」周祈對著麥克風說。

「終於不用戴著口罩吃東西了。」小魚對視訊畫面比了個ＹＡ的手勢。

「我眞搞不懂耶。」周祈伸了個懶腰，說：「妳就這麼怕被我看見妳的長相？」

「對呀。」小魚從袋中扠起一塊米血，邊嚼邊說：「我怕你看見我的美貌之後會情不自禁愛上我，這樣會妨礙我們工作。」

「妳上次說怕我被抓到後供出妳的樣子，這次又說怕我愛上妳，妳老是這樣，講話顚三倒四，我都快搞不清楚妳哪句才是眞話了。」周祈沒好氣地說。「況且我還沒從傷痛中走出，妳當我公狗嗎？見一個愛一個。」

「你上次不是說自己沒受傷？現在承認失戀啦？」小魚說：「而且你本來就是公狗沒錯啊——偷心眼鏡上有瞳孔追跡系統的，可以知道你雙眼對焦的位置，這幾天我從你的眼鏡的對焦畫面，見到的女生胸口和大腿的次數，多到快要超過了天上的星星了，你這發情的公狗！」

「妳……」周祈正想反駁，卻聽見敲門的聲音，他連忙說：「媽，我在忙啦！」

房門打開，周祈的媽媽端了盤切好的芭樂進房，擺在周祈電腦桌上，說：「忙也要吃水果啊，啊，這是你女朋友啊？」她盯著畫面上的小魚，笑嘻嘻地問。

「周媽媽好！」小魚大聲對著視訊鏡頭打著招呼。

「她是我同事啦。」周祈連忙解釋：「我們現在還在談工作的事。」

「你這工作不是才找到不久嗎？怎麼每天加班？」周媽媽隨口問，也向小魚揮了揮手。「妳好。」

「周祈很厲害喔，星期五開會董事長都稱讚他耶。」小魚大聲說：「而且他寫的小說也很好看。」

「小說？你還會寫小說，我怎麼都不知道？」周媽媽有些驚訝地問著周祈。

「我亂寫的！」周祈對著視訊鏡頭擠眉弄眼，示意小魚閉嘴。

「真的，他寫好多短篇小說，《那天下午，教室裡發生的事》、《奇妙的護士姊姊》、《第十八個學妹》都很好看喔，要是出書了，一定可以大賣！」小魚哈哈笑著說：「而且他還是非常厲害的水怪獵人，他很會打水怪！」

「哇，你會寫小說啊？」周媽媽像是第一次聽說周祈會寫小說，正想多問，就被周祈推出了房門。

「媽，我在工作，等我忙完了我們再聊好不好……」周祈這麼說，關上門，還隱約聽見媽媽向爸爸說話的聲音。

「你兒子上禮拜被董事長稱讚耶，聽說他還會寫小說。」

「是嗎？他寫什麼？」

「我忘了，沒聽清楚，而且他同事還說他是很厲害的水怪獵人……」

「什麼水怪獵人？又是電腦遊戲啊？」

「嘖……」周祈側耳貼在門上聽了幾句，只覺得窘迫至極，氣得奔回座位，對著鏡頭抱怨起來：「妳這樣很過分耶，妳尊重一下我好不好？」
「幹嘛？」小魚將臉湊近鏡頭，說：「你覺得我老是用你的隱私來威脅你，不但不尊重你，且對你很不公平，是不是？」
「對啊！」周祈瞪大眼睛，說：「妳明明很清楚嘛！」
「那怎麼辦？你想公平一點？」小魚吞下口中食物，喝了口綠茶，對著視訊鏡頭伸出舌頭，舔了舔唇，跟著緩緩拉低背心肩帶，說：「那公平一點，我也讓你知道我一些隱私，要不要？」
「唔……」周祈像是沒料到小魚竟然會這樣回應，一下子不知道如何反應，他連吞幾口口水，才說：「嗯，這樣好像比較公平一點……」
「對呀，做人要公平。」小魚換了個姿勢，蹲跪在椅子上，翹起屁股，咬著下唇，伸手在屁股上輕拍起來，說：「我知道你的隱私，也應該讓你知道我的隱私，對不對？」
「嗯，公平很重要……」周祈點點頭。
「我上個月有點便祕。」小魚這麼說，又恢復成原本坐姿，扠起一塊黑輪吃，哀怨地說：「要我親口說出這種隱私，實在很不好受。」
「我不想知道這種隱私。」周祈露出了小便被中斷般的表情，焦躁地用叉子不停扠著芭樂。
「那你想要知道什麼隱私？」小魚將身子湊近視訊鏡頭，刻意擠出乳溝，說：「你要開口說啊，不然我怎麼知道。」
「我……」周祈連連吞嚥好幾口口水，像是想要說些什麼，卻又有些緊張，他突然離座，將耳朵貼在門上聽了半晌，確認爸爸媽媽正在聊電視劇，便悄悄鎖上房門，跟著又坐回座位。

小魚又恢復了原先的坐姿，繼續吃著鹽酥雞。

「妳……妳看過我的水怪……」周祈壓低聲音，厚著臉皮說：「所以……所以，妳應該……也要給我看……妳的……」

「好吧！」小魚點點頭，又湊近視訊鏡頭，擠擠乳溝、咬咬下唇，神祕地說：「你說的沒錯，我看過你的水怪，也應該給你看看我的小妖精，這樣才公平，對不對？」

「對……我想看小妖精……」周祈點頭點得很用力很認真。「不然對我不公平。」

「你不可以偷錄下來喔。」小魚再次咬著下唇，拉低肩帶，嫵媚地說：「不然我不願意的……」

「我才不會那麼缺德……」周祈覺得口乾舌燥，想出房倒杯水，卻又捨不得離座，只好扠起芭樂吃。

小魚蹦下椅子，走出攝影範圍，跟著緩緩地將雪白大腿伸入鏡。

「看清楚，小妖精，要露出來囉——」小魚拉著一個熊玩偶重新入鏡，將熊玩偶對著視訊鏡頭前，拉著小熊玩偶那兩隻饅頭短手前後擺動起來。

「Come on，宜君!-Come on——」小魚搖頭晃腦地操縱著小熊玩偶，模仿起周祈打手槍的樣子。「宜君，我好想要妳!-噢耶——」

「妳幹啥啊？」強爺的聲音從小魚那視訊畫面傳出，他搖搖晃晃地走入小魚房間，在一旁工作桌上一堆零件裡隨意翻找著東西。

「周祈說想看熊打手槍的樣子。」小魚笑得差點從椅子上跌下。

「變態！」強爺瞪了鏡頭一眼，找著了他要的零件，這才往外走。

「……」周祈捏斷了塑膠叉子，一副想要穿破螢幕，咬斷小魚的脖子。

「強爺，之前那些藥有沒有消息？」小魚探著頭，拉高聲音問。

「沒呀，哪那麼快！」強爺嚷嚷。「郵寄到國外要時間呀。」

小魚轉頭，對著視訊鏡頭說：「我把王茱瑛和呂心璦的藥，寄給強爺國外一位老友，那位朋友是強爺還在研究室時就認識的朋友，也在一間大藥廠裡工作，信得過，一有消息就會通知我們——我想知道集王到底在搞什麼鬼。」

小魚這麼說，見周祈臭著臉不搭腔，便說：「幹嘛，你生氣囉？」

「沒有啊。」周祈搖搖頭，他仔細想想，也明白自己剛剛的遐想根本不可能實現。

「那你臉幹嘛那麼臭？」小魚問。

「不知道。」周祈答：「可能我的臉大便完沒擦乾淨。」

「你是不是氣我捉弄你？」小魚又咬著下唇，又湊近鏡頭說：「因爲我會害羞，我是女生耶……怎麼可以隨便讓臭男生看小妖精……但如果你堅持要公平，我……我只好、也只好……」

「少來啦，我才不會上當！」周祈捏著麥克風，氣呼呼地說：「妳當我白痴啊！」

「你眞的不想看嗎，你……」小魚朝著鏡頭外望了望，然後離座起身，像是在挑撿新的小妖精、小精靈登場。

就在此時，周祈電腦螢幕左側那心靈紓壓教室監視畫面有了動靜。

九點零三分，呂心璦來了。

小魚趕緊坐回座位，她手上還提著一隻小一號的熊玩偶，但正事登場，她便將那小熊扔出鏡頭外。

「怎樣，呂小姐，昨晚睡得好不好？」眼鏡助理和套裝女人一齊上前迎接上門的呂心瑷。

「很好。」呂心瑷點點頭，笑著說：「妳們的課程眞的非常有效。」

「當然，這是特別替妳量身打造的紓壓課程。」那套裝女人露出了昨晚小魚和周祈都未曾見過的諂媚笑容，攙著呂心瑷來到心靈紓壓教室中央躺椅前坐下。

眼鏡助理替呂心瑷摘下薄外套、端上點心飲品，跟著來到躺椅後方，替她輕揉起肩頸，不時閒聊幾句瑣碎雜事。

套裝女人拉來一張長凳，在躺椅邊坐下，從小圓桌的玻璃瓶中倒出兩枚紅色膠囊，遞給呂心瑷。

呂心瑷毫不遲疑地配水服下。

「她吃的是什麼藥？」周祈訝異問。

「不知道，但我覺得這些藥，肯定是關鍵線索。」小魚身子微微前傾，一隻腳踩在電腦椅上，擺出一副沉迷電玩的宅男模樣。她的雙手快速操作起電腦，不停透過某個特殊程式，將監視畫面裡某些她認爲有古怪的片段停格截取存檔，還飛快敲打備忘註記。

「哇塞——」周祈見到此時小魚的動作快得像是某些國際電競選手，不禁由衷地佩服。

心靈教室裡，那眼鏡助理則來到辦公座位操作起電腦。

她操作的那台電腦畫面，也即時映射到周祈和小魚電腦上第三個視窗裡——這是小魚植入的木馬的作用，讓周祈和小魚清楚看見眼鏡助理操縱電腦的一舉一動，只見那電腦游標在揭開兩、三個資料夾後，開啓了一則影片檔案。

躺椅前那環形布幕閃動起影像，音響設備也同時響起緩慢的音樂。

眼鏡助理起身調暗了燈光。呂心瑷在套裝女人的指示下，緩緩地深長吸氣，跟著長長地吐氣。

影片的畫面是一片海洋，攝影視線猶如一隻飛在海面上的海鷗，斜斜地俯視著海面，越過一波波水花不停飛梭往前。

「放鬆、放鬆、放鬆，但別睡著了……」

套裝女人的聲音雖然輕柔低沉，但由於環境配樂並不吵人，且小魚的竊聽器就裝設在躺椅下方，因此周祈和小魚都能聽得一清二楚。

「放鬆、吸氣、吐氣……」套裝女人一手托著呂心瑷的手，一手輕輕拍著她的手背，有時一指、有時二指，每一下之間的間隔都十分精準。

像是時鐘的秒針一般。

周祈哇了一聲：「她在催眠她?」

「應該是。」小魚抿著嘴，劈里啪啦地飛快截圖、敲打備忘註記，喃喃地說：「整理一下目前的線索：一、呂心瑷和王茱瑛都在服用一種或是數種藥物；二、這些藥物都由集王藥廠提供；三、集王藥廠的副總經理傅文豪，是呂心瑷的男朋友；四、呂心瑷定時登門的這間心靈紓壓教室課程資料，擺在傅文豪情書籃子旁邊的集王藥廠文件裡——這間心靈紓壓教室，和傅文豪之間顯然有著某種關係；而呂心瑷來到紓壓教室之後，也要服用一種不明藥物。這些藥我全送去讓強爺友人檢驗了，現在就等結果出爐。」

接下來的十餘分鐘，就像是重複播放的ＧＩＦ圖片般，眼鏡助理一動也不動、套裝女人持續輕拍呂心瑷的手背，呂心瑷半瞇著眼睛盯著環形螢幕，好幾次在即將睡著之際，被套裝女人輕聲喚醒。

環形螢幕上的海面像是永無止盡。

周祈手一鬆，本來捏著的半塊芭樂落到了地上，這才驚覺自己差點都要跟著睡著了。他拍了拍臉，望望時間，九點十七分。

突然之間，他聽見低微的談話聲，這才發覺那套裝女人和呂心瑷偶爾低聲對話，他急急地說：「小魚，她們在說話，聲音調大點，聽聽她們在說什麼！」

「我一直在聽，你別吵！」小魚對螢幕比了個中指，跟著繼續飛快敲擊鍵盤。

周祈見到螢幕上傳來一則即時訊息——這是小魚記下的她們之間的對話。

「傅先生上一次打電話給妳，是多久前的事？」

「半小時前，我們才剛通過電話。」

「他即使這麼忙，也這麼關心妳呀？」

「是啊。」

「他全心全意工作，應該都是爲了妳吧……」

「是啊。」

「他……」

周祈快速掃視了那對話記錄，只覺得單看文字，像是普通的家常對話，是一個女人欣羨地讚歎另一個女人的男人，如何如何地對她之好。

但周祈從影片裡那偶爾低微的說話聲中，逐漸感到有些古怪。

套裝女人的聲音儘管輕柔，但遣詞用字間，卻從一開始閒聊詢問的語氣，轉變成老師指導學生般的命令口吻——

「他對妳的愛，巨大得就像是大海。」套裝女人將呂心璦的手擺回躺椅椅臂，站起身來，繞到躺椅後方，輕輕按著呂心璦的肩，緩緩地在她耳邊說：「他是妳的宇宙、是妳的全部……」

「妳願意將妳的一切，都奉獻給妳的宇宙嗎？」套裝女人不等呂心璦回答，立刻說：「妳願意。」

「我願意……」呂心璦點點頭。

她的眼神迷濛，像是半夢半醒。

「妳的夢想、妳的願望，他願意付出一切來替妳實現。」套裝女人持續規律地輕拍著呂心璦的肩，說：「他的夢想、他的願望，妳也願意付出一切，來替他實現。」

「你們兩人不分彼此，是融爲一體的完整生命。」套裝女人繼續說：「妳好想他、好想念他；妳好想見他一面、好想每一天都能在他懷中醒來。」

「對，我好想……好想他……」呂心璦發出夢囈般的呢喃，眼眶微微濕潤，幾乎要淌下淚。環形布幕上的海洋影片逐漸漆黑黯淡。

「妳疲累得像是被五花大綁，妳全身的力氣都消失了……」套裝女人說到這裡，微微揚起手，輕彈了記手指。

周祈和小魚同時看見眼鏡助理那電腦畫面上的游標開始挪移，點開了另一則影片檔案。漆黑的環形布幕微微亮起，出現了一個模模糊糊的男人身影。

那男人身影彷彿沒有對焦般浮現在布幕上，呂心璦似乎略微清醒想要起身，卻被套裝女人按著雙肩動彈不得。

「我好想妳，好想立刻抱抱妳——」布幕上那模糊的傅文豪影像朗笑著說；站在躺椅後方的套裝女人，同時也複誦起一模一樣的台詞，像是早已反覆背誦熟稔，語氣、停頓間隙都與布幕上的傅文豪沒有分別。

「我也想……」呂心璦吃力地試圖舉起雙手，但她的雙臂像是使不上力氣，僅能微微抬起數公分高，便虛弱地垂下。

「不要緊、不要急。」套裝女人和布幕上的傅文豪同時說：「再過幾天，我就會回去找妳了；到時候，我們會永遠在一起，再也不分開了，好不好？」

「好。」呂心璦緩緩地點點頭。「好……好想你……」

「我們會在一起一輩子、兩輩子、三輩子……」套裝女人和布幕上那模糊的傅文豪繼續說：

「如果有人阻礙我們，我們就跨越他，我們會手牽著手，跨越一切障礙，永永遠遠在一起……以後，妳說什麼，我都答應妳，我說什麼，妳也答應我。」

「到時候，我們的天靈集團和集王藥廠，也將永永遠遠結合在一起，成爲世界上最偉大的生技企業。」傅文豪和套裝女人的聲音同時響起。

周祈聽到這裡，差點驚呼出聲，不由自主地用手掩住了嘴巴。

「你好好笑，她們又聽不到你的聲音。」小魚哈哈笑了起來。

「我怕吵到妳被妳罵。」周祈翻了個白眼，頓了頓，又問：「我聽得好混亂……這個催眠師和呂心瑷男友是什麼關係？怎麼像是媒人一樣，不停在幫她男友說好話？所以……呂心瑷本來不愛那男人，是被催眠之後才愛上他嗎？」

「那也不一定。」小魚聳聳肩：「本來小情小愛，經過催眠之後，愛上加愛，愛到無法自拔、驚天動地、沒有一天不想他，愛到他說出口的一切要求，都沒辦法抗拒，愛到——即使幫助他拿下天靈集團，也在所不惜囉。」

「嗯，所以妳的懷疑是對的。」周祈抓著頭，稍稍整理了思緒，說：「想要從天靈集團分杯羹的眞的不只妳和強爺……這個集王副總經理想透過呂心瑷，從天靈集團裡撈一點好處……」

「恐怕不只一點。」小魚咬著下唇，說：「你忘了現在王茱瑛人就在美國和集王談生意嗎？」

「對耶！王茱瑛的藥也是集王藥廠提供的！還有王茱瑛現在人在集王藥廠觀摩，如果也接受了類似的催眠，那……」周祈瞪大眼睛說到這裡，突然疑惑地說：「不過如果傅文豪有機會催眠王茱瑛本人，又何必對呂心瑷出手？呂心瑷只是王茱瑛的祕書呀……」

「你倒果爲因啦。」小魚說：「呂心瑷是王茱瑛的心腹兼左右手，掌管王茱瑛一切行程，甚至有能力影響王茱瑛許多決策，要是沒有呂心瑷幫忙，傅文豪這個計畫怎麼能夠進行得這麼順利，且多握住一枚棋子，是雙重保障啊。」

「我們……」周祈透過螢幕，望著躺椅上昏昏沉沉的呂心瑷，喃喃地說：「那接下來……我們該怎麼做？」

「你覺得呢？」小魚反問。

「我覺得……我們應該要揭發他……」周祈說：「我覺得，用這種手段控制人的感情，實在很過分……比那個超領導學長還過分。」

「是呀。」小魚點點頭。「至少人家純粹靠嘴砲，至少也要對方你情我願，對吧；而這就是校園社團領袖級的嘴砲，跟商業財團鬥爭級手段上的差別了，你做好全面開戰的準備了嗎？」

「全面……」周祈呆了呆。「開戰？」

「沒錯。」小魚湊近鏡頭揚了揚拳頭。「就是全面開戰。」

## 11

「你準備好了嗎？」小魚拍了拍周祈的肩。

「準備好了。」周祈長長吸了口氣。

他們並肩站在中古大樓下。

三分鐘前，呂心璦才心滿意足地乘上計程車離去。

昨晚他們監看著心靈紓壓教室裡發生的一切，決定今日直搗黃龍。

「記住，對方是催眠師，氣勢千萬不能輸給她。」小魚從連身工作服上眾多口袋裡，掏出一支電擊棒，對周祈秀了秀。「你要是被她催眠，轉頭非禮我，我只好電歪你的水怪了。」

她這麼說的時候，大紅口罩上的小熊肚子一動一動地轉著，她嚼著口香糖。

「……」周祈點點頭，踏入中古大樓。

老管理員依舊懶洋洋地窩在椅子裡，對來客全無反應。

叮咚——

叮咚——

套裝女人和眼鏡助理一前一後堆著笑臉站在門前迎接——顯然她們和前一次一樣，以為呂心璦因故返回，但見到又是周祈和小魚，立刻露出不悅的神情。那眼鏡助理說：「又是你們？不是已經檢查過了？」

「上次是初檢，這次是複檢啊。」小魚嘿嘿笑地說：「請配合，謝謝。」

「瓦斯還要複檢？」套裝女人皺起眉頭，像是起了疑心。

「要喔！」周祈瞪大眼睛，他在第一時間就已鎖定她們兩人，他嚴肅地說：「快開門讓我們檢查妳家瓦斯，不然就會有可怕的事情發生了——」

「呃……」眼鏡助理身子猛地哆嗦起來，在偷心眼鏡的效力下，她想起前一天周祈登門檢查瓦斯時，曾經對她提及過的那件事，很恐怖、很嚇人，但她還是不知道到底什麼事那麼恐怖。

她顫抖地開了門。

「等等、等等！」套裝女人見眼鏡助理沒有她的允許而擅自開門，有些不悅，想要擋門，卻被周祈搶先伸手推開了門，急得想要呼救：「你們、你們到底——」

「閉嘴！」周祈連忙喝止套裝女人，那眼鏡助理的腦波契合度高達92%，但這套裝女人的腦波契合度卻只有59%，雖然不像張光輝那種萬中無一的鐵腦袋，卻也不是那麼容易被他控制。

「請妳合作，妳必須跟我們合作。」周祈雙手扶著眼鏡鏡腳，嚴厲地說：「妳不合作的話，要是危害到地球的安危，妳賠得起嗎？」

「地……地球的安危，關我什麼事？」套裝女人似乎接受了她家瓦斯危害到了地球的說法，卻不接受要自己賠的說法。

「當然關妳的事！」周祈步步進逼。「妳不讓我檢查瓦斯，關係到全世界七十億人的安危，怎麼會不關妳的事？妳有沒有責任感？」

「那……那……」套裝女人瞪大眼睛，像是無法辯駁，只好說：「那就讓你們檢查啊……只是檢查個瓦斯，兇什麼兇啊？」她說到這裡，感到有點迷惑，拉了拉眼鏡助理的袖子，低聲問：「檢查瓦斯跟地球的安危有什麼關係？」眼鏡助理只是連連搖頭，她也不知道檢查瓦斯和地球安危之間的關係。

「你做得很好。」小魚跟進屋裡，將門關上，拍了拍周祈的肩，露出讚賞的神情。「問出她們的名字。」

「妳們叫什麼名字？」周祈扠著手問。

眼鏡助理立刻報出了本名，那套裝女人遲疑半晌，終於也說出了個名字。

「取那什麼鬼名字，難記得要死！」小魚像是不喜歡記閒雜人等的人名，任性地說：「叫她們眼鏡妹跟催眠阿姨好了。」

「什麼催眠阿姨，妳……」催眠阿姨對「阿姨」這個詞大有意見，她氣憤地說：「你……你們到底是什麼單位？為什麼你們有權力這樣……」

「我們隸屬一個很特別的單位，我們是──」周祈推了推眼鏡，豎起拇指戳戳自己胸口，說：「萬中無一的偷心賊！」

「賊？」那催眠阿姨像是抓著了把柄般嚷嚷起來：「你們是賊？你們想幹嘛？」

「閉嘴！拜託妳配合一點！」周祈焦躁地說，他還沒有對付過腦波契合度59％、聽話聽一半的人的經驗。「妳們再不聽話，會有很恐怖的事情要發生！」

「老師，別和他爭了……」眼鏡妹則臉色煞白地輕拍催眠阿姨的胳臂，想要勸她別再反抗。

「不然會發生恐怖的事……」

「什麼恐怖的事？」催眠阿姨瞪大眼睛問。

「我……我也不知道。」眼鏡妹搖搖頭，說：「但就是很恐怖……」

「傅文豪副總經理大發雷霆，夠不夠恐怖？」小魚突然插口說。

「什麼！」催眠阿姨這時才露出驚恐的神情，說：「傅……傅先生為什麼要大發雷霆？我……我做錯了什麼？」

「因為妳不跟我們合作呀，妳沒有做好該做的事，怕傅先生怪罪，所以不和我們合作。」周祈順著小魚的話，瞎編鬼扯起來。「傅先生要生氣了，非常、非常恐怖的事情要發生了……」

「我……我沒有不合作啊……」催眠阿姨聽到他們報出了傅文豪的名號，像是被開啓了開關般不敢再嘴硬，怯怯地說：「我不是讓你們進來……檢查……嗯，你們不是要檢查瓦斯嗎？」

「都要檢查！一個一個檢查，先從妳開始檢查！檢查完妳再檢查瓦斯！」周祈一手扠腰，一手指著催眠阿姨說：「快去椅子上坐好。」跟著他又望向眼鏡妹說：「妳也回座位上坐好，沒我的命令不准亂跑。」

「是……」眼鏡妹大禍臨頭般奔到辦公座位坐下直打哆嗦。

「我……」催眠阿姨像是被強拉去看牙醫的小孩般不甘不願地坐上那躺椅。「你想要怎麼檢查我的身體？你……」她一面說，還一面輕輕解開套裝扣子。

「別脫衣服，不是這種檢查！」周祈連忙說：「快說，傅文豪跟妳是什麼關係？他要妳替他做什麼？你們想對呂心璦做什麼？老老實實地說清楚！」

「傅先生他……」催眠阿姨顫抖地說：「他是我研究所學長……」

「什麼！又是學長？」周祈像是聽到厭惡的關鍵字般捏緊拳頭，轉頭問小魚說：「學長是不是都特別壞啊？」

「是啊，超壞的。」小魚捏起小桌上的玻璃瓶，望著裡頭的紅色膠囊。

「他……他……」催眠阿姨不明白周祈與「學長」這兩個字的恩怨糾葛，自顧自地說：「傅先生請我幫忙，讓呂小姐死心塌地愛上他……」

「他們不是本來就是情侶嗎？」周祈這麼問：「爲什麼要多此一舉？他除了要呂心璦愛上他之外，還要她做什麼？」

「做什麼？」催眠阿姨搖搖頭，說：「沒有……傅先生就只是想要增強呂小姐對他的愛而已呀……不過……不過他母親好像還有其他計畫就是了……」

「他媽？跟他媽有什麼關係？」周祈呆了呆。

「我不知道……」催眠阿姨不停搖頭。「我被分配到的任務，就是呂小姐，其他事情，都是我老師在處理……」

「妳上面還有老師？」周祈有些驚愕。「你們這鬼計畫到底出動多少人啊？」

「我……我不清楚呀。」催眠阿姨無奈地說：「我們每個人負責不同的任務，哪個任務是不是多此一舉，我也不知道呀……」

「愛不正常地增強之後，可以令人做出許多傻事，倒是不能算多此一舉，不過……」小魚捏著那小玻璃瓶，在催眠阿姨面前搖了搖瓶子裡的紅膠囊，問：「妳在催眠呂心璦之前，都會要她吃這個藥，這個藥是做什麼用的？」

「這個藥是傅先生提供的……」催眠阿姨說：「他說吃下這個藥之後，會讓人的大腦短時間進入……進入某種狀態；在那狀態下進行催眠，會特別有效……」

「他沒說他的目的是什麼嗎？」周祈急急地問。

「我說啦！」催眠阿姨說：「傅先生要呂小姐死心塌地愛上他，最好是……最好是愛到言聽計從的地步。」

「你有夠笨耶！」小魚不耐地對周祈說：「死心塌地、言聽計從……也就是說，在呂心瑷面前，傅文豪就跟戴上偷心眼鏡的你一樣，不論講什麼，她都會同意、都會配合。」

「什麼……」周祈有些不可置信。「這種藥加上催眠，能夠產生這種效用？」

「且效力似乎更好。」小魚搖著玻璃瓶，對周祈說：「偷心眼鏡的效力只是暫時性的，但如果這種藥能夠讓人大腦失去防備，再長期催眠、洗腦，那效力似乎會深深植入潛意識裡，變成了堅信不移的信仰。嘿嘿，有一套——」

她望著周祈，笑著說：「你的對手，顯然是個加強版的偷心賊呢。」

「什麼！」周祈本來一點也不稀罕偷心賊這頭銜，他總覺得自己並非心甘情願從事這份古怪的工作，但聽小魚說自己的對手，竟然是個加強版的偷心賊，卻又沒來由地不服氣起來，他說：「他怎麼能算是偷心賊？又下藥又催眠，都是些卑鄙手段！」

「他卑鄙，難道我們正當嗎？」小魚嘿嘿地說：「重點是——他確實偷到呂心瑷的心了。你連心都沒偷到，他當然是加強版的偷心賊囉！」

「你……你們在說什麼，什麼偷心賊？」催眠阿姨只聽得莫名其妙，想從躺椅上掙扎起身，被周祈按住雙肩，喝令：「不要亂動，傅先生他很生氣！因爲妳不配合我們檢查瓦斯！」

「我沒有不配合啊！你不是說先檢查我再檢查瓦斯嗎？」催眠阿姨神情慌亂，整個腦袋混亂成一片。

「我們……」周祈惱火地對小魚說：「我們可以把呂心璦的腦袋洗乾淨！明天就這麼做！」

「不行。」小魚嘿嘿地笑。「不能操之過急，要慢慢來。」

「慢慢來？要多慢？」周祈不解。

「總之不會是明天，你想想，要是我們突然揭穿傅文豪，讓呂心璦知道傅文豪對她做的事，她會怎麼反應？」小魚說：「她一定急著與傅文豪聯繫，嚴厲質問傅文豪，那不是打草驚蛇嗎？王茱瑛還在國外被傅文豪掌握著，要是逼急了傅文豪，誰知道他會做出什麼事，就算要攤牌，也得等王茱瑛回來呀。」

「好吧……」周祈聽小魚這麼說，莫可奈何，與躺椅上的催眠阿姨大眼瞪小眼了半晌，一時之間不知該如何處理這兩人。「那……現在還要檢查什麼？」

「我們來玩一個遊戲，一邊玩、一邊想到什麼問什麼。」小魚揭開隨身包包，取出一罐維他命C膠囊。

跟著，周祈使用偷心眼鏡下達命令，眼鏡妹和催眠阿姨搬來幾張小凳，和周祈、小魚四人一起圍在小圓桌前。

周祈左手捏著一枚紅色膠囊，右手捏著一枚維他命C膠囊，高高舉起，湊著燈光，隱隱看見兩顆膠囊裡都是滿滿的藥物微粒。

小魚帶著眾人做起家庭手工，揭開一枚枚紅色膠囊，清空裡頭的藥物微粒，再塡入維他命C微粒，放回玻璃瓶裡。

催眠阿姨和眼鏡妹，都茫然地像是完全不明白自己在做什麼。

她們每每露出疑惑的神情時，周祈就會嚴肅地聲稱這全是傅先生交代的工作，是一種測試、一件重要的任務，如果不乖乖配合，就要付出很恐怖、很恐怖的代價，但是到底有多恐怖、到底是什麼代價，周祈也不講。

眾人便這樣花了點時間，將整瓶紅膠囊，全掉包成了維他命C。

「現在來試試這東西的效力吧。」小魚將滿桌維他命C空膠囊掃進周祈背包裡，晃著維他命C空罐子裡滿滿的洗腦藥物微粒，露出滿意的笑容；同時她手上還拿著近十枚完好未掉包的紅色洗腦膠囊。

在周祈命令下，催眠阿姨和眼鏡妹接過小魚分給她們的膠囊，令她們配水呑下之後，平躺在木地板上。

小魚和周祈盤坐在她們身旁，小魚模仿著先前催眠阿姨對呂心瓔的口吻，周祈則模仿著小魚的口吻，對兩人洗腦催眠起來。

好累好累、好睏好睏，今天馬桶堵塞，花了好多時間通馬桶和大掃除。

時間好晚了，乾脆在公司裡打地鋪，還做了個好奇怪的夢，夢裡有人來檢查瓦斯，他們怪怪的，他們說過什麼、做過什麼，全部都不記得了——

什麼都不記得了——

一切都不記得了——

通通都不記得了——

好累好累、好睏好睏，今天馬桶堵塞，花了好多時間通馬桶……

小魚說一句、周祈跟一句、催眠阿姨和眼鏡妹再複誦一句。

小魚和周祈的語氣和手法自然不如催眠阿姨專業，但周祈那偷心眼鏡的威力可比一百個催眠阿姨疊起來還厲害，且在這神奇的洗腦藥加持下，催眠阿姨和眼鏡妹，很快便恍恍惚惚地墜入了夢鄉，彷彿做起了正努力通馬桶和大掃除的夢。

在小魚和周祈你一句、我一句地加油添醋下，催眠阿姨和眼鏡妹手腳不時抽動和驚恐夢囈，彷彿透露著夢境裡那堵塞了的馬桶極其難纏恐怖的慘況。

最後，小魚和周祈在臨走前，額外花了點工夫堵塞了這心靈教室的馬桶，還將掃除工具、抹布扔了一地。

這可不是單純的惡作劇，而是要將催眠阿姨和眼鏡妹的夢境和真實世界連結起來，讓她們相信自己真的經歷了一場艱辛的通馬桶和大掃除，且還沒忙完呢。

□

「媽……公司臨時丟了個重要的案子給我，常常要開會，這幾天我會在同事家過夜，今晚不回去了……」

周祈迎著凌晨晚風，站在強爺工作室公寓樓下和母親通著電話。

一旁小魚正取出鑰匙打開公寓大門，對周祈招手說：「進來啊！」

「不是啦，是同事啦。」周祈踏進公寓梯間，繼續講著電話。「我沒交女朋友啦，我才剛剛失戀，沒心情啦……」

周祈的媽媽一面講著電話，一面隨口跟周祈爸爸閒聊，或許是深夜梯間靜謐，又或許是周祈媽媽嗓門大，又或者兩者都有，總之她的聲音從周祈手機響亮地傳出：「你長大了，要交女朋友當然沒關係，但是……記得要做好避孕措施呀。」她說到這裡，還頓了頓，像是在徵詢身旁周祈爸爸的意見。「對不對？」

「對呀！千萬不要像我一樣……」周祈爸爸嗓門也頗大。

「啊呀！你什麼意思？」周祈媽媽對這說法相當不以爲然。

「拜託，你們到底在說什麼啦！」周祈壓低了聲音，說：「我說我來同事家過夜，是公事，不是你們想的那樣，我……」

「如果是同事，那更要做好避孕措施，不然……」周祈媽媽的想法十分跳躍。「要是有了怎麼辦？」

「阿姨！」小魚走在前頭，聽見周祈媽媽的擔憂，笑著回頭湊近周祈手機插嘴說：「周祈他說他不喜歡戴、也不想負責，他實在太冷酷無情……」

「妳在幹嘛啦，不要鬼扯！」周祈焦惱地推開小魚，對著電話那端隨口敷衍幾句，結束通話；他一面抱怨小魚的無禮，同時跟著她回到強爺研究室。

打開門，客廳陰陰暗暗，主燈關著，但各式各樣的儀器指示燈，將這客廳點綴得像是科幻電影裡的老派基地。

「你們平常也住在這裡？」周祈問。

「不然咧？」小魚點點頭。

兩人在陽台脫了鞋，走進那閃爍著各色指示小燈的漆黑客廳裡。

「來者何人？」老邁沙啞的聲音突然從客廳角落響起，將一腳踏進客廳的周祈嚇了一跳。

「偷心賊周祈。」小魚回答：「特派員小魚。」

「嗯……」強爺喃喃地說：「今天發現什麼？」

「發現很多。」小魚開了燈，只見強爺穿著泛黃的無袖內衣和四角褲，盤腿坐在地上。

「呃？」周祈見到強爺面前擺了個老式的旋轉藤椅——這種藤椅在周祈印象中，只在爺爺奶奶家見過。

強爺並不是坐在藤椅上，而是盤腳面對著藤椅；那旋轉藤椅也不是正常擺著，而是上下顛倒、椅背頂端和椅臂在下，底座則橫翹起來——強爺一隻手搭著轉椅圓形底座，另一隻手則按著轉椅旁一支摺疊傘傘柄。

強爺這模樣，令周祈彷彿掉進時光隧道般，想起許多年前在爺爺奶奶家，趁大人午睡時，將轉椅顛倒過來，將圓形底座當成方向盤玩開車遊戲的往昔時光。

「呃……」周祈低聲問小魚。「強爺在幹嘛？」

「他在開車。」小魚早已見怪不怪，跨過堆滿雜物、儀器的客廳，隨手將包包雜物放在自己的工作桌上，問著強爺。「晚上吃藥沒？」

「吃了。」強爺露出心虛的模樣，撇過頭去。「我找不到我的西裝，妳說王茱瑛的餐會是什麼時候？」

「你別擔心，王茱瑛還要好幾天才會回來，你的西裝我一早幫你送去乾洗了，明天替你拿回來。」小魚一面說，一面打開嵌塞在雜物間、貼滿便條紙的冰箱，取出一塊冰凍糕點，掀開口罩塞入嘴裡，跟著瞧了瞧一旁小矮櫃上那藥盒，對強爺說：「沒有，你沒吃。」

「我不吃來路不明的東西。」強爺這麼說，盯著眼前那藤椅底座，呆了呆，說：「這是什麼？我幹啥來著？」

「那是方向盤，你在開車——你看，你不按時吃藥，連自己在幹啥都不知道。」小魚抓著藥盒走到強爺身邊，撥開藥盒，湊近他嘴邊。「這不是來路不明的東西，這是你失智症的藥物；你擔心王茱瑛串通醫生害你，所以我特地帶你找了信得過的醫生，替你開了藥。你不吃藥，腦袋糊塗，到時候去餐會，連褲子都忘了穿，你不怕王茱瑛笑你？」

「放屁，我又不是老人痴呆，怎麼可能忘記穿褲子。」強爺站了起來，一把搶過那藥盒，接過小魚遞來的水杯，在小魚監視下，乖乖配水吞藥，還張開嘴讓小魚檢查自己真的將藥吞下肚而非藏在舌頭底下。

「我的西裝呢？」強爺放下水杯，抹了抹唇上那嘴漂亮的八字鬍，說：「我來試試我的戰袍，看體不體面。」

「我剛剛說過啦，你的戰袍在乾洗呢，明天拿給你試。」小魚領著周祈來到一間房裡，還回頭對強爺說：「吃完藥快睡覺，很晚了。」

「咦……」周祈見這間房裡約莫四坪大小，有獨立浴廁，是主臥格局，但被一面大櫃一分爲二，隔成兩個區域。

靠門這半邊區域，並排擺著兩張凌亂的工作桌，桌上堆滿各種稀奇古怪的電腦零組件和雜物，電腦椅上則披著條浴巾，這就是小魚昨晚和他視訊的位子；而長排大櫃另一側，則與工作區域甚至整間研究室的氣氛截然不同。

床旁壁面的窗簾是粉紅色，床單、枕頭罩也是粉紅色，床上擺著六、七隻大小不一的熊玩偶——

其中一隻他見過，就是那隻「小妖精」。

「這是妳臥房？」周祈這麼問，卻見小魚自顧自地捧著換洗衣物進入廁所，門關上，透出淋浴水聲。

「廢話，不是我臥房難道是強爺臥房？」小魚的說話聲和沖澡聲從廁所裡傳出。

周祈打量起這房間四周，只見衣櫥旁一個小櫃上，擺了個手工盒子，盒子裡整齊堆列著一整套二十餘張小熊口罩，按照光譜顏色排列，像是水彩筆盒一般。

「哇，妳有梳妝台？」周祈見到床尾有處小小的木造梳妝台，梳妝台上還堆著尋常的女性化妝用品，不禁有些訝異。

「廢話！」小魚在廁所裡嚷嚷。「你以爲我的包包頭是捏黏土一樣捏出來的？我也要梳裝打扮呀。」

周祈等了半晌，終於等到小魚洗完澡。她穿著短褲T恤，頭上包著浴巾走出，臉上仍戴著小熊口罩，卻是粉綠色的。

周祈捧著小魚從強爺房中隨手翻出的換洗衣物和回程途中買的牙刷走入廁所，左顧右盼，只見這主臥廁所老舊窄小，但堪稱整潔，淋浴設備旁有扇對外小窗，窗外裝設了小鐵窗，鐵窗下掛著一只小曬衣夾，夾著幾件貼身衣物和兩副口罩，周祈湊近一看，只見那些內褲也是小熊圖案。

「喂！你在看哪裡？」小魚的聲音陡然在門外響起。

周祈這才想起自己還戴著偷心眼鏡，小魚能夠從手機和電腦的監控程式，見到他眼鏡拍攝的畫面。他連忙摘下眼鏡，用毛巾蓋著，開水匆匆洗起澡來，換上那無袖內衣和四角褲，穿著和剛剛的強爺一模一樣。

他出了廁所，見小魚早吹好了頭髮，卻不是那慣見的兩顆包包頭，而是在頭上盤成一團；小魚盤腿坐在床上，一手拿著電擊棒，一手抓著包裝零食，腿邊堆著今日從心靈紓壓教室裡搜刮來的藥物、文件、資料和途中做的筆記。

「妳……幹嘛啊？」周祈見到小魚故意對他按下電擊棒開關，使之發出茲茲聲響，不由得有些愕然。

「我剛剛忘記收回你的眼鏡了。」小魚放下零食，對周祈伸出手。「眼鏡交出來。」

「妳就這麼不信任妳的夥伴？」周祈無奈地換上自己的眼鏡，將偷心眼鏡交還給小魚。「我們不是搭檔嗎？」

小魚每日與周祈分別時都會收回偷心眼鏡，此時和他同處一室，更加小心——小魚平時的包包頭除了形象僞裝之外，髮髻裡頭也藏著能夠抵抗偷心眼鏡效力的裝置，以防周祈反過來控制她。

「我就是疑心病很重，怎樣！」小魚一面檢查著眼鏡、一面背過身揭口罩吃零食、一面翻閱筆記、一面操作筆電、一面滑滑手機、一面問：「如果你是傅文豪，你接下來會怎麼做？」

「要是妳像章魚一樣有八隻手，肯定比現在更厲害。」周祈見小魚同時做這麼多事，打著哈哈答：「如果我是傅文豪啊，控制了呂心瑷、又控制了王茱瑛……等於控制了整個天靈集團，人生已經勝利了，接下來就想想和呂心瑷去哪裡度蜜月囉，這種生活眞好啊……」他想到這裡，彷彿將自己當成了傅文豪，想像自己摟著呂心瑷躺在沙灘上曬太陽看海，偶爾看看手機上下屬的工作上回報，十足的成功人士生活。

「我覺得他的目的沒這麼單純。」小魚將電腦轉向周祈，說：「我剛剛查出來了，傅文豪的爸爸叫何果，是何大文的兒子；傅文豪是何大文的孫子。」

「何果、何大文，這又是哪位啊……」周祈擦著頭髮來到小魚床邊，埋怨地說：「妳講話一直這麼跳躍，我常常跟不上，妳不講清楚，又笑我反應慢……」他這麼說時，只見小魚筆記型電腦螢幕上並列著好幾個視窗，其中有個視窗，顯示著傅文豪一個社群網站頁面，裡頭有他和父母親的合照。

「咦？」周祈見到那社群網站上的帳號，寫著「Peter Ho」，不解地說：「Peter……Ho？

何？他不是姓傅嗎？」

「傅是他媽媽的姓。」小魚冷笑著說：「十三歲之前，他叫何文豪，十三歲他爸爸死了之後，他改跟媽媽姓。」

「什麼……」周祈有些訝異。「那……妳剛剛說的那個何果文又是誰？」

「什麼何果文。」小魚糾正：「是何果跟何大文，是他的爸爸和爺爺。」

「何大文，是何氏藥廠的老闆。」小魚的電腦上彈出強爺的視訊畫面，強爺躺在床上，用手機和小魚視訊。

「何氏藥廠就是當年被強爺研究室併吞的那間藥廠。」小魚補充。

「啊！什麼？」周祈訝異地問：「妳……妳也太厲害了，妳怎麼查出傅文豪是當年藥廠老闆的孫子？」

「不是我厲害，是何大文的基因厲害。」小魚呵呵笑地開啓一些照片，其中一張是傅文豪和呂心璦的合照，照片中的傅文豪高大帥氣得不輸給影視男星，另外幾張照片裡的男人，則像是傅文豪穿梭了時空，做出了不同年代的打扮。

周祈瞪大眼睛湊近螢幕，這才稍微看出那些照片裡的男人樣貌身材都像極了傅文豪，但卻不是傅文豪，他們是傅文豪的爸爸和爺爺。

「我們上呂心璦家調查那晚，我就把傅文豪的照片拿給強爺看，強爺又傳給當年共事的其他友人，大家一眼就認出傅文豪和當年的何大文，根本就是同一個模子印出來的。」小魚說：「從何大文那條線開始找，就容易多了——」

周祈努力消化著這突如其來的資訊，喃喃地說：「妳是說，當年被強爺弄倒的那間藥廠老闆的孫子，現在當上集王藥廠副總經理，且跟呂心瑷談戀愛……不對！他騙呂心瑷去那什麼催眠教室，那才不是愛！所以他……他想向天靈集團報仇？」

「什麼被我弄倒的藥廠！」強爺在房間裡大聲抗議起來，嚷嚷地說：「那個何大文笨得跟豬一樣，工作老是出錯，還喜歡賭兩把，偏偏賭不贏，賭不贏還出老千，出老千還被人抓到，要不是我們研究室裡幾個兄弟湊錢買他那間破爛藥廠，他早被賭場主人從床底下拉出來斬手斷腳扔進大排水溝裡啦！」

「你們年輕沒見過世面，那年代沒王法的！當夜幾百個黑道惡徒拿刀包圍何大文他家，要放火燒他，我扛著三綑錢、提著一根竹竿去何大文家裡救命，一連打翻幾十個傢伙，才救了他全家。」強爺瞪著眼睛煞有其事地說。

「什麼！」周祈不敢置信地望著小魚。「強爺年輕時會功夫？」

「這一段是假的。」小魚聳聳肩。「強爺有時會把武俠小說的情節混淆進自己記憶裡，假假眞眞假假，久了你就分得出來哪些是眞話，哪些是幻想了。」

「什麼假假眞眞假！全都是眞的！」強爺閉起眼睛，回憶起一幕幕浮現在他眼前，卻不知是眞是幻的畫面。「滿天都是刀子在飛，那些惡徒中有個帶頭的好厲害，會輕功，一跳一丈高，從空中朝我劈掌，還好我也會輕功，閃得快……」

小魚不理會強爺，向周祈解釋著：「何大文賣藥廠的時候，何果還小，何大文不見得會向兒子坦承是自己經營不善外加好賭才使得家道中落。何果在成長過程中，大概只記得自家曾經富裕過，最終家產卻落到別人手中，他生了孩子，向兒子敘述過往家族起落的經過時，肯定偏頗得很；加上何果死得早，傅文豪的媽媽一人辛苦拉拔傅文豪長大，或許心懷怨念。傅文豪在這樣的環境中成長，對上一代恩怨的認知，肯定和其他當事人有點落差；如果他眞是爲了報仇而接近天靈集團，應該也覺得理直氣壯吧。」

「等等。」周祈像是突然想到了什麼，說：「如果連強爺這種腦袋都認得這個傅文豪的長相，那王茱瑛怎麼會認不出來，她……」

「喂！小子，你這話什麼意思？什麼叫『連強爺這種腦袋都認得出來』？」強爺瞪著眼睛對視訊鏡頭嚷嚷抗議起來：「這表示我腦筋比那王茱瑛好多了，這表示她才應該吃藥！她老糊塗了！她呀——一雙繡花拳棉裡藏針，陰毒得很！我吃過她好幾次虧，最後被她逼出了幫會……不，是被逼出了研究室……」

「我想過這個問題。」小魚像是對強爺的妄想司空見慣，繼續說著：「但傅文豪既然靠著那種洗腦藥催眠呂心瑷，同樣也可以藉由那種藥物，重塑王茱瑛對自己的認知——王茱瑛服藥的時間，可能比呂心瑷還長。」

「好像也是……」周祈呆了呆，說：「按照妳的說法，藥物加上催眠，可以慢慢改造一個人的想法和記憶……這好像比偷心眼鏡還厲害……」

「所以我才說你的對手是加強版的偷心賊啊！」小魚像是對周祈的遲鈍感到不悅。「你是恐龍嗎？我在催眠教室就這麼講了，你現在才反應過來啊！」

「不，不是這樣！」強爺倒是有不同的看法，他想爲自己的研究辯護：「偷心眼鏡厲害就厲害在迅速強大，就算吃了兩年藥、洗了一年腦、改造了記憶，偷心眼鏡只要一瞬間，就可以將記憶洗回來！」

「但是……」小魚搖搖頭，反駁說：「如果一個人，經過藥物長期催眠洗腦，漸漸以爲自己是隻貓，成天喵喵叫，我們當然可以用偷心眼鏡讓他快速認清自己不是貓，其實是隻狗；但是眼鏡效力退得快，幾個小時之後，那人還是會開始喵喵叫——偷心眼鏡強在短時間威力強大，洗腦藥勝在後勁綿長——就算偷心眼鏡能夠洗腦袋，也得多洗幾次，才能洗得乾淨。」

「什麼！」周祈逐漸感到有些棘手。「如果呂心瑷被洗腦洗得那麼徹底，那麼我們怎麼救她？」

「嗯，你也不用那麼緊張……」小魚說：「我認爲那種藥物和催眠一樣有時效限制，必須長期持續使用，效用才會逐漸浮現——所以呂心瑷才得每晚去那個心靈紓壓教室接受強化洗腦；如果停止服藥、催眠一段時間後，認知應該會漸漸恢復正常才對。」她說到這裡，頓了頓，塞了塊鹽酥雞進口罩裡，又說：「所以我用維他命C換掉了那些藥，那催眠阿姨也算有兩把刷子，就算不靠藥物，她的催眠還是有效，但效力肯定不如洗腦藥那麼有效——我們必須讓聰明的呂心瑷自己找出答案，而不是強逼她接受一些她不見得喜歡的答案。」

她這麼說的時候，微微瞇著眼睛，盯著周祈。

周祈見到小魚的瞇瞇眼流露出的輕視眼神，連忙說：「幹嘛這樣看我，妳想說什麼？我哪有要強逼她接受她不喜歡的答案，我只是……」

「只是什麼？」小魚見周祈一臉不服氣，便說：「你想用偷心眼鏡讓呂心瑷討厭傅文豪，然後再跟她說『心璦、心璦，我跟妳說喔，周祈才是妳的眞命天子，快嫁給他！』這樣嗎？」

「我哪有這麼說！」周祈嚷嚷反駁。「我又不是卑鄙小人！」

「再不然就是『心璦、心璦，拜託妳把妹妹介紹給我，她好可愛，我好喜歡她喔！』哼，肯定就是這樣。」小魚譏諷地說：「你是變態，一張小孩子照片也讓你心癢難耐，你是蘿莉控嗎？」

「那是很久以前的照片，照片裡面呂心璦也是小孩啊，現在她妹妹早就長大了，年紀跟我差不多吧。」周祈無奈地說：「而且我那天只是隨口問問而已，妳每次逮著機會就窮追猛打，水怪這話題也是……妳眞是很愛欺負人耶妳！」

「說到欺負人呀，王茱瑛也愛欺負人！」強爺像是故事還沒講完一般，說：「她的裙底腿，一腳可以踢飛一頭牛，幫會裡每個人都被她踢過，我也被她踢過，不過我的伏龍掌威震天下，我不怕她……」

「好啦，很晚啦，睡覺吧。」小魚見強爺精神抖擻、越說越來勁，不禁搖搖頭，嘆了口氣收拾床鋪，上廁所刷牙準備睡覺。

「我睡哪？」周祈抓著頭問。

小魚從櫃子後方翻出一捲舊蓆子，推給周祈，指著房中被大櫃子一分爲二的那工作區一側，說：「你當然打地鋪啊。我警告你，你半夜千萬不要假裝夢遊或是模仿殭屍晃過來，我枕頭下有小刀和電擊棒，強爺也會伏龍掌喔；對不對啊，強爺！」

強爺沒搭腔，而是隱隱透來了打呼聲，強爺腦袋雖壞了，但睡覺倒是一點也不費力。

「我才不是那種人……妳要我來合宿加班，又不信任我，還一直污辱我的人品……」

「誰教你這水怪變態蘿莉控成天幻想別人妹妹啊。」小魚訕笑兩聲關燈上床。

「唉，被妳抓到個把柄要被酸一輩子……」周祈無奈鋪好蓆子，躺下來翻來覆去，只覺得地板硬邦邦得難受，就見到大櫃子上方飛來一個東西，正好落在他肚子上，原來是個枕頭。

「謝啦……」他拍了拍枕頭塞在頭下，上方又飛來一塊大影，是張薄被，他取過蓋上身。

「謝謝喔……」

關上燈後的房間天花板上貼著密密麻麻的夜光貼紙，形狀有星形、彎月形和圓點，像是銀河一般。

一旁工作桌上堆放的儀器光點不停閃爍，如草原上的螢火蟲，雖然地板堅硬，但周祈竟不太討厭這樣的環境，他覺得有種在野外露營的新鮮感。

他撇過頭，見到一旁長排大櫃並沒有裝設背板，能夠從櫃格雜物間看到另一面。

他忍不住挪動身子，往大櫃湊去，像是想偷看小魚睡覺的樣子——

他覺得小魚應該不至於連睡覺也戴著口罩。

小魚蓋著薄被，側躺背對大櫃，頭上那團頭髮已經放下，但蓋住了耳朵，看不出有沒有戴著口罩的跡象。

周祈撐起上半身，緩緩挪動腦袋，想要看清楚點，卻聽見工作桌上的電腦喇叭發出小魚說話的聲音。

「你要是敢輕舉妄動，我開槍喔。」

小魚的聲音輕輕地從喇叭和床上分頭發出，像是立體音效一樣。嚇得周祈往後坐倒，還不知道發生了什麼事。

喀啦兩聲，大櫃子高處其中兩格斜斜傾下兩把玩具手槍，一左一右對準了周祈，啪啦啦連開好幾槍，射出幾枚塑膠子彈。

「哇！這什麼？」周祈痛得哇哇大叫，見到大櫃子雜物間有幾處光點，這才知道櫃子上裝著針孔攝影機，且正對著自己地鋪位置。

「哼哼，你還不承認你想亂來。」小魚說：「我就知道你不安好心。」

「我只是想知道妳是不是連睡覺都戴著口罩嘛……」周祈無奈地躺下，望著兩櫃子上兩把對準他的玩具槍，見到有櫃格子裡有線路牽出，知道那些針孔攝影機連接著工作桌上的電腦，且能夠透過手機遠端控制。

小魚背對著櫃子，也能透過手機看見周祈的一舉一動。

「也不准欺負水怪喔。」小魚這麼說。「我也會開槍。」

「好啦！」周祈嘆了口氣，閉上眼睛。「黑漆漆地別再用手機了，近視都那麼深了……」

「沒辦法啊，我也會怕變態色情狂蘿莉控。」

「我才不是……」

夜漸漸深了，他倆隔著櫃子，偶爾一句兩句的對話漸漸少了。

窗外不時會響起蟲鳴，一聲一聲，像是從夢境傳來的召喚；一聲一聲，將他們雙雙喊進了夢鄉。

# 12

接下來幾天，過得像風一樣快。

每日清晨，周祈時常被強爺的練武吆喝聲驚醒，倘若強爺剛好正常，醒來之後沒有練武，默默看報或是做起研究，周祈就會被小魚遙控玩具手槍射醒。

三人一同吃早餐，談論著古今中外奇事趣聞，從腦波控制到念力武功、從政經時事到奇幻武俠、從幾千年前外星人抵達地球時的一舉一動被誤認為神蹟，進而發展成宗教的可能性，到尼斯湖水怪是否為遠古蛇頸龍的後代……

當然，他們也聊偷心眼鏡和天靈集團。

強爺時常聲稱當自己奪下一半天靈集團資產之後，要全部投入研發劃時代的新產品；但他腦筋時好時壞，掛在嘴上那個劃時代的新產品也時常變化——有時候是改良版的智慧型偷心手機、有時候是能讓人穿著跳進活火山探險的超級防護衣、有時候是能夠讓人隨心移動的隨身蟲洞裝置、有時候是能登月也能潛入馬里亞納海溝的多功能球體飛船……

強爺堅稱月球背面有一群武林好手，私藏著各種絕妙武功，他想乘著那多功能球體飛船飛上去會會他們——通常周祈聽到這類內容，會大略猜測強爺這時的失智程度大約在80％以上——周祈在日常使用偷心眼鏡的過程中，漸漸習慣用百分比區分許多事情等級，例如眼前每個人的腦波契合度是多少％、自己肚子餓的程度是多少％、疲累程度多少％、張光輝暴躁程度多少％等等……

而由於周祈在上一次產品會議上出色的表現，讓張光輝對他的態度和緩許多——那場會議後，王茱瑛事後拍板定案採用了周祈那套整體宣傳專案，吩咐設計部持續進行那份專案，且要研發部加快腳步跟上。

這可是茱麗葉生技，甚至許多同類型、不同類型公司裡的罕見情形——產品都未完成，廣告內容已經定案，且要產品反過來配合廣告內容進行研發。

這樣的結果雖然令研發部的人不免有些怨言，卻也讓設計部黃經理、張光輝等人感到前所未有的重責大任和榮譽感。

整個設計部同聲一氣團結起來，全力支援周祈第一組的工作進度，誰也不想在下一次的產品會議上漏氣。

原本周祈和小魚平時上班時的隨興作爲，在眾人眼中反而變得高深莫測；大夥本來以爲他們每天午休長時間外出只是單純蹺班偷懶，現在則相信他們是紮紮實實地外出取材甚至犧牲休息時間額外加班——因爲他們總是能夠帶回更多工作上的嶄新進度，這些新進度當然是幕後三名猛將——油頭、雅痞、襯衫三人日以繼夜辛勤工作的結果。

小魚和周祈每天與他們相約在小咖啡廳裡碰面，替他們的遠端控制器充電，分配每日新工作。原本周祈抱著看熱鬧的心態，瞧著這高傲的三人在偷心眼鏡效力下做牛做馬的狼狽模樣只覺得好笑，但這些天下來，他見這三位設計前輩不但各個眞材實料，且是自己的堅強後盾，每日見到他們滿臉鬍碴黑眼圈地趕來咖啡廳報告工作進度，沒有一日偷閒落後，還交出水準之上的工作成果，不禁有些心軟甚至心虛，他隱隱覺得自己和小魚的行爲似乎有些自私惡劣；但小魚倒是信心滿滿地聲稱，有辦法在事後替他們向茱麗葉爭取到一筆外包案件的經費，作爲他們這段時間的工作報償，且數字絕不令他們吃半點虧。

□

「喲——」小魚坐在工作桌前，仔細檢視著昨日向油頭三人收回的三枚遠端控制器，還回頭瞥了自地鋪坐起的周祈一眼。

周祈抓著頭，茫然望著小魚的背影，跟著急忙看了看手機時間。

早上五點五十八分。

「眞難得。」小魚嘻嘻一笑。「今天你竟然自己醒來？」

「……」周祈呆了呆，起身上廁所撒了泡尿，回到蓆子盤腿坐下，像是只醒一半。

「伏龍掌、卡達砲，喝呀——喝！」

強爺的練武聲從房中傳出。「看我鬼哭劍法，鬼哭神號——呀喝！」

「70%……」周祈抓抓頭，像是從強爺語氣判斷強爺的失智狀態。

「不，85%。」小魚搖搖頭，說：「如果70%的話，他應該會練八極、太極、南拳北腿之類的眞實拳法，現在這幾招都是奇幻領域。」

「所以他今天狀態不太好。」周祈遲疑地說：「那晚上他能去餐會嗎？」

今晚，是王茱瑛返台後第二天。

王茱瑛年年舉辦的數場私人餐會，與會人士除了天靈集團高層及幾個子公司主管、優秀新人，也有些其他公司高級貴賓；大家在餐會上關心舊友、結識新朋，在天靈集團內部幾乎被視爲尾牙、春酒之外的慣例餐會了。

自然，這私人餐會與春酒、尾牙不同之處，在於與會賓客的門檻略高了些，並非人人都能參與——

周祈入行才一週，便因爲在產品會議上受到王茱瑛賞識獲邀參與餐會，可是打破了整個天靈集團過去的紀錄。

周祈本人倒是無心思索這莫名其妙的紀錄，他只知道今晚餐會，是他這臥底任務進行至今，最重要的時刻——

他即將要對天靈集團董事長王茱瑛使用偷心眼鏡，替強爺奪回一半的天靈集團。

一個世界聞名的大集團，即將因爲他而缺少一半。

過去的他就算在夢裡，也夢不見自己具有如此重大的影響力。

當然，如何定義「一半」，如何實行細節，小魚從來也沒詳細說明，而周祈也早習慣小魚這樣愛賣關子、事到臨頭才突下命令的習慣，便懶得多問。

逐漸清醒的周祈坐在地上抓著頭，偷偷盯著小魚穿著短褲的屁股，突然聽見身後高處發出了啪啦啦的聲響，同時身上一陣刺痛——櫃子上兩把玩具槍每天早上六點準時開火，今天周祈雖然第一次自己醒來，卻沒能逃過射擊。

「哎呀、哎呀！」周祈抱著頭滾離火力範圍，埋怨地說：「我醒來啦！」

「醒來就去尿尿刷牙，不可以一直盯著美女屁股吞口水喔。」小魚這麼說。「眞是沒禮貌。」

「我尿過了……」周祈懶洋洋地起身，打著哈欠。「美女在公司，這裡只有個大近視口罩妹……」他說到這裡，還補充：「還是個虐待狂。」

「別耍嘴皮子了，快去招呼強爺吃飯。」小魚說：「不然他伏龍掌要練個沒完了。」

「喔……」周祈點點頭，往門外走，有點遲疑地說：「強爺今晚眞的要一起去餐會？」

「要！」強爺的聲音自外頭傳來。

強爺穿著四角褲，坐在幾張大工作桌前，望著紗門外的天空，說：「我等這天，可等了好多年……怎麼能閒著？」

「你正常了？」周祈將小魚備妥的早餐從廚房取出，放到強爺面前。

「小子，我幾時不正常過？」強爺抓起燒餅豆漿就往嘴裡塞。

周祈在強爺身旁拉了張板凳，也吃起早餐，一面說：「那你說說，你今晚打算在餐會上幹啥？」

「你反過來考我呀，小子？」強爺斜了周祈一眼，說：「我讓你去天靈集團分公司臥底，又派出小魚幫你在工作上幹出好成績，受王茱瑛賞識，讓她邀你去她餐會——就是爲了製造讓你能夠接近她的機會。」

「嗯，然後呢？」周祈咬著燒餅，喝了口豆漿，說：「我是問你想幹啥，不是問我在幹啥，我眞怕你在餐會上亂來。不如你留在這裡，用電腦看我眼鏡直播吧。」

「直播？」強爺瞪大眼睛，仰頭大笑，然後又搖搖頭說：「我等了這麼多年，就爲了親眼見她從雲上跌落地、看她失望出醜，你當我腦袋眞不清楚？你們眞當我老糊塗失智啦？」

「……」周祈見強爺雙眼炯炯有神、聲音鏗鏘有力、說話邏輯清楚，但他仍然追問：「你看見王茱瑛從雲上跌下來，然後呢？」

「什麼傻問題，她跌下來，我當然上去補她一劍！」強爺哼地拍桌起身，豎起劍指在盤子裡一塊燒餅上插了幾下，說：「魔教妖女！人人得而誅之——我苦練多時的鬼哭劍法，終於到見血的時候了。」

「不行吶……」周祈嘆了口氣，回頭對小魚說：「強爺還傻著，到晚上說不定好不了。」

「好不了也沒辦法呀。」小魚走出房間，將周祈抓在手上吃到一半的燒餅搶走，塞進口罩吃了起來，又將桌上那被強爺用劍指戳了幾下的燒餅塞回周祈手上。

「喂，妳有毛病喔，有新的餅不吃，搶我吃到一半的餅？」周祈說。

「我想吃你的口水，不行嗎？」小魚大力摸了摸周祈的頭，繼續說：「你記住，你今天的目標，就是呂心瑷的妹妹。」

小魚邊說，邊將手機推到周祈面前。

手機上顯示著呂心瑷妹妹的社群網站。

那個人頁面上的署名是Peggy Lu，頭像照片裡的女孩頂著一頭金色大鬈髮、戴著橘色粗框墨鏡、塗著紫色口紅嘟起嘴巴，對著鏡頭比著倒V手勢，指甲上塗著墨黑色指甲油。

「什麼！」周祈瞪大眼睛，說：「妳連她妹妹的帳號都找到了！」他滑著手機，不停哎呀呀地搖頭，只見那Peggy Lu照片不多，大都是濃妝艷抹的自拍照，有時吐著舌頭、有時做著鬼臉。

「幹嘛？」小魚將豆漿吸管塞入口罩裡，說：「跟你想像中不一樣，你失望啊。」

「我以爲……她跟呂心瑷一樣，一頭長直髮，襯衫、短裙……像是精靈一樣。」周祈這麼說，突然咦了一聲，停留在Peggy Lu社群網站上一則動態，時間約莫在一年半前。「她休學了？」

那動態上用簡單的英文寫著Peggy Lu決定休學的訊息，還有一大串標著#號的無意義中英文字。

#尋找自我

#人生應該冒險

#音樂是眞理

#搖滾萬歲

#LoveLoveLove

「是啊。」小魚嘴裡塞著燒餅，說：「我翻了翻她朋友的動態，這段時間她好像四處旅遊，不知道在忙什麼。」

「那妳怎麼知道她會回來參加餐會？」周祈問。

「你自己看呂心瑷帳號啊。」小魚說。

周祈進入呂心瑷的個人頁面，見到上頭第一則動態，是呂心瑷昨夜發出，上頭是張甜美可愛的自拍，內文寫著——

> 爲了明天的天靈集團餐會做準備，加班加班！

周祈翻了翻底下留言，見到一則Peggy Lu的留言——

> 大心心，我會回去喔，好久沒見到妳了。

呂心璦則在那則留言底下回覆：「小心心，好驚訝，好久沒妳的消息，打電話給我，好嗎？還是我打給妳。」

「她妹妹爲什麼特地回來參加餐會？」周祈不解地問。

「誰知道呢。」小魚打著哈哈說：「大概想認識多金帥哥吧……王茱瑛的私人餐會上除了天靈集團高層之外，也有各界貴賓參與，多得是青年才俊呀——傅文豪當然也會去。」

「那……」周祈問。「爲什麼我的目標是……這個Peggy Lu？妳想要我做什麼？」

「你不是想認識她妹妹？」小魚哼哼地說：「我給你這個變態蘿莉控機會啊……用你的偷心眼鏡去追她，當她男朋友。」

「什麼？」周祈有些訝異。

「傻瓜！」強爺在一旁插嘴。「呂心璦和王茱瑛坐得近，你去親近她妹妹，才有機會接近王茱瑛呀，和她講些話呀！」

「你看，強爺腦袋都比你清楚。」小魚這麼說：「現場人那麼多，你的舉動和發言不能像之前那樣天馬行空，得盡量合情合理；用偷心眼鏡控制Peggy，以她男友的身分開口講話，是最好的辦法了。」

「嗯……」周祈點點頭，突然想到什麼，又問：「那強爺……不是用我親友身分一起去嗎？我如果擠去王茱瑛那桌，也要帶著強爺一起去嗎？」

「我知道這聽起來有點荒謬。」小魚說：「但讓強爺親眼見到王茱瑛被偷心眼鏡擊敗，本來就是他的心願，也是我們整個計畫的主要目標——所以你在接近王茱瑛的時候，也得想辦法把強爺一起帶去。」

「帶他去見王茱瑛當然沒問題。」周祈說：「就怕他失控。」

「我沒事失控幹嘛？」強爺哼哼地說：「我早全盤計畫好啦。」他一面說，一面對著周祈揚了揚手中報紙，說：「我會請她過目我的計畫，你得幫忙說服王茱瑛接受我那些計畫，然後、然後、然後、然後……」

周祈見強爺在他面前翻著報紙，「然後」個不停，便催促地問：「然後怎樣？」

「然後。」強爺眼中閃過精光，喝叱：「圖窮匕現！」

「圖……」周祈還沒反應過來，只見強爺從報紙裡抽出半塊燒餅，俐落地往周祈胸口一插。

「讓她嚐嚐我鬼哭劍的厲害，這劍法我練三十年啦！哈哈哈！」強爺這麼說。

「哇，不行呀，小魚，強爺還是瘋的……」周祈掙扎地抵抗強爺的燒餅。

「對啦，不行啦！」小魚也幫忙周祈將強爺壓回板凳，說：「你圖窮匕現幹嘛，你又不是去當刺客，你是去賣垃圾的！」

「賣垃圾？我賣垃圾幹啥？」強爺瞪大眼睛。周祈也滿臉困惑。

小魚對周祈解釋：「你今晚的最終任務，就是幫助強爺賣出這些年他許多研究，當然不包括偷心眼鏡——我坦白說，那些研究全都是沒用的垃圾。但是如果王茱瑛在偷心眼鏡影響下，用高價買下那些垃圾，等於輸給了強爺。」

「什麼垃圾！都是些寶物！」強爺聽小魚這麼形容他的研究，氣得將燒餅砸在地上，衝去自己座位，捧來一大疊資料，砸在周祈面前。「你自己看看，是不是都是寶貝？我告訴你，我又不是土匪，我沒要硬搶王茱瑛好處，我把我的寶物賣給她，換錢來繼續研究我的眼鏡，有錯嗎！」

「穿梭時空傘、反重力輪胎、尼斯湖水怪探測儀、鬼哭劍法……」周祈翻了翻那些研究，果然通通都是垃圾——強爺在腦袋不清楚的時候，當然也會異想天開一些不可能實現的研究計畫，周祈隨手指了指其中一張研究草圖，問：「『肥宅永動機』……這是什麼？」

「這兩年，網路流傳世上出現一種叫作『肥宅』的生物。」強爺正經地說：「據說這種生物喝水也會胖、呼吸也會胖；你想想，水和空氣，豈有熱量？喝水呼吸都胖，這不就已經突破了能量守恆的限制了嗎？接下來，我們只要設計出一種肥宅引擎，填裝進一隻肥宅，餵他水喝，再從他身上抽取油脂，用便宜的水，換取昂貴的油，這樣引擎就能源源不絕地運轉了，你說，這還能不拿下諾貝爾獎嗎！」

「……」周祈不禁愕然。「你賣這種東西給王茱瑛，跟拿刀搶她有什麼分別？」

「所以才要靠偷心眼鏡啊。」小魚插嘴說：「天靈集團太大了，不可能一天兩天就能一分爲二，我們小筆小筆賺，資金夠了就入股，一步一步吞下天靈集團。」

「好吧，我大概明白了……」周祈拍了拍那疊垃圾研究，瞥了強爺一眼，又說：「現在……最大的問題就是強爺本人啦，就算我製造出和王茱瑛單獨說話的機會，結果強爺突然當場來個圖窮乜現，那我們豈不完蛋了？」

「放心吧，強爺會戴著通訊耳機，能夠聽見我對他說的話，我會約束他，同時指揮你行動。」小魚將手中的燒餅全塞入口罩裡，跟著從桌上拆開一包藥包，一把掐開強爺嘴巴，將藥強塞進他嘴裡，又遞去一杯水，逼他將藥吞下，跟著捧著強爺的臉，瞪著他說：「強爺，你用少少的薪水，請我替你做事；我從電機技工到二十四小時看護，從會計到外勤，還分出一半的房間給這個臭男生睡，全都是爲了這筆生意，現在大家好不容易走到最後一步，成敗就看你今晚表現，要是你自己搞砸，不但沒辦法撈到半點好處，而且還可能害大家受到法律制裁，所以你一定要——乖、乖、聽、我、指、揮，知道嗎？」

「知道了……」強爺儘管腦袋時常混亂，但對小魚的指示倒是相當順從。「一切聽妳指揮就是了……」

「乖。」小魚拍了拍強爺的臉，然後在桌上的早餐袋子裡東翻西找，像是沒吃飽一樣。

「我吃飽了，給妳。」周祈將手中半塊燒餅遞向小魚。「反正妳不怕我的口水。」

「那塊餅強爺剛剛用手指戳過……」小魚搖搖頭，說：「他早上大小便完常常忘記洗手。」

「喝！」周祈總算明白小魚寧可吃那半塊他吃過的餅，也不吃被強爺用劍指戳過的餅的原因了。

# 13

傍晚五點三十分。

周祈抵達這間高級飯店樓下，與在門口守候的張光輝夫婦會合。

「小子，竟然讓我們等你。」張光輝瞪大眼睛，指著錶說：「我十五分就到了！」

「對……對不起。」周祈連忙道歉，取出手機看看時間。「我們不是約六點嗎……」

「是啊，你明明跟人家約六點，人家三十分就來啦，你還有意見！」張光輝的妻子一隻胳臂差不多和張光輝大腿一樣粗，聲音洪亮地替周祈講話：「叫你別急著出門你不聽。」

「……」張光輝沒有回話，像是十分順從他的妻子。他看了看跟在周祈身後的強爺，問：「這位是……」

「這是我……乾爺爺。」周祈按照和小魚事先沙盤推演過的說詞講：「他是我一位長輩好友，從小看我長大，難得有機會，帶他來董事長的餐會吃些高級菜……」

今晚餐會，受邀賓客限額帶一名親友，小魚平時在茱麗葉設計部裡雖然與周祈親近，甚至發號施令時比周祈更像是組長，但正式受邀的人是周祈，爲了讓強爺與會，她無法參與，只能退居遠處運籌帷幄。

「我還以爲你會帶你女朋友來呀。」張光輝左顧右盼，沒見到小魚，酸溜溜地說：「她眞是茱麗葉裡最大牌的員工，從早到晚戴著口罩，沒人見過她的臉、也沒人知道她本名，黃經理竟然對這一點沒有意見……」

「她不是我女朋友……」周祈無奈地解釋。

「經理都沒意見了，你這副經理意見這麼多幹啥？」張太太瞪大眼睛叱責張光輝：「你成天把年輕人當敵人，又怨年輕人都不親近你。」

張太太說到這裡，露出一副哀怨的神情，對周祈說：「他就是這樣，把兒子女兒都罵跑了，罵得他們都不願意回家，難得回家就跟他爸爸吵架……你很孝順吶，還懂得帶乾爺爺來吃高級料理，孝順很好啊……嗚嗚……」

「別這樣……」張光輝尷尬地安撫太太，不願多說什麼。

幾分鐘後，黃經理也帶著妻子前來與他們會合，他們是茱麗葉生技設計部裡今晚受邀餐會的三人。

他們會合之後，便進入飯店大廳。

強爺走在最前頭，他穿著合身的淺灰色雙排扣西裝，腳踏尖頭蛇紋皮鞋，繫著酒紅色領帶，戴著一頂紳士帽，嘴上八字鬍又尖又翹，儼然一副上流社會老紳士般；跟在他身後的周祈儘管也西裝筆挺、人模人樣，但氣勢弱了一截，跟在強爺身後，倒像是隨從跟班。

在飯店侍者指引下，眾人來到餐會宴廳裡、來到自己的座位，同桌的還有茱麗葉研發部、行銷部等高階主管；茱麗葉這批主管彼此熟稔，儘管大夥這陣子爲了周祈這組香水忙得焦頭爛額，使得各部門關係有些緊張，但在餐會上，倒是同聲一氣地調侃起周祈。

「他就是那個我跟你提起過的設計部新人，剛上班兩週，就被董事長邀請來餐會。」研發部一位主管，對同行女兒介紹起周祈。

那主管女兒笑著說：「爸爸你之前說，你在天靈待了好幾年，才被董事長邀請參加餐會，那周祈不是比你厲害好幾十倍嗎？」

「是啊，黃經理和張副理要小心，江山代有才人出、長江後浪推前浪。你們要小心自己的位子別被後浪沖走了。」另一名主管這麼說。

「我一點也不擔心。」張光輝推了推眼鏡，穩重地說：「才氣分很多種，有時來自於一時的熱情，有時來自於深厚的根基；單靠熱情激發出來的突發奇想，或許能夠迷惑人心一時，但難以長久——」他說到這裡，拍了拍周祈的肩。「你這次做得不錯，但如果想在茱麗葉長久紮根，我勸你得虛心接受我們這些老前輩指點教誨，紮紮實實打好根基。」

「是，我一定會好好向各位前輩主管們虛心學習……」周祈連聲稱是。

「他那古怪女友不在他旁邊嘰嘰喳喳的時候，其實他挺乖巧老實的。」張光輝這麼對黃經理說，跟著又望了周祈幾眼，皺著眉問。「怎麼，你眼睛毛病又發作啦？」

「呃……」周祈連忙摘下眼鏡，佯裝揉起眼睛——他見這宴廳裡人來人往，不時眨眼鎖定目標，聽張光輝這麼問。「進了點沙子……」他重新戴回眼鏡，只見鏡片上已蓋著一大串小魚傳來的訊息。

「死禿頭，在我背後說我壞話，怎麼不敢當著我的面講？」

「我什麼時候變成你女友啦？」

「笨蛋，不要隨便亂鎖定，鎖定一堆人很耗電的，待會我要你鎖定誰你再鎖定誰！」

小魚的訊息劈里啪啦傳至周祈眼鏡鏡片上，一旁的強爺不時張口欲言，卻又忍下——強爺左耳裡藏著隱密的通訊耳機，從外觀極難看出，讓小魚透過耳機，時時刻刻叮囑約束著強爺。

六點十五分，更多人入座。

有些是天靈集團其他分公司的高層主管，有些是王茱瑛的友人，整個餐會宴廳擺著數十張大圓桌，賓客超過五百人。

「歡迎王茱瑛董事長——」

天靈集團裡的司儀持著麥克風說，幾十張桌子響起如雷掌聲。

強爺探長脖子、瞪大眼睛，往入口方向望去。

只見呂心璦攙著王茱瑛胳臂從入口處走出，走向宴廳主桌，在她身後還跟著好幾名祕書，這陣仗乍看之下，像是婚宴喜慶一樣。

強爺在呂心璦和王茱瑛走過桌邊時，不曉得是心情緊張，或是受到了小魚的指示，竟撇過頭沒有正視王茱瑛。

周祈的目光則被呂心璦這支美麗的祕書隊伍牢牢吸引著，只見呂心璦穿著酒紅色露肩低胸禮服，踩著深褐紅色高跟鞋，長髮披肩——這一幕看在周祈眼裡，就像是奇幻電影裡英挺美麗的女將軍，率領一票美女侍衛，護衛年邁女王出席盛宴。

「92％、94％、91％……」周祈忍不住低聲喃唸著每個人腦袋上的腦波契合度。跟著，他的注意力迅速飛到了王茱瑛另一側那個同樣長髮披肩、身穿鵝黃色無袖低胸禮服的女孩身上；那女孩和呂心璦一左一右，攙著王茱瑛走向主桌。

「95%……」周祈在那女孩經過桌邊時，和她四目交接，只見她個頭比呂心璦略矮些，年紀也小了點，眼睛口鼻竟和呂心璦隱隱有些相似。

「不要懷疑，她就是你今天的目標，你這蘿莉控朝思暮想的呂妹妹。」

小魚的訊息再次浮現鏡片。

「什麼？她就是……Peggy Lu，怎麼、怎麼……」周祈望著她們往主桌走去時的香肩背影，只覺得被勾走的三魂七魄還散落在四周沒爬回身體裡，他取出手機，亂滑半晌才翻出原本那Peggy Lu的社群網站頁面。

上頭最新一則訊息，是一張背對著大鏡化妝的照片，底下寫著——

姊姊公司請吃免錢大餐，Hahaha。

#不習慣正裝

#穿得跟伴娘一樣

周祈見到這樣的文字和照片，這才相信眼前那穿著鵝黃色禮服、彷若天仙的清麗女孩，和這個濃妝艷抹的休學搖滾妹Peggy Lu是同一人。

「哼，吃個飯要這麼多人扶，那婆娘從以前到現在都是一個樣子，就愛擺架子……」強爺哼哼地埋怨起來。

儘管強爺已經略微壓低了聲音，但還是引起同桌人的訝異目光，他們可從來沒在餐會上聽哪個賓客抱怨過王茱瑛，但畢竟強爺年紀老邁，大家只當老人家脾氣古怪，嫌上菜緩慢所以有些怨言。

有個年紀稍輕的女主管笑著說：「別急，待會王董還會先致詞，這是我們餐會的慣例了，王董致詞完之後，大家才開動……」

「我知道呀。」強爺哼哼地說：「她以前就這德性呀，最喜歡人阿諛奉承了。」強爺這麼說的時候，目不轉睛地盯著手中捏著的銀叉子。

「別激動呀……」周祈拍了拍強爺的胳臂，深怕他忍不住衝上去動手動腳。

「幹嘛？你以爲我是市井流氓之徒？」強爺橫了周祈一眼，放下那叉子，湊近他耳邊，低聲說：「我懂謀略的，我不會輕易誤事。」他說到這裡，神祕兮兮地提起腳邊隨身提包，揭開來，讓周祈瞧瞧裡頭的東西，說：「鬼哭劍非得到最後一刻，才會見血封喉。」

周祈見到提包裡頭的「鬼哭劍」，其實是早上那半截燒餅，連忙側過身子，對著袖口裡的微型麥克風低聲對小魚說：「強爺把燒餅帶來了，他下午沒吃藥？」

「我逼他吃了，但是忘了檢查他嘴巴，不確定他後來有沒有偷偷吐出來。不過你也別緊張，強爺的腦袋本來就時好時壞，我盡量安撫他。」

小魚傳來這樣的訊息。

「嘖……」周祈透過偷心眼鏡，瞥了瞥強爺腦袋上的腦波契合數字——6%，他輕拍檢查著強爺口袋、衣袖，低聲問：「你身上帶著防護器？」

「是啊。」強爺斜了周祈一眼。「我怕你用眼鏡反過來控制我，對我不規矩。」

「誰要對你這老頭不規矩……」周祈莫可奈何，強爺吃了藥但腦袋還亂糟糟地糊成一團，且帶著和小魚髮髻裡相同的腦波防護器，這讓周祈無法像控制其他人一樣地指揮強爺行動。

此時整個宴廳裡來來往往的賓客和侍者的腦波契合度大都在70％至95％之間，偶爾也有兩、三人的契合度僅有40、50％；而除了帶著防護器的強爺，便屬張光輝的腦波契合度最低，只有17％。

周祈再次望向主桌，那兒賓客的腦波契合度幾乎都超過90％，這令他緊綳的心情稍稍紓緩——這是他第一次親眼見到王茱瑛本人，事前他和小魚曾經沙盤推演過各種情形，倘若王茱瑛的腦袋和張光輝一樣不受偷心眼鏡控制，那麼一切計畫可都要重頭來過了。

「幹嘛一直盯著呂心瑷妹妹胸口看？你這變態蘿莉控！」

周祈知道小魚能夠透過他偷心眼鏡上的微型攝影機看見他看見的畫面，甚至能透過瞳孔追焦系統，知道他視線聚焦處——十數公尺外主桌上的Peggy Lu——她的腦波契合度在95％到97％之間浮動，是整個宴廳上腦波契合度最高的人。

周祈拿起水杯，喝了一口，假裝用袖口抹嘴，對著袖子裡的麥克風低聲解釋：「妳不是說她是我今晚目標，我不注意她要注意誰，而且……她現在也不小了……」

「那是墊出來的。」小魚傳來訊息。

「我不是說胸部，我是說年紀……」周祈低聲與小魚爭辯起來：「而且妳怎麼知道她是墊的？」

「一看就知道。」小魚傳來訊息。「你的視線一直鎖定在人家胸部上，我怎麼知道你說的是年紀還是胸部？」

此時Peggy Lu和呂心瓔坐在主桌王茱瑛身旁左右，其餘隨行祕書則分散併入其他桌，主桌除了王茱瑛和呂心瓔姊妹之外，大多是天靈集團高層，年紀僅比王茱瑛和強爺小了些，且絕大多數都是當年強爺那研究室裡的夥伴舊識們。

「喂，剛剛我就注意到了，王董旁邊那個小美女是Peggy？」茱麗葉研發部一名主管低聲問。「她長那麼大啦？」

「是啊，你現在才知道，我剛剛就看到了。」同桌另一人說：「聽說她幾年前出國留學了。」

「喂，我之前聽說她休學了，而且啊……」又一人神祕兮兮地想開口說話，但又似乎覺得不妥，硬生生停頓半晌，搖搖頭從桌上挾了些花生入口。

「你是不是想說心瓔跟Peggy的事？」再一人接話說：「其實我聽說天靈高層不少人都知道……」

周祈聽眾人欲言又止，一頭霧水，只知道他們想講的事情，似乎與呂心瓔姊妹有關；他見主桌王茱瑛和呂心瓔姊妹互動只覺得有些奇妙——呂心瓔是王茱瑛的祕書，但她妹妹卻沒坐她身旁，反而坐在王茱瑛另一側，且Peggy一入座，便自顧自地托著臉頰滑起手機，像是在打卡。

周祈見到這裡，立刻又滑開手機，重新整理了Peggy Lu的個人頁面，果然見到她十數秒前新增上去的最新照片，那是她剛剛出場前和姊姊呂心瓔的合照，以及她們與王茱瑛的三人合照。幾張照片底下沒有本文，只有幾句加註短語。

#世上最美麗的姊妹花

#王董越來越年輕了

#祝王董長命百歲

「現在年輕人寫文章都這樣寫嗎？那個『#』是什麼意思？」強爺湊到周祈臉旁邊，盯著周祈的手機，點開合照，將其中有王茱瑛的照片放大後品頭論足一番。「哼哼，老囉。」

「各位……」王茱瑛接過了司儀遞來的麥克風，站了起來，整個晚宴立時安靜下來。「可能大家注意到了，今晚餐會有點不太一樣……」

「睜大眼睛、豎起耳朵，傅文豪要出招了。」小魚傳來這樣的訊息。

「唔！」周祈聽小魚這麼說，立刻抖擻起精神望著王茱瑛。

「雖然過去我一直沒有正式提過，但其實也不是什麼祕密……」王茱瑛微笑著說：「這件事，集團裡一些資深老友們都聽我說過——曾經，我有個女兒……」

宴廳裡眾人肅穆一片，有些年輕一輩都露出訝異的神情——天靈集團董事長王茱瑛終生未嫁，此時卻稱自己有個女兒。

且還是「曾經」。

「哼，果然是魔界妖女、水性楊花，不知和路邊哪隻公狗生的……」強爺壓低了聲音對身旁的周祈講起王茱瑛的壞話；儘管自稱「懂謀略」的強爺還沒忘記這難聽的話，必須壓低聲音來講，但周祈還是嚇得趕緊假裝咳嗽起來，生怕這不堪入耳的話流進了別人耳裡。

「是的。」王茱瑛微微笑著，稍稍停頓，又說：「那是我年輕時的私生女……我不後悔有過她，我只後悔沒有好好陪她……以前我個性急、好面子，我怕大家知道她的存在，會輕賤我；所以一直藏著她。後來她漸漸長大，我也很少與她相聚。」

「後來，她嫁去國外，有了自己的家庭、有了自己的孩子……」王茱瑛說到這裡，頓了頓，神情黯然地說：「我以爲她找到了屬於她的幸福，也放下了心中的擔子；但我沒想到，幸福這種東西，來得不知不覺、走得也不知不覺，很多時候我們以爲終於抓到了幸福，緊緊抓在手裡，但稍稍一眨眼，它還是溜走了……她生了一場大病，一直到她過世之後，我才收到了消息。」

「如同我剛剛說過的——」王茱瑛說到這裡，按了按右邊呂心璦的肩，又摸了摸左邊Peggy的腦袋。「天靈集團裡某些老友是知道的，心璦和心瑜，就是我那苦命的孩子留下的兩個女兒，是我的外孫女……」

「哇！」周祈忍不住低呼一聲，腦袋閃過各種想法，終於明白呂心璦和王茱瑛的關係遠比一般主顧間更爲親密的緣故。

「這幾年，心璦的能力，人人有目共睹，大家應該都知道，在天靈集團裡，大小會議只要她出席，就代表我親臨；她的決定就是我的決定，這件事情，以後也不會改變。」王茱瑛繼續說：「過去我曾說過許多次，我想工作到最後一刻——但這兩年下來，我漸漸改變想法了。我確實累了、我終於服老了，是時候從第一線退位了——但天靈集團太大了，這件事情，須要好好規劃。」

王茱瑛說到這裡，底下這才微微起了小小的騷動。

王茱瑛這段話，似乎是在欽點接班人一樣。

周祈則露出恍然大悟的神情——呂心瑷並不只是王茱瑛的祕書而已，還是王茱瑛的外孫女，更是王茱瑛屬意的接班人；那麼傅文豪如果能夠讓呂心瑷對自己言聽計從，等於實質掌握了天靈集團。

「我一直在找時機公布這件事。」王茱瑛繼續說：「我擔心心瑷一個人無法扛下整個集團的重責大任；但是現在，她不是一個人了。」

「她的妹妹，答應回來助她一臂之力。」王茱瑛說到這裡，望了身旁的Peggy Lu——呂心瑜。

呂心瑜聽到這裡，終於放下手機，站起身，嘻嘻笑地向眾人鞠了個躬。

「心瑜雖然年紀小、又愛玩，但其實非常精明機伶。」王茱瑛這麼說：「她和心瑷加起來，等於是兩個當年的我——當年我一個人，扛起整個天靈集團，如果有兩個我，絕對能讓天靈集團更上一層樓。」

「我呸，妳……」強爺像是對王茱瑛這段話有意見，想說些什麼，立刻被周祈假咳嗽蓋過，似乎是些「要不是當年妳逼走我……」之類的抱怨。

「你幹什麼？」強爺對周祈屢次阻止他說話有些不悅，他指著主桌說：「那兩個洋娃娃加起來，也沒有我們小魚一個厲害呀……哼，走著瞧！」

「強爺說的沒錯，他現在很正常嘛，哈哈。」小魚傳來這樣的訊息，強爺除了戴著耳機之外，領子上還藏著麥克風，小魚能夠聽得見強爺說話，方便讓小魚掌控他的一舉一動。

「那我現在該怎麼做？」周祈望著主桌那頭呂心瑜的動靜，只見她坐下後，又自顧自地自拍起來，便再次重整了她社群帳號的個人頁面，見到上頭果然又多出一則新的動態，又是張自拍照——照片裡的她皺起眉頭鼓起嘴巴，用手指著身旁的王茱瑛，底下的標籤則寫著：

#王董搶先一步昭告天下了

#本來我想自己說的

#我要開一家唱片公司

#搖滾不死

「……」周祈搖搖頭，不敢相信這Peggy Lu真如王茱瑛所說的，和她姊姊一樣精明能幹，能扛起半邊天靈集團。

「而且據我所知……」王茱瑛繼續說：「除了心瑜之外，心瑷現在還多了另一個得力幫手。」她說到這裡，故意低下頭笑著對呂心瑷說：「妳平常都怎麼叫他的？文豪？還是傅哥哥？」

「傅哥哥？」一旁的呂心瑜睜大眼睛探長了腦袋，望著姊姊呂心瑷，說：「原來妳叫他傅哥哥呀？」她雖未持麥克風，但音量倒是不小，說話帶著濃濃的ＡＢＣ腔。

「董事長，文豪他人不在這裡……」呂心瑷尷尬苦笑地搖了搖王茱瑛胳臂，一面對呂心瑜搧搧手，示意她別多嘴。

「不在這裡，那會在哪兒？」王茱瑛這麼問。

「他前天才送妳上機，現在人還在美國呀……」呂心瑷苦笑說。

「說到文豪呀。」王茱瑛哈哈一笑，問：「他做事認眞，是個値得託付一生的男人呀。」

「是啊……」呂心璦過去雖然時常代表王茱瑛參與各種盛大會議，卻從來沒有在這麼多人面前談論私人感情的經驗，此時一時有些無措，抬頭見到王茱瑛站著問她話，趕緊站起，卻又不知該說些什麼，只好說：「董事長，這是天靈集團的餐會，別聊這些事呀……」

「幹嘛這麼見外。」王茱瑛笑著說：「我都認妳們兩姊妹了，妳反而不敢認我？」

「不是這樣子……」呂心璦讓王茱瑛這突如其來的發言弄得不知所措，她知道王茱瑛即便之前腦袋狀況不佳時，也不曾這麼隨興發言，王茱瑛會講出口的話，必然都是事先準備好的說詞。她連忙湊近王茱瑛臉邊，低聲問：「外婆，妳到底想說什麼？」

「她從以前就是這樣霸道，她呀……」強爺遠遠地在台下扠手看戲，順手動筷子挾了塊肉入口——此時餐廳侍者陸續上菜，但無人動手，大家習慣等王茱瑛致詞完才用餐，不過強爺可不理這一套，他隨意挾菜吃，正想嚷嚷些什麼，像是聽見小魚的喝叱，這才放低了聲音。

「老先生，你好像跟王董很熟……」張光輝的太太就坐在強爺身旁，忍不住問。

「何止熟？」強爺說：「我連那婆娘奶罩什麼花色都知道，她呀……」

「哇咳咳咳咳！」周祈連忙大咳起來，還用胳臂撞倒水杯，灑了強爺一褲子，跟著拿起毛巾替強爺擦起衣褲，順手揪著強爺領子，低聲對他說：「你如果不想玩了我可以現在就帶你出去，別等保安來丟我們出去……」

「哼哼、哼哼哼……」強爺摀著耳朵，像是同時在接受著小魚的訓斥般，心不甘情不願地比出將嘴巴拉上拉鍊的動作，表示自己不說話了。

「在美國時，文豪和我聊了不少關於妳的事。」王茱瑛這麼說：「我覺得你們也差不多該成家啦。」

「董事長……外婆呀……這種事，讓我們自己決定就行啦。」呂心璦苦笑地晃著王茱瑛的胳臂，瞥了席間眾人一眼，尷尬地說：「大家還在等妳致完詞……」

「妳不想讓大家等，那妳就快點答應囉。」王茱瑛笑著說。

「答應什麼啦？」呂心璦問。

「答應嫁給文豪囉。」王茱瑛說。

「文豪又不在這，我要答應誰啦。」呂心璦哭笑不得地說：「他都還沒跟我求婚呢……」

「心璦，嫁給我吧！」傅文豪的聲音突然響起。

餐廳燈光緩緩黯淡，到了一片漆黑的程度。

整個宴廳中，便只有幾柱燈光投射在主桌後方壁面上，一面白色布幕緩緩落下，出現傅文豪的身影；布幕裡的傅文豪坐在寬敞辦公室裡，身後巨大落地窗灑進清晨的朝陽。

「我只好親口說了。」他面對鏡頭，笑著捧起一只絲絨小盒，揭開，是一枚美麗鑽戒。

餐會席間響起了如雷掌聲，有人起鬨說：「心璦，別猶豫了，答應他呀！」

「啊……」呂心璦此時神情像是摻雜了各式各樣的情緒——驚訝、欣喜、害羞，和淡淡地惶恐和不安。

眼前這布幕和傅文豪的身影，隱隱讓她聯想起心靈紓壓教室裡的情景。

心靈紓壓教室的課程她斷斷續續地接觸了數月之久，起初每週一次，跟著每三、四天一次，到了前幾週，她一週會登門四、五次。

但從數天前開始，她隱隱開始覺得有些不自在。

她說不上來到底哪裡不自在。

明明教室是同一間教室、心靈紓壓老師和眼鏡助理都是同樣的人、躺椅是同樣的躺椅、觀看的影片也都是同樣的影片、傅文豪的身影次次都會在紓壓課程末段出現——但她就是覺得有些不自在。

自然，呂心璦並不知道那種不自在，正是因爲這幾天她在接受紓壓治療的當下，聽著催眠阿姨手指傅文豪的身影對她耳語呢喃時的精神狀態，與之前並不相同的緣故。

而她精神狀態與過去不同，則是因爲她在接受治療前所吃的膠囊和過去有些不同——從神奇的洗腦藥，換成了維他命C。

「心璦可能覺得，這樣不算『親口』吧。」王茱瑛拿著麥克風，對著布幕上的傅文豪說。

「不夠有誠意。」

「好吧——」

傅文豪的聲音再一次響起。

卻不是從擴音設備，而是在主桌旁響起、在呂心璦身後響起。

宴廳裡，燈光陡然亮起。

眾人紛紛驚呼出聲。

一身西裝的傅文豪，捧著一束鮮紅玫瑰花，英挺地站在呂心瑷身後。

呂心瑷目瞪口呆，整個宴廳爆起如雷掌聲和驚喜歡呼。

「好——」連強爺都忍不住喝起采來。「這是一種千里飛天、瞬間移動的功夫！」

「你冷靜啦！」周祈連忙安撫著興奮至極的強爺，向他解釋：「剛剛牆上那是預錄好的影片，是傅文豪和王茱瑛董事長串通好要向呂心瑷求婚的花招啦……」

「什麼？」強爺像是沒有完全聽明白周祈的意思。「你是說剛剛白布上的人那是幻象？以假亂眞、虛擬實境、意念投影，那又是另一門功夫啦，這人眞是不得了，讓我來會會他！」

「小魚！小魚……」周祈見強爺一副想要起身去和傅文豪切磋，連忙強按著強爺肩膀，舉起自己袖子低語，想向小魚求救。

然而此時四周完全沒人注意強爺和周祈那小小的騷亂，所有人的目光都集中在傅文豪和呂心瑷的身上。

呂心瑷又驚又喜地接過玫瑰花束。

傅文豪在她面前單膝跪下，從口袋裡取出了與影片裡相同的絲絨小盒揭開，取出裡頭的閃亮鑽戒。

「嫁給我吧。」傅文豪托高鑽戒，凝視著呂心瑷的眼睛說。

「好……」呂心瑷驚喜交加地摀著嘴、點點頭，讓傅文豪替她戴上戒指，先前她那沒來由的奇異不安感，早已被眼前的驚喜沖刷得無影無蹤。

嘩——宴廳裡再次響起一陣陣歡呼和掌聲，大夥這才知道王茱瑛今晚發言格外熱情洋溢，原來是配合傅文豪，替外孫女主持起這場求婚大戲。

主桌及鄰近幾桌賓客紛紛站起，舉起酒杯向呂心璦和傅文豪祝賀——王茱瑛今晚除了替傅文豪和呂心璦牽線之外，也有間接宣布接班人的意味，今晚參與餐會的天靈集團高層們，多半事前收到知會，他們是受王茱瑛的邀請，來替呂心璦兩姊妹背書，作爲她們往後在集團中的鼎力後盾的。

「75%……」周祈遠遠地望著傅文豪，見他頭頂上的腦波契合度儘管比呂心璦等低了些，但仍在可以用偷心眼鏡控制的範圍內。

「來來來，替新郎挪個位子出來。」

「這麼年輕就當上集王藥廠副總，不簡單呀！」

主桌賓客們你一言、我一語地招呼傅文豪入座，同時宴廳侍者紛紛進場，端上一盤盤主菜，好幾張大盤子中央都擺著兩隻紅白蘿蔔雕成的天鵝，脖子勾成愛心形狀，整場餐會瞬間變成了喜宴。

「本來我還想和大家聊聊接下來天靈集團和集王藥廠的合作計畫——但我知道大家都餓了，再不開動，菜都要涼啦。」王茱瑛笑著繼續說：「所以我長話短說吧。我打算投資集王藥廠，砸下更多資源幫助集王藥廠進一步發展他們目前幾項……關懷老人腦袋的新藥。說眞的，那些藥效果還眞不錯，我的親信老臣們應該都知道前幾年我的記性一落千丈時的樣子吧。那時眞是糟糕透了……上午聽說的事，到下午就忘了；睡前寫在桌上的提示紙條，一早上醒來看了，連誰寫的都不記得啦。好在那時候有個外國老友聯絡上我，知道了我的情況，介紹集王藥廠給我認識。說也好笑，堂堂天靈集團董事長，旗下好幾間生技公司、藥廠，卻甘願要去當個外國小藥廠的白老鼠——總之呢，我相信自己這老白老鼠的實驗結果，我相信那些藥物不但極能幫助天靈集團更上一層樓，也能夠幫助全世界更多爲此受苦的長者——這是第一件事。」

「第二件事呢，就是剛剛我提到過的——我會讓心瑷、心瑜兩姊妹逐漸接管我更多工作。大家也別太慌張，這件事情得一步一步來，我早已安排好了。首先，我會將手中持股最多的茱麗葉、美麗天、心麗雲這三家公司，逐步交給心瑷打理；當然，現階段名義上，她還是我的祕書，實質接班手續我會另外慢慢處理，以後你們當她是老闆就行了。」

王茱瑛說到這裡，向被她點名的三家子公司座位區望了過去。

「是！」「董事長妳放心，我們絕對效忠心瑷小姐。」其他幾桌立時有人出聲附和，茱麗葉這桌設計部成員們對今晚這接班餐會事前一無所知，但其他部門成員當中也有一、兩人像是早已收到提示，立時拍手讚聲，且向同桌其他人打起眼色，大夥立時也拍起手來。

「董事長……」呂心瑷對這一連串發生在自己身上的變化，一時難以消化，她說：「我還沒準備好。」

「妳這幾年做的一切，就是在替這天做準備，妳只要像過去一樣工作就行了。」王茱瑛拍了拍她的臉，說：「放心，在天靈集團裡，大家都會幫妳——不肯幫妳的，今晚我沒邀他們來，以後也不會邀了……」王茱瑛說到這裡，頓了頓，環視宴廳全場，說：「今晚來參加這場餐會的賓客，都是我王茱瑛的好朋友、好員工，你們一定會和我兩個美麗聰明的外孫女站在同一邊，是不是呀。」

「是——」「當然！」這次整個宴廳數百人全大力鼓起掌來。「天靈集團是董事長一手拉拔大的企業，當然董事長說了算！」

「賊婆娘『短說』就這麼長了，要是『長說』，豈不是要說到天亮了……」全場唯獨強爺一臉嫌惡地縮起身子，低聲對周祈說：「這裡該不會除了我們以外，全都是那女魔頭的人吧……包括這一桌……」他說到這裡，打量起茱麗葉同桌每一人的脖子，像是在盤算著該讓提包裡的鬼哭劍優先嚐誰的血。

「你現在才知道啊！那你還不安分點……」周祈焦慮地安撫著強爺，低聲對著袖口麥克風問。「小魚，拜託跟強爺聊聊，我快壓不住他了。」

「就是現在。」小魚立刻傳來了訊息。

「現在？」周祈瞪大眼睛。「什麼現在？」

「現在行動！」

「行動？現在？」周祈一下子心跳加快。「怎麼行動？」

「深呼吸，看仔細我打在你眼鏡上的每一個字，就像解遊戲任務一樣，照順序一項一項完成——」

「一、去主桌對大家說你是Peggy的未婚夫，讓Peggy相信你是她的未婚夫。」

「二、厚著臉皮擠在Peggy旁邊，位子離王茱瑛越近越好。」

「三、帶強爺一起去，放他一個人他一定會亂來，我會幫你控制他。」

「四、你取得Peggy未婚夫身分之後，試著和大家閒聊，取得整張桌子的話語權。」

小魚的訊息貼壁紙似地瞬間貼滿周祈兩眼鏡片，且還補了句附註上來：

「這串任務看起來不可思議，但你別忘了你戴著偷心眼鏡。」

「上吧，萬中無一的偷心賊！」

「這……」周祈倒吸了口冷氣，他本來以為要等到這場餐會中段、賓客們各自聊開時才是自己行動的時刻，誰知道小魚卻要他在傅文豪成功求婚的下一刻，在全場目光都盯著主桌的當下，就向主桌發動攻擊。

「嘶——」周祈深深呼吸，站起身來，拍了拍強爺的肩，對他說：「強爺，輪到我們上場了。」

「終於呀——」強爺大喝一聲，重重拍了一下桌子，倏地站起身來。

強爺這一拍，力道大得將張光輝剛盛入碗裡的羹湯都震出半碗。

「怎……怎麼啦？」張光輝震驚地說：「你們想幹嘛？」

「沒事。」周祈吸了口氣，說：「我去主桌找我的未婚妻聊聊。」

「未婚妻？」眾人聽周祈這麼說，都忍不住驚呼起來，紛紛探頭望向主桌。「主桌誰是你未婚妻？」

周祈也沒多加解釋，領著強爺大步往前，他知道與其讓強爺不停累積怒火直到爆發，不如趁他發作前趕緊行動——伸頭一刀，縮頭也是一刀。
且他不打算捱刀，他是來偷心的。
他是萬中選一的偷心賊。

## 14

「呃，各位……」

周祈來到主桌前，見到王茱瑛望著他、見到呂心璦和傅文豪望著他、見到Peggy也望著他、見到整桌大人物都望著他，不由得頭皮發麻、腦袋一片空白，一下子連眨眼鎖定賓客都忘記了。

但其實眾人的目光並沒有在周祈身上停留太久，而是紛紛望向周祈身旁那身穿雙排釦西裝的強爺身上──

王茱瑛與同桌幾個當年同樣出身於那腦神經科學研究室的天靈集團高層叔叔伯伯們，一齊露出訝異的目光──他們儘管已有幾十年沒見過強爺，卻依稀還認得他那嘴從黑變白的八字翹鬍子。

「你……你……」王茱瑛身子微微發顫，望著強爺，說：「許志強，你……你怎麼來了？」

「我……我不行來嗎？」強爺不知怎地，早先那圖窮匕現的氣焰不知飛到了哪兒，低下頭來，輕聲說：「我來找老朋友……吃頓飯行不行？」

「行行行、當然行！」主桌幾個看來穩重老沉、位階和年齡都高的高層主管們，紛紛起身張手招呼強爺入座，有人讓出了自己的位子、有人吆喝著侍者取來新碗新筷替強爺整備桌面。

這下輪到周祈驚訝了，他驚訝的不是這些地位崇高的叔叔伯伯們對強爺禮數周到的模樣，他知道強爺過去在研究室裡本來就是他們領頭之一；他驚訝的是，強爺此時的態度和以往有著天壤之別。

此時的強爺，彷彿像個等待上台領獎的羞怯學生，微微點頭接過眾人遞來的餐具，卻連王茱瑛的雙眼都不敢直視，一點也沒有先前那副迫不及待亟欲斬妖除魔的態勢。

「志強大哥，我……我們有幾十年沒聚在一起了吧……」主桌高層中一名年紀也有五、六十歲的男人，堆著笑臉開口，還望了望站在強爺身後的周祈一眼，問：「這是你……你孫子？」

「他？」強爺瞥了周祈一眼，抓抓頭說：「他是我乾孫子，我又沒兒子，哪來孫子……」

「沒關係，乾孫子也是孫子，讓個位子給志強大哥的乾孫子坐！」有人這麼說，大夥再次挪位，試著讓周祈也塞進座位裡——這宴廳主桌雖大，但眾高層多半年歲長、體型都寬，眾人肩膀貼著肩膀，硬是讓出個位子給周祈。

「坐太遠了！想辦法給我坐近點！」

「你變成啞巴了嗎？偷心賊！」

周祈見到小魚的指示，這才回神，深深吸了口氣，說：「嗯，其實……我……」

他沒有走入天靈高層大叔替他挪出的座位，而是繞著圓桌，往王茱瑛走去。

「他就是負責茱麗葉香水廣告的那位設計部第一組組長周祈。」呂心瑷低聲提醒。

「哦？你……」王茱瑛望向周祈，露出困惑的神情，像是已經不記得周祈的長相。

「你有話想向董事長報告？還是……」呂心瑷見周祈走來，連忙起身問。

「不。」周祈搖搖頭，向呂心瑷眨了眨眼，完成鎖定。

主桌連他和強爺在內，共十二人，他鎖定了呂心瑷姊妹、王茱瑛和傅文豪這四人。

「其實……我是呂……呂……」周祈來到Peggy身邊，見到Peggy抬頭望著他，鼓起勇氣說：「我跟Peggy，下個月就要結婚了。」

儘管王茱瑛剛剛致詞時提過，但周祈似乎不記得Peggy的本名。

「哇！」眾人再次驚呼起來。

「你？我？」Peggy一雙水靈眼睛睜得極大，站起身來，左右望了望，又望著周祈，用手指指著自己。「老兄，你說的Peggy，是我？」

「是。」周祈盯著Peggy，腦袋亂糟糟地彷彿化成一團漿糊，像是還沒想好說詞，但是他知道無論如何也得先說服Peggy，便硬著頭皮說：「我們在一起好幾年了，雖然是遠距離，但我知道妳已經準備好了……」

「妳已經準備好要和我共組家庭了。」他說到這裡，望著腦波契合度高達98％的Peggy，牽起她的手，用接近命令的語氣說：「快告訴大家，我們要結婚了。」

「呃，喔……對耶……」

Peggy的神情，從迷惑逐漸轉變成恍然大悟，她嘻嘻笑地拉了拉王茱瑛的袖子，說：「王董，我竟然忘記跟妳們說了，我也要結婚了，YA！」

「董事長、心璦，以後大家是一家人了。」周祈跟著望向王茱瑛和呂心璦。「其實我們以前見過，那時候我染金髮，你們忘記了。」他開始使用偷心眼鏡的力量，強行替大家製造假記憶。

「金……髮？」呂心璦和王茱瑛互望一眼，漸漸覺得似乎真有這麼一回事。「妳記得嗎？」

「我好像有點印象……」

「哈囉，Uncle，讓我老公坐我旁邊好嗎？」Peggy朝身旁那天靈集團高層露出甜蜜的笑容，那高層趕忙堆笑起身。

主桌其餘沒被偷心眼鏡鎖定的賓客們，見到眼前突然又蹦出一對新人，儘管突兀怪異，但當事人都點頭承認了，且王茱瑛也沒有意見，便從善如流，再次手忙腳亂地換位子，硬是將周祈的座位從強爺旁挪到Peggy身邊。

遠處茱麗葉生技那桌上下可都看傻了眼，大夥兒驚愕地交頭接耳起來。「那小子和他們說了什麼？怎麼坐進主桌去了？還坐在Peggy旁邊？」「剛剛他說他要去找他未婚妻，Peggy是他未婚妻？」「他和心璦的妹妹在一起？怎麼從來沒聽他說過！」「難怪他和心璦好像很熟……」「聽說他想請心璦當她廣告女主角？」「那……設計部那個口罩ㄚ頭又是什麼東西？爲什麼平常他們一天到晚黏在一起？」

大夥心中的疑問多到快從嘴巴滿了出來，跟著，大家很快地想到了一件事——呂心璦會逐漸接手茱麗葉生技，變成大家的老闆；而Peggy一開始或許會以呂心璦助手的身分進入天靈集團，且一步步與呂心璦平起平坐，這麼一來，身爲Peggy未婚夫的周祈，往後在茱麗葉裡的地位，則變得十分微妙地崇高。

「呃，這樣算起來，那個周祈等於是我們未來老闆妹妹的老公？」企劃部主管這麼說。

「好險，我沒有看他菜就刁難他。」行銷部主管拍了拍胸口。

大夥說到這裡，一齊望向代表設計部的黃經理和張光輝。

「哎呀呀，我記得我一直對他照料有加呢。」黃經理呼了口氣拍著胸膛，他確定自己這幾週確實沒有對周祈有過什麼刁難或是責難。

「……」張光輝捏著湯匙的手微微顫抖，臉上堆滿了各種情緒交雜而成的古怪表情。

「幹嘛？你欺負過人家啊？」張光輝的太太在一旁問。

「我什麼時候欺負他了！」張光輝連連搖頭，辯解說：「我一直在教導他，能學多少，就看他造化了。」

「我剛剛說的話這麼快就成真了。」剛才調侃張光輝小心後浪推前浪的那人，哈哈笑地說：「你以後還敢教誨他嗎？」

「當然繼續教呀，怎麼不教！」張光輝用顫抖的左手揉了揉顫抖的右手，再顫抖地拿起杯子輕啜口果汁。

「哎呀，你拿到了黃經理的杯子……」張光輝的太太將張光輝手中的杯子搶下，推還給黃經理。

「幹嘛？」「張光輝，你的氣在亂！」「你果然有刁難過人家對吧，我就覺得那個什麼『整體宣傳專案』，看起來像是整人的東西……」

「什麼整人，我是看他青年才俊，想激發他的潛力，他做得好，我也替他開心；他攀上天靈變鳳凰，我也……我也……」張光輝抹著汗、咬著牙，說：「我也替他開心……」他說完，嘆了口氣，說：「命也，一切都是命……」

□

主桌這兒，由於周祈和強爺強行加入，硬是將焦點聚集到了Peggy和周祈身上，大夥兒一面用餐，一面都想知道Peggy和周祈這天遙地遠的兩個人，究竟是怎麼湊成了一對兒。

「心瑜這幾年不一直待在美國嗎？你們……怎麼認識的？」王茱瑛這麼問。

「對呀，那時你不是說……」呂心璦也一臉疑惑，她想起那天周祈去她家研究香水廣告，臨行前隨口稱想認識她妹妹，但此時卻又聲稱兩人相愛已久，顯然有些矛盾。

「咦？嗯？」Peggy歪著頭，同樣狐疑地滑著手機，說：「我找看看，好奇怪喲，怎麼我的手機裡連一張你的照片也沒有？」

「快發揮你的本領，用最短的時間，編出一個讓大家都能夠接受的前因始末吧！」小魚的訊息飛快傳到周祈眼鏡上，還補上一句：「如果你戴著偷心眼鏡都講不出有說服力的故事，那還是別寫小說了，改行去吃大便吧！」

「是……是這樣子的。」周祈快速嚥下口裡的菜，對呂心璦說：「那時……我還不知道妳的妹妹就是Peggy，我只是隨口問著玩的，呵呵……我和Peggy是在一款手機遊戲網站上認識的，我們都是那款遊戲的玩家。」周祈隨口說出了一款遊戲名稱。

他在Peggy的社群帳號頁面裡看過Peggy提及那款遊戲。

「喔！對耶，我想起來了，就是那個遊戲沒錯。」

Peggy露出恍然大悟的神情，似乎被偷心眼鏡的效力滲透了真實記憶，她的確玩過那款遊戲，在遊戲裡認識了世界各國的玩家。

「還有約翰、小李、毛毛呀……」周祈知道透過偷心眼鏡雖然能夠令Peggy相信他真是她未婚夫，但卻沒辦法完美解決眞實記憶和虛假幻象之間的矛盾，他必須快速製造更多假象，來塡補那些那些錯漏矛盾。

「那時候我們都在追妳，最後和妳在一起的人是我。」他說到這裡，吸了口氣，抬起頭，望著呂心瑷，說：「心瑷姊，那款遊戲妳也有玩呀，妳忘記了嗎？」

「我？」呂心瑷瞪大眼睛。

「對。」周祈跟著指了指傅文豪，說：「是文豪邀妳玩的，妳玩了之後，也覺得很有趣呀。」

「呃？」這下輪到傅文豪瞪大眼睛了，他取出手機，滑動半晌，怎麼也找不著周祈說的那款遊戲。

「可能你們後來玩膩不玩了，所以忘記囉。」周祈這麼說，但見傅文豪和呂心瑷低聲交談，像是在討論那神祕遊戲究竟是何方神聖，便又說：「想不起來沒關係，但你們確實玩過呢，還玩得很開心呢。」

「我怎麼記得你在美國時，說你不玩手機遊戲？」王茱瑛望了望傅文豪，露出一臉納悶的神情。

「董事長，妳記錯了，不玩遊戲的是天靈裡另一位主管，文豪哥也有玩遊戲喔。」周祈這麼說，朝著滿臉疑惑的傅文豪說：「你的遊戲都安裝在另一支手機裡，你說偶爾玩點遊戲可以替大腦帶來新的刺激，這也是你平時忙碌工作閒暇的紓壓方式，當然你明白許多長輩們對手機遊戲常有不好的觀感，所以你對外絕口不提就是。」

「咦？是這樣嗎？」王茱瑛、呂心璦和傅文豪彼此相望，都覺得周祈的話初時聽來模模糊糊，像是遙遠的夢境，但隨著他反覆強調幾次之後，卻又逐漸鮮明得像是數分鐘前剛發生過的事。

「好像是這樣沒錯……」傅文豪抓了抓頭，彷彿在爲自己爲什麼會忘記這件事而感到有些不好意思。

「我錯過什麼了嗎？爲什麼會講到手機遊戲？」主桌其餘沒有被周祈用偷心眼鏡鎖定的天靈集團高層們，各個面面相覷，一下子跟不上話題。

「我想……我該吃藥了，哈哈哈。」

王茱瑛微微露出疲態，望了望呂心璦。

呂心璦立時從椅下置物籃裡的提包中取出一包藥包，卻未揭開，而是擺在一旁，說：「董事長，先吃飯，吃完飯才吃藥。」

「好……」王茱瑛點點頭，再次拿起筷子，想了想，又拍拍呂心璦的手，說：「以前我沒和大家說太多關於妳們的事，現在既然說了，以後妳們叫我外婆就行啦——至少，在這種私人飯局上，不用叫我董事長囉。」

「好，外婆。」呂心璦點點頭。

「外婆這就是妳平常在吃的藥呀。」Peggy探頭望了望那藥包說。「那藥眞的那麼神奇，可以讓上了年紀的人恢復記憶？」

「是呀。」王茱瑛點點頭，說：「兩年前我沒接觸這個藥的時候，什麼都記不住啦，連打電話給妳聊聊，翻開電話本，妳的名字都忘啦，每個字都好陌生，妳說可不可怕……」

「哇，這麼嚴重……所以妳吃完藥之後，情形就好轉了？」Peggy探頭望了望傅文豪，說：「這個藥就是你們集王藥廠發明的？好厲害呀！這藥的原理是什麼呀？」

「剛好我家長輩過去也曾經從事相關行業，跟現在的集王藥廠有些淵源。」傅文豪淡淡笑了笑，說：「不過我並不太懂藥理就是了，我在藥廠裡主要負責業務跟組織管理，我只知道這種藥可以修復大腦裡本來不可逆的老化現象。」

「鬼扯！」本來默默無聲的強爺，聽傅文豪這麼說，忍不住悶吭一聲，說：「既然不可逆，怎麼修復呀……我看是吹牛。」

「以前做不到，不代表永遠做不到呀。」王茱瑛聽強爺這麼說，沉下了臉。「許志強，這麼多年，你還是跟以前一樣，就喜歡當面給人難看。」

「我哪有給他難看……」強爺兩隻眼睛轉來轉去，就是不敢與王茱瑛雙眼對上。「我向來只說事實。」他說到這裡，還向傅文豪擺了擺手。「年輕人，我沒有給你難看的意思，你別介意呀。」

「不會。」傅文豪苦笑了笑，說：「所以這位強爺，是……Peggy的未婚夫的……乾爺爺？」

「是是是，乾爺爺……」周祈連連點頭。

「強哥，你離開這麼多年……」一位天靈集團高層問：「都沒找個伴？」

「你看他那怪脾氣，他哪找得到。」王茱瑛冷笑幾聲。

「我脾氣怪，妳脾氣就正常嗎？」強爺瞪大眼睛，捏了捏抱在懷裡的提包。

「唔！鬼哭劍？」周祈見到強爺神色有異，以為他要取燒餅殺人了，但見強爺卻又沒有後續動作，只當小魚正安撫著他。

「哦……」王茱瑛瞥了周祈一眼，笑著說：「這下倒有趣了，許志強，那到時候你乾孫子跟我家Peggy結婚，你來不來呀？」

「我來不來干妳什麼事，我幹嘛要跟妳報告？」強爺這麼說。

「哎呀，我外孫女結婚，我是主婚人，怎麼不干我的事？」王茱瑛吸了口氣，盯著強爺說：「你呢？你以什麼身分參加婚禮，這……你乾孫子有他自己爸媽吧，他爸媽才是主婚人呀，你不說清楚你自己身分，我怎麼替你安排座位呀？難道要我幫你安排個嬰兒座，像那邊一樣？」

王茱瑛說到這裡，指了指斜方向某張桌子那兒一對年輕夫妻旁的高腳嬰兒座椅。

「行啊，怎麼不行！」強爺瞪大眼睛說：「妳怎麼安排我就怎麼坐，反正妳向來喜歡替所有人安排所有事，就像妳當年安排我滾蛋，我不就乖乖滾蛋了嗎。」

「許志強，你話說清楚點。」王茱瑛聽強爺這麼說，勃然大怒，重重拍了下桌子，倏然站起身，說：「當初是你自己要離開的，沒人幫你安排。」

「當初研究室研究了那麼久的東西，妳說停就停！這跟趕我走有什麼分別？」強爺也重重拍了桌子站起，連懷裡藏著鬼哭劍和整疊垃圾研究計畫的提包都掉到地上。

此時不只主桌，整個喜氣洋洋的宴廳陡然安靜下來。

大部分人都不知道發生了什麼事，只知道主桌那兒有個長者和王茱瑛起了口角。

茱麗葉那桌可更是驚駭不已，全都望著周祈和強爺，驚訝地交頭接耳起來。「周祈的乾爺爺怎麼跟王董事長吵起來了？」「剛剛大家不是還客客氣氣招待他們嗎？」

「外婆，妳別生氣……」呂心璦急忙起身想要安撫王茱瑛，還不停向周祈使眼色，示意他出聲安撫他的乾爺爺。

「別插嘴，讓他們吵。」小魚的訊息飛快傳來。

「呃！」周祈本來站起一半，見到小魚的訊息，一下子不知該如何是好。

他還是離座往強爺走去，低頭對袖口說：「為什麼？妳到底想幹嘛？」

「讓他們把話說開了，總比憋在心裡好、總比帶進棺材裡好。」小魚這麼答。

另一邊，Peggy儘管滿臉驚訝，但仍不停滑著手機，甚至作勢想要偷拍強爺，像是要即時傳上社群網頁實況播報一樣，還向周祈嚷嚷起來。「你乾爺爺好兇喔，他為什麼要罵我們王董？她是我外婆耶。」

「當初你異想天開、走火入魔，我們好不容易拿下那間藥廠，有機會翻身，當然想辦法翻身，難道陪你一起瘋？」王茱瑛這麼說：「這不是我的意見，是大家的意見。」

「妳有意見，大家哪裡還敢有意見？」強爺氣呼呼地說：「當初要是繼續研究我的東西，你們天靈集團會比現在強大十倍不止！」

「笑話！」王茱瑛哈哈一笑，說：「天靈集團現在資產有多少你知道嗎？要是你那研究這麼厲害，何必整天窩在你那破公寓裡不出門，像個失智老人一樣神經兮兮，你知道為什麼嗎？就是因爲你那鬼研究會傷人腦子！要是大家當初繼續跟著你走，通通像你一樣失智啦！」

「我哪裡失智了？」強爺怒叱。「當時妳不陪我研究，最後妳不也失智了？現在還不是得吃這什麼鬼藥！」

「我這藥能救命的！」王茱瑛指著藥包，說：「我就是當年陪你瘋了那一段日子，現在才要吃藥！那時候沒人當你那鬼研究的實驗品，你整天拿自己的腦袋做實驗，我看你常頭痛才幫幫你，你好意思拿我吃藥說嘴？你還是個人嗎你？」

「因爲我是個科學家！」強爺正氣凜然地說：「科學家的職責就是做研究；妳呢，拿下藥廠，有了錢，就忘了本，開公司、炒地皮、什麼都摻一腳，妳不配當科學家，妳只是個商人！」

「是呀！我是商人沒錯呀！」王茱瑛挺直身子，神氣地說：「我是個成功的商人，我什麼公司都開、什麼錢都賺，現在我天靈集團的產品物美價廉、我旗下營造廠蓋出來的房子不怕地震，我還蓋醫院救人、蓋學校作育英才——我幾家藥廠的藥救了千千萬萬人的命，最後救不了我自己的腦，就是因爲被你當年那破爛研究害的！你呢？當初你走的時候，也分了不少錢走，你研究了幾十年，最後研究出什麼來了？我造福世人，你造福了誰？我是成功的商人，你是失敗的科學家！」

「我……誰說我失敗了！」強爺拎著趕來安撫他的周祈後領，說：「我研究出了個偷心賊！」

「什麼？」王茱瑛望著周祈。

「偷心賊？」全場所有人都望向周祈。

「我……我可以插嘴了嗎？」周祈臉色青慘地攙著強爺胳臂，低聲舉起袖口詢問。

「你自己看情況說話囉。」小魚這麼回覆。

「什麼！」周祈愕然。

「偷心賊？」王茱瑛愕然說。「你說什麼？你失智症發作啦？」她說到這裡，突然抓起桌上那藥包，往強爺拋來，大聲對周祈說：「餵你乾爺爺吃藥！叫他別再發瘋！」

「誰失智呀，妳才失智，我才不吃這些鬼東西！」強爺怒不可抑，正要伸手去抓藥包想拋回去，卻被周祈搶先一步將藥抓走。

「啊！別聊這件事了，強爺……」周祈高高舉起那包藥。「我們來聊聊別的！」他這麼說的時候，睜大眼睛望向王茱瑛，說：「董事長，我們聊聊別的！剛剛呢……嗯……其實……全都是劇情，我們在排戲呢！這是茱麗葉香水廣告三生三世的劇情，卡——董事長演得眞好，完全抓到了劇情精髓！演得活靈活現，哈哈、哈哈哈……」

他拍拍強爺肩頭，抓著藥包，一步步往自己座位旁走，又按了按Peggy的肩、向王茱瑛點點頭，說：「大家都演得很好，很棒！」跟著繞了大半圈桌子，和呂心璦、傅文豪分別握握手，說：「文豪哥，心璦已經答應擔任這批香水廣告的女主角，看來男主角的角色非你莫屬了，你也演得很好、很好……」

「我……我剛剛演了什麼？」傅文豪一臉茫然，低頭望著呂心璦。

呂心璦搖搖頭，也不明白自己爲什麼會在餐會上排演起廣告腳本來，她說：「周祈，工作的事，是不是應該留在工作時間……」

「原來大家在排戲呀……」王茱瑛歪著頭、按著桌子，神情紓緩許多，她坐了下來，見到強爺還站著，便瞅著他笑：「坐下吧，大家在排戲，你兇巴巴地幹啥，你演上癮啦？」

「哼。」強爺冷笑兩聲，扠著手坐下，對周祈豎了個大拇指，得意洋洋地說：「看到沒有，我一個偷心賊，還不把妳整個天靈集團馴得服服貼貼，這就是我這些年來的研究，偷、心、眼——」

「強爺！」周祈連忙嚷嚷起來，蓋過強爺的話，說：「我都喊『卡』啦，結束了、別演啦，大家繼續吃飯，來，吃飯！」他一面說，一面拿起碗筷，嘻嘻哈哈地挾起菜，還替Peggy也挾了隻雞腿。

「哼！」強爺這才緩緩坐下，扠著手也不動筷子，像是還生著悶氣。

「笨蛋，誰要你停的，告訴傅文豪他演了什麼？」小魚又傳訊過來。

「什麼？」周祈呆然，低頭問了問袖口。「他演了什麼？」

「未婚夫，你在跟誰說話？」Peggy探頭過來，抓起周祈袖子瞧。

「沒……沒有！」周祈連忙堆笑說：「我……我在跟妳說話呀。」

「你想跟我說什麼？你剛剛說我演什麼？你們在排戲？你要我演什麼角色？跟你說，我很會演戲喔。」Peggy連珠炮似地說，還捏了捏周祈的臉，望著他說：「眞巧，我是天生的演員喲！」

「我也要當女主角，你要幫我安排一個漂亮的角色喲！」然後她又滑起手機，一面自言自語地說：「但爲什麼我手機裡都沒有你的照片呢？我覺得你好熟悉又好陌生喔，奇怪……」

「繼續稱讚傅文豪演技。」小魚傳來訊息。

「嗯，我……我說文豪哥呀……」周祈整了整衣領，喝了口水，望向傅文豪。「文豪哥演技眞的不錯。」

「我演技不錯？」傅文豪乾笑兩聲，說：「你想要我擔任你的香水廣告的男主角……但是我從來都不知道自己會演戲。」

「講藥的事。」小魚指示。

「你太謙虛了。」周祈舉起手中那包藥說：「嗯……我是指……這個藥的事情……你演得眞的不錯。」

「藥怎麼了？」王茱瑛問。

「這些藥嘛……」周祈從口袋裡又取出一只小瓶，揭開瓶蓋往桌上一傾，滾出幾顆紅色膠囊——

傅文豪面無表情，直勾勾地盯著那幾枚膠囊。

呂心瑷則露出驚訝的神情。

這些膠囊，是周祈和小魚潛入心靈紓壓教室那晚取得的膠囊，他們當時花了點時間掉包了膠囊裡頭的藥物微粒，同時也帶走幾粒完整的膠囊。

「強爺，之前小魚請你寄給朋友的檢驗樣本，檢驗結果你沒忘了帶來吧。」

「當然沒忘，你眞以爲我失智啊！」強爺哼地一聲，揭開提包，伸手就往提包裡那半截燒餅抓去。

「不是要你拿鬼哭劍，是檢驗文件！」周祈見強爺面露凶光，立刻搶上前替他伸手從提包中取出一份文件。

「這是強爺外國友人傳眞回來的檢驗報告。」他拍了拍那傳眞文件上的燒餅屑，說：「在座都是天靈集團資深長官，應該有些懂藥學的叔叔伯伯吧，要不要看看上面寫什麼？」

他這麼說的同時，將那文件遞向離他最近的一名天靈高層，那天靈高層一頭霧水地接過文件，翻開來瞧了瞧，愣愣地搖頭。「我怎麼看得懂，我是搞腦神經工程的……」

「你現在還搞腦神經工程呀。」強爺哦了一聲。

「很久沒搞了，那是以前的事了。」那天靈高層苦笑了笑。「現在我負責天靈集團底下兩個投資部門……」

「小董、小李都不在，你們大概是看不懂的。」強爺哼了哼，瞪著王茱瑛，說：「老女人，妳連妳吃什麼藥都不知道，眞是隻白老鼠；還是隻洋洋得意的白老鼠。」

「你們兜圈子講半天，到底想講什麼？」王茱瑛不耐地說：「這些藥，跟我吃的藥有什麼關係？」

「根據強爺外國藥廠朋友傳回來的檢驗報告，心璦和王董事長平時服用的好幾種藥物，跟桌上這些紅膠囊，外觀雖然不太一樣，但裡面其實都是同一種藥。」周祈將桌上幾枚紅色膠囊捏回小瓶子裡，說：「是一種可以讓大腦短暫進入半夢半醒的狀態，在這個狀態裡，對一切資訊的接受程度比平時更高——這是一種可以洗腦人類心智的藥物。」

「搭配催眠術使用，事半功倍。」周祈說到這裡，望向呂心璦，說：「如果想讓一個本來不愛我的女人愛上我，或是讓一個本來愛我的女人更愛我，騙她吃下這種藥，騙她去心靈紓壓教室上課，讓催眠老師對她洗腦，日積月累下來，就能讓她變成百依百順的棋子。」

呂心瑷深深吸了一口氣。

像是被周祈這幾句話點燃了一條她本來試著不去介意的古怪引線。

她有些恐慌地望向傅文豪。

「周先生，你這些話——」傅文豪緩緩站起，瞪著周祈說：「是非常、非常嚴重的指控。」

「對。」周祈吁了口氣，點點頭，說：「所以我讓你自己說好了。」

「你要我說什麼？」傅文豪說。

「我要你把你眞實的計畫全說出來。」周祈這麼說。「不能說謊！」

「我眞實的計畫是什麼？」傅文豪望著周祈的眼睛，身子忍不住微微顫抖起來。

「你自己說呀。」周祈來到傅文豪身旁，直視他的眼睛，說：「你不可以說謊，你一直非常誠實。」

呂心瑷也站了起來，她的身子也微微顫抖起來，望著周祈，說：「我不懂你想講什麼……爲什麼你會有這個藥？爲什麼你知道我在那間教室上課？那是因爲我前陣子失眠……文豪他……」

「他介紹妳去那間心靈紓壓教室。」周祈說：「心瑷，不可以哭，妳很堅強，就算妳得知眞相，也要忍著。」他說到這裡，轉頭盯著傅文豪，說：「你介紹心瑷上那間心靈紓壓教室的目的是什麼？」

「因爲她失眠……」傅文豪臉色有些蒼白，像是在抵抗著什麼。

「失眠以外呢？」周祈說到這裡，突然大聲說：「傅文豪，你不可以說謊！你老實說，你要心璦去心靈紓壓教室，要催眠老師每晚對她說話，要她看你的影片，你的目的是什麼？」

「她……失眠……」

「失眠以外呢？」

「我要她愛我。」

「她本來就愛你了，幹嘛還要再愛一次？」

「我要她更愛我。」

「你要她更愛你，然後呢？」

「我要她同意我說的一切。」

「跟天靈集團有沒有關係？」

「有。」

「你想幕後操縱她，等於幕後操縱天靈集團？」

「對。」

「王茱瑛董事長今晚的接班餐會，其實也是受你的影響做出的決定，因為你提供王董事長的藥物，根本不是治療失智的藥物，而是這種洗腦藥；你讓她長期服用這種藥物，再趁她去美國和集王藥廠談合作時，抓住機會對她洗腦，讓她萌生退意。」

「對。」

傅文豪身子劇烈顫抖起來，像是不知道為什麼自己突然間會供出一切。

王茱瑛則露出不可置信的神情，張大了口不知道該說些什麼，好半晌才說：「洗腦藥……怎麼能夠……但我的記憶確實恢復了……」

「但是董事長……」周祈轉頭對王茱瑛說：「剛剛妳見到我的時候，妳忘了我是誰，對吧。我們在工作進度會議上透過視訊見過面。」

「哎呀，我每天見這麼多人，怎麼能記得每一個人？」王茱瑛顯然不認同周祈的說法。

「好吧。」周祈想了想，只好望著傅文豪說：「那……請文豪哥解釋一下好了，為什麼這個洗腦藥，能夠幫助董事長恢復記性呢？」

「王茱瑛……董事長……」傅文豪的臉色難看至極，他的身子微微彎弓，雙手撐在桌上，像是竭力抵抗著什麼，但卻仍抵抗不住般地說：「……的記性，並沒有恢復……」

「現在她能夠記得許多先前已經記不住的東西……是因爲我透過心瑷，額外安排幾名祕書在王董事長身邊，在她每天服藥後的藥效作用期間，反覆提醒她整週重要事項……尤其，睡前那頓藥的藥量，是白天的兩倍，那幾位身兼看護的隨身祕書，會在董事長服藥入睡前後，在她枕邊播放各種重要事項的錄音……這能讓她短期內記住許多事情……」傅文豪掙扎地說著。

「嗯。」周祈點點頭，按照小魚傳來的資訊，伸手指向離主桌不遠處的一張桌子，說：「你剛剛說，平常定時負責提醒王董事長吃藥的幾個祕書，都是你介紹給心瑷，讓她們擔任王董事長的看護兼祕書——對不對？」

「對。」傅文豪點點頭，他的汗滴到了桌上。

「安琪拉、琳琳——」王茱瑛顫抖地望向祕書那桌，拉高了分貝，喊：「過來說清楚——」

「她們都是心靈紓壓教室裡那位催眠阿姨的同門師姊妹，對吧。」周祈望著小魚傳至鏡片上的資料，唸出了個人名，是那催眠阿姨的本名。

祕書兼看護的安琪拉和琳琳，被王茱瑛厲聲點名，嚇得連忙奔到主桌，還不知道自己做錯了什麼。「怎……怎麼了董事長？」

「妳們餵我吃什麼藥？他們說……妳們每天催眠我？」王茱瑛全身顫抖，像是一座即將爆發的火山。

「我……我……」安琪拉和琳琳哆嗦起來，望著傅文豪，說：「傅先生說……這些藥和療程，能夠幫助董事長您記得許多事情……」

「董事長妳先別生氣！」周祈連忙說：「她們其實也不清楚傅文豪全盤計畫，她們全聽她們一位老師指揮，每個人分派到不同任務，但目的都是同一個，就是協助傅文豪，併吞整個天靈集團。」他說到這裡，又望著傅文豪的雙眼，說：「文豪哥……你其實不姓傅，對吧。」

「對。」傅文豪點點頭。

「告訴大家，你爸爸姓什麼？」周祈問。

「我爸爸姓何。」傅文豪說。

「何大文的何！」強爺哼了一聲，大聲補充：「王茱瑛，妳記得何大文嗎？」

「我當然記得！許志強，你插什麼嘴，誰要你提醒我！」王茱瑛這麼說，突然哎呀一聲，望著傅文豪，說：「何大文是你的誰？」

「誠實的文豪哥，你一定要回答王董事長。」周祈在一旁幫腔。

「他是我爺爺……」傅文豪轉頭，盯著王茱瑛。

「原來……」王茱瑛露出驚駭的神情。「你是何大文的孫子……你、你想……」

「想拿回屬於我們家的一切。」

一個中年女人的聲音，從宴廳入口高聲傳來。

所有人往那兒望去，只見一個女人領著數十名隨從大步走入宴廳。

「妳……我叫妳別插手，交給我就行了！」傅文豪一見那女人現身，焦急地大叫起來。

「交給你？你忘了你剛剛說了什麼嗎？你通通招出來了，這遊戲怎麼玩下去？」女人冷笑一聲，說：「看來我的擔心是對的、今天這第二道保險也買對了。」

「黃經理……」張光輝微微側頭對黃經理說：「周祈那系列香水廣告規模到底多大？怎麼登場角色越來越多了？他們還在排戲？」

「不是耶，現在好像不是在排戲……」有人這麼說：「但我聽不懂他們到底在講什麼。」

「控制那女人。」小魚快速傳來訊息。

「這位太太……」周祈見到小魚訊息，立刻往那女人走去，飛快眨了三下眼鎖定她——她頭頂上的腦波契合度約莫75%上下。

「猴子！」女人高叫一聲。

「猴子？」周祈呆了呆，不懂得女人怎麼會突然呼喚起猴子這種動物。

「啊！小心你背後——」Peggy突然尖叫。

周祈猛然回頭，只見到一個男人從剛剛安琪拉和琳琳的座位方向走來，飛快來到他身後，手裡還拿著一支酒瓶，在短暫的剎那間，他猛然明白「猴子」是這人的綽號。

然後，猴子手上的酒瓶，便砸在他腦袋上了。

磅硠一聲，周祈覺得頭頂上彷彿發生了一場爆炸，他覺得自己的靈魂幾乎要被敲出了身子；無數玻璃碎片在他頭頂散開，他癱軟倒地、頭痛欲裂、耳朵嗡嗡作響、眼前一片模糊，什麼也看不清楚。

他的偷心眼鏡落在猴子腳邊。

15

「這麼大力想打死人啊！」

中年女人在賓客們的譁然驚呼聲中大步走到周祈面前，扠腰怒叱猴子：「快拉他起來，我有話問他！」

猴子一把將周祈從地板拉起。

一道鮮血從周祈頭頂流過臉頰，順著下巴滴答落下。

宴廳裡眾人驚慌失措地紛紛站起。

「坐下、坐下！」女人大聲說，從口袋中取出菸點著抽了幾口，向隨從使了個眼色。

有些黑衣隨從關上宴廳大門，擋在門前。

有些黑衣隨從從懷中取出手槍，巡視各桌賓客，持槍威脅眾人交出手機。

「嘩，他們有槍！」「這些人是誰呀？」

「大家安靜——」

黑衣隨從之中，一名彪形大漢嗓門極大，聲帶像是內建擴音器般，大聲說：「傅姊來跟王董事長談生意的！」

「媽！」傅文豪捏緊拳頭重重往桌上搥了一拳。「不要這樣！讓我跟他們談！」

「媽？」呂心瑷和王茱瑛這才知道眼前這中年女人是傅文豪的母親。

「你談個屁，坐下吧。」中年女人領著大批黑衣隨從走到主桌，向傅文豪揚了揚手，環視眾人，一把將強爺身旁兩個天靈集團高層推下椅子，自個搶了椅子坐下，向王茱瑛點點頭，說：「王董事長，我是傅麗麗、傅文豪的媽、何果的女人、何大文的兒媳婦。」

「我不認識妳……」王茱瑛胸口微微起伏，腦袋像是無法反應這一波接著一波的駭人浪濤。

「妳當然不認識我。」傅麗麗冷笑一聲，說：「你們吞了何氏藥廠那年，何果才五歲，我還沒出生呢。」

「所以……」王茱瑛轉頭望向傅文豪，說：「文豪，你自己說吧，你接近心瑷，就是為了設計今晚這場局，讓你媽媽向天靈集團報仇來著？」

「一半一半。」傅麗麗倒了杯紅酒，乾去一半，替兒子答：「整個局是我一手設計的，文豪斯斯文文，他是讀書人，哪有這種心眼吶，哼哼——差點讓他這笨蛋壞了大事啦。」她說到這裡，突然站起身，扠著腰瞧瞧呂心瑷，又望著傅文豪說：「你被這女人迷昏頭啦？你被反催眠了嗎？怎麼好端端地像吃了迷藥一樣呀？」

「我……」傅文豪搖搖頭，自己也不明白為什麼周祈那番問話，竟讓他這麼誠實地招出一切。

「文豪……」呂心瑷拉了拉傅文豪的手，淚眼婆娑地望著他。「你要我去紓壓教室，要那老師催眠我……你把我……當成了……向天靈集團報仇的棋子？」

「不，心瑷，我……」傅文豪望著呂心瑷，一時不知該如何解釋。

「別狡辯了，就是這樣沒錯啦。」傅麗麗呼了口煙，說：「兒子，咬緊牙關，讓我兒媳婦打你幾巴掌吧——幾十年來電視劇都這樣演的。」

傅麗麗這麼說，見呂心瓊並未伸手，只是低頭拭淚，哈哈笑了笑，說：「幹嘛？妳不打我兒子呀，我做媽的都不介意了……身為女人，我同情妳的處境。」傅麗麗說到這裡，朝那望著她的強爺吐了口煙，又繼續對呂心瓊說：「但妳不打也好，免得留下疙瘩，今晚之後，妳會和從前一樣愛他，他也和從前一樣愛妳……應該啦，畢竟我也不能干涉他愛誰。」

「傅女士，如果妳的目的是報仇，那麼我想知道，妳憑的是什麼道理？」王茱瑛吸了口氣，沉沉地說：「當年是我們研究室併購了何氏藥廠沒錯，但那是因為何大文經營不善又好賭，欠下一屁股債，急著找錢救命，我們研究室十幾個夥伴有房賣房、有田賣田、有首飾賣首飾，七拼八湊才湊足了錢接下何氏藥廠。」

「哼哼！」傅麗麗冷笑幾聲，說：「是呀，何果他爸不會做生意又濫賭，你們明知道他濫賭，聯手灌醉了他，慫恿他去賭場詐賭，害他被債主逼著賠雙手雙腳——不然他怎麼會答應將他家藥廠，只用市價三成不到的價碼賣給你們？」傅麗麗瞪大眼睛，說：「王董事長不但哄騙的本事厲害，殺價的本事更高呀！」

「妳說什麼？」王茱瑛驚怒地拍桌子說：「我們哪有灌醉、慫恿他去賭場詐賭？妳含血噴人！」

「當年你們研究室這麼多人，究竟是誰動手灌醉何果他老爸、誰慫恿他老爸去詐賭？我也挺好奇呀。」傅麗麗哼哼地按著桌子，環視主桌眾人，冷冷地說：「你們要自己承認，還是要我一個一個問呢？」

她這麼說的時候，主桌幾個天靈高層不約而同低下了頭，微微露出心虛的神情。

「你們……」王茱瑛與那些天靈高層共事多年，見他們這副模樣，驚訝問：「你們當眞灌醉何大文之後帶他去賭場？」

「誰騙他了！」強爺哼了一聲也拍了桌子，大聲說：「那年中秋，他請我們幾個兄弟去他家打撲克牌，那蠢材玩十把輸十把，我看不下去，教他幾招偷天換日、移形幻影之類的妙手絕技！偏偏他笨得學不會，學不會就算了，硬要逞強殺去賭場拚拚看！」

「什麼！」王茱瑛瞪大眼睛，望著強爺，喝問：「許志強，教何大文詐賭的人是你！」

「不是這樣的！」「茱瑛姊！」一旁的幾個天靈高層連忙開口解釋：「那晚中秋節，何大文邀我們上他家喝酒玩樂，大家整夜玩牌瞎扯，我們開玩笑取笑他牌技差，志強大哥教他幾招把戲，本來只是鬧著玩，偏偏他當眞了，胡亂練了一整夜，一大早酒還沒醒就殺去賭場，那時我們都還醉得橫七豎八呢！」

「是啊！當天我們幾個酒醒之後知道他闖了大禍，立刻籌錢保他；那時候別說他何氏藥廠賤賣，我家的田、小王和阿李的破屋，哪個不是低價變現呀。」又有個天靈集團高層這麼說。

再一個天靈集團高層嘆了口氣，對王茱瑛說：「我們當天幾個兄弟好不容易湊出那賭場頭兒開出的一半價碼，這才把何大文贖回來，卻再也想不出該怎麼幫他籌另一半的錢，只好跟何大文商量變賣藥廠，他點頭同意之後，我們才跟茱瑛姊妳還有其他研究室同仁開口提這筆生意……」

「你們怎麼不講？」王茱瑛瞪大眼睛。

「何大文不想讓他老婆知道這件事，我們也不想讓妳知道我們鬧出這麻煩……」那天靈高層這麼說，跟著與其他高層相望幾眼，怯怯地說：「本來……我們跟何大文提議買藥廠時，開的是半價……但之後換成茱瑛姊妳全面接手代表研究室向何大文談這筆生意時，一口氣殺到三成……可能因爲這樣，才讓何大文之後對我們有些怨言……」

「你們幾個當時跟我說何大文欠賭債要錢救命。」王茱瑛怒叱說：「可沒說是你們哄他去賭場詐賭呀！」

「誰哄他詐賭！」強爺又拍了一下桌子。「我是好意教他兩手，是那蠢材自作聰明，練得半生不熟就急著耍，還跑去賭場耍給那些惡棍看，他笨得找死，這能怪我們兄弟們嗎？要是他練熟點再去，說不定……」

「好了、好了！」一旁天靈高層見強爺火上加油，連忙安撫說：「志強哥別說了……你喝多了是吧？」

「哼哼，大集團就是大集團，眞不簡單。」傅麗麗望著主桌眾人你一言、我一語地解釋當年始末，冷笑著說：「裝瘋的裝瘋、賣傻的賣傻、拐人的說酒醉、殺價的喊不知情，通通推得一乾二淨，死無對證，一切全都怪何果他爸蠢就是了。」

又一個天靈集團高層也開口幫腔說：「何大文本來就不是經商的料，何氏藥廠被他搞得亂七八糟，一堆業務出了問題，當初我們接手，也花了好多心思整頓，才有今天的天靈集團呀……」

那天靈高層還想再說，磅地被一名黑衣隨從重重一巴掌拍在腦袋上，惡狠狠地揪著他領子說：「傅姊話還沒說完，你插什麼嘴？」

「喝！」強爺突然伸手，扣住那黑衣隨從手腕，他雙眼閃爍著銳利光芒，唇上兩撇灰白鬍子翹得如同公牛犄角，沉聲說：「年輕小輩對年邁長者這麼沒規矩？」

「你見識過伏魔爪沒有？」強爺緩緩說話、緩緩揚起右掌，五指如同鐵鉤，彷彿蘊藏著千斤之力，喝地一聲往黑衣隨從胸口扒去，砸在那隨從胸間肋骨上，發出喀啦兩聲——

那是強爺五指砸在黑衣隨從結實胸膛和肋骨上扭到的聲音。

「伏魔爪？伏你老母！」黑衣隨從一巴掌將強爺搧倒在地，正想抬腳往強爺身上踩，腦袋突然捱著一個瓷碗，被打退了幾步。

「強盜殺人啊，快報警呀——」Peggy尖叫起來，抓著桌上餐盤碗筷亂擲亂扔，砸得滿地碎片。

磅——

一聲槍響令Peggy安靜下來，也令全宴廳賓客大氣也不敢吭一聲。

是傅麗麗身後一名持槍隨從舉著槍對空擊發。

「笨蛋，誰要你開槍的！」傅麗麗尖聲大罵起來。「我們剛剛用了好幾瓶洗腦藥才把這間飯店的經理跟服務生哄得服服貼貼，今晚要幹得不留痕跡，你開槍打壞了人家的燈，這不是留下把柄嗎！」

那隨從放下槍、低下頭，露出做錯事的表情。

「大家都看到啦，我這些小弟說開槍就開槍，做事沒有分寸，你們千萬別試圖報警，要是嚇著他們，他們不知道會做出什麼事呀。」傅麗麗這麼說，伸手指了指宴廳各桌，令黑衣隨從們分散開來，持著槍在賓客間來回巡邏，盯著賓客們一舉一動。

「你也眞是，對個老人家出手這麼重，我們只是來求財，不是來害命的！」傅麗麗瞪了那搧強爺巴掌的隨從一眼，跟著望向王茱瑛說：「王董事長，我傅麗麗今天來，不是跟妳爭論幾十年前誰是誰非，我是來討債的；我也坦白跟妳講，雖然我不希望把事情鬧大，畢竟搞出人命很麻煩的，但要是今晚搞不定這件事，我會更麻煩——妳別看這些小弟弟們對我服服貼貼，他們可都是我跟江湖大哥借來的人，要付租金的。所以呢，要是妳不配合，再難看的事我也只好幹啦，妳千萬別懷疑這一點。」

「媽！」傅文豪聽傅麗麗這麼說，氣憤地插口：「妳爲什麼要跟那些人混在一起，這件事根本不須要他們插手，他們……」

「哼，沒良心的笨蛋，跟媽這麼說話……」傅麗麗冷笑說：「你開口騙人奪天靈，跟媽買槍買拳頭搶天靈，差別在哪呢？喔，你是讀書人，媽是酒家女、臭流氓，是吧！」

「那……也是妳要我這樣做的啊！」傅文豪捏著拳頭說，瞥見身旁的呂心璦怨懟地望著自己，一時也不知該怎麼解釋。

「混蛋，我要你這麼做，是爲了誰呢？是爲了你呀！爲了你們何家呀！爲了你死去的老爸呀！」傅麗麗一邊說，也從皮包裡掏出一把槍，拎在手上把玩著，冷冷望著王茱瑛：「王董事長……我十四歲被賣去酒家，十八歲跟何果私奔，二十四歲生了隻笨兒子；我們這種低賤的人，做事情的方法跟你們不一樣的，妳究竟明白了沒有？」

她這麼說的時候，左右晃著槍口，一會兒指指幾個天靈高層，一會兒指指王茱瑛，最後，將槍口對準了雙手分別抓著小瓷碗和小瓷盤的Peggy。

「我搞清楚了。」王茱瑛嘆了口氣，緩緩地說：「傅女士，妳想向天靈集團討個公道，天靈集團裡權力最大的人就是我，妳想要的、想討的，也只有我可以給妳，不須要爲難不相干的人，讓他們離開吧……」

「好說！」傅麗麗舉杯乾了剩下半杯酒，拍了拍手。「不愧是董事長，風範就是不一樣。」

傅麗麗身後那些隨從中，有七、八個模樣裝扮稍微斯文、不像是黑道兄弟的人先後走出，當中甚至有幾個女人；他們分別從隨身包包裡取出小瓶，分散來到各桌，又從小瓶子裡倒出一粒粒紅色膠囊，在一旁巡邏的持槍隨從幫腔作勢下，要賓客們服下那些膠囊。

「妳想做什麼？」王茱瑛見傅麗麗強逼賓客吃藥，驚訝地說：「妳讓他們吃什麼？」

「董事長妳別擔心，我讓他們吃的藥，跟這兩年讓妳吃的藥，是同一種藥。」傅麗麗笑著說：「這幾個人，是我一位老朋友的學生。」她這麼說的時候，轉頭望了望身後隨從中一名乾乾瘦瘦的黝黑老者，說：「朋達大師，是全亞洲……不，或許是全世界最厲害的催眠大師。」

「傅董過獎了，以後還要靠您關照。」那叫作朋達大師的老者笑了笑，向傅麗麗點了點頭。

「哈哈哈！」傅麗麗聽朋達大師這麼說，哈哈大笑地指著傅文豪說：「我兒子才是傅董呀——而且也不是現在，剛剛王董事長不是說了，天靈集團這麼大，要慢慢來呀；王董事長交棒給我媳婦，我媳婦再交棒給我兒子，起碼要好幾年的時間呀！」

「妳到底想幹什麼？」王茱瑛喝問。此時賓客們在槍口威嚇下，紛紛吞下數枚紅色膠囊。

「我讓大家平平安安、心滿意足地回家呀。」傅麗麗說：「他們吃下藥之後，朋達大師那些學生們就一桌一桌催眠他們，讓妳這些可愛的員工、客人們以爲今天什麼事也沒發生，他們只記得我兒子向我兒媳婦求婚，我兒媳婦也答應了，他們也記得天靈集團王茱瑛董事長宣布接班人，也宣布要投資我兒子那間……那間……」她說到這裡，望了傅文豪一眼，問：「兒呀，你那假公司叫啥來著？」

「集王……藥廠。」傅文豪嘆了口氣，低下頭，無力地辯解著：「那不是假公司，那眞的是我跟朋友合作搞起來的藥廠……」

「好好好，你最棒了，你那藥廠只研究一種藥，要是沒有你們那藥，我這計畫還眞沒辦法完成！」傅麗麗笑著再次望向王茱瑛，說：「今晚之後，在場所有人都記得，妳王茱瑛宣布要大舉投資集王藥廠，然後就沒他們的事啦，讓他們帶著祝福回家睡覺，剩下的我們的恩怨，我們自己解決，別把不相干的雜魚扯進來，很麻煩，對吧！」她說到這裡，又轉頭對分散在各桌的隨從和朋達大師的學生們喊：「記得把人家手機還給他們喲，別亂拿東西，要是一堆人事後想起在這飯店掉了東西，報警追查起來就麻煩了。」

「然後呢。」傅麗麗繼續對王茱瑛說：「就按照原計畫走，我兒子和兒媳婦結婚，妳王茱瑛在這桌大小高層見證下，跟我兒子的藥廠簽約——第一筆資金，我會拿來結清這些帶槍的小弟弟們的租金；第二筆資金呢，我跟朋達大師五五分帳，謝謝朋達大師鼎力襄助；第三筆之後的資金呢……我還沒想到呢，再更之後，我就一步步等著抱孫子，享受天倫之樂啦。」

她說到這裡，頓了頓，望著滿臉怨懟的呂心瑷，說：「媳婦呀，別苦著一張臉，待會妳也要吃藥、這桌人都要吃藥，你們很快就會忘記這晚難看場面的，以後大家就是一家人了。」

「原來如此……」王茱瑛望著傅麗麗，說：「妳算計得眞精明……你們這對母子，靠著這些洗腦藥和請來的催眠師跟黑道打手，就想拿下我整個天靈集團……」

「是呀。」傅麗麗笑著說：「我們母子以小搏大，智取天靈集團，確實比你們當初設局兼打劫的手段高明多了。」

她一面說，一面從提包中取出厚厚一疊文件。

那是天靈集團和集王藥廠的投資合約。

傅麗麗朝身後隨從中那剽悍大嗓門挑了挑眉，大嗓門立時捧起文件，繞過半邊桌子，放在王茱瑛面前，跟著從口袋取出一支鋼筆，放在文件旁。

「……」王茱瑛望著眼前那疊文件，又望了望那支鋼筆，嘆了口氣，拿起鋼筆。

「等等！」強爺抹著鼻血，才剛坐回座位，見到王茱瑛正要在文件上簽名，急忙嚷嚷起來，他揭開從地上撿回的提包，取出自己那疊研究跟合約，重重拍在桌上說：「我的都沒簽，簽人家的！」

「你這些又是什麼？」傅麗麗對強爺這沒來由的舉動感到不解，她上前翻了翻那些研究，問：「肥宅永動機？卡達蝦基因？鬼哭劍法？這些是什麼玩意兒？」

「這是我幾十年來的研究！」強爺豎起拇指，指著自己胸口，大聲解說起肥宅永動機的原理。

傅麗麗示意一名隨從將手槍塞進強爺嘴裡，這才使強爺停止解釋那些研究計畫奧妙之處。

「本來呢——」傅麗麗繼續對著王茱瑛說：「今天晚上，場面不會搞得這麼難看，這計畫應該可以進行得更高明、神不知鬼不覺的。誰知道……」

她先望了傅文豪一眼，跟著又回頭，望著被兩名黑衣隨從架在身後的周祈，說：「你這怪小子也眞妙，莫名其妙跑來大人這桌裡插嘴講一堆廢話，竟然都剛剛好講到我們痛腳上……你到底是什麼人？」

「我……」周祈的偷心眼鏡還落在地上，眼前模糊一片，他連傅麗麗長什麼樣子都看不清楚。「我、我是……我是茱麗葉設計部第一組組長……我來跟董事長報告香水廣告的……」

「香水廣告？」傅麗麗哦了一聲，說：「報告香水廣告可以報告到讓我兒子說出一切，什麼香水這麼厲害？」

「茱麗葉……濃情紅顏、三生三世……」周祈腦袋猶自暈眩腫痛，呢呢喃喃地轉頭，想找回他的偷心眼鏡。

一個黑衣隨從磅地一拳勾在周祈肚子上，打得他彎腰乾嘔起來。

「傅姊問你話，你老實回答，不要耍嘴皮子。」那隨從拍著他的臉。

「難不成你也會催眠？」傅麗麗哼哼地說：「你知道安琪拉和琳琳，也知道我兒媳婦上的心靈紓壓教室，你暗中調查我們，目的是什麼？你背後是誰在撐腰？」

「我背後……」周祈喘著氣，說：「是……是一個很厲害很聰明的軍師，對、對了！小魚、小魚，我還有小魚！小魚──妳快報警！快想辦法來救我們！」

「不要鬼叫！就說不准報警！」那黑衣隨從又勾了周祈肚子一拳。

「小魚？」傅麗麗轉頭望向後頭數十桌賓客，問：「誰是小魚？」

「小魚、小魚在哪？誰是小魚？」幾名隨從大聲嚷嚷起來，對著賓客喊。

「小聲點，會干擾到我們！」幾張桌子旁那些朋達大師的學生們紛紛抗議起來，他們正忙著催眠一桌桌賓客。

賓客們被槍指著腦袋吞下膠囊，恍恍惚惚地在催眠師們指示下闔上眼睛，在半夢半醒間聽著催眠師對他們說起半眞半假的故事——

眞的是他們參加了這場餐會，看著傅文豪向呂心璦求婚、而呂心璦也答應了；假的是餐會的後半段大家興高采烈地乾杯慶賀佳偶天成，然後即將酒足飯飽地散場返家。

催眠師們人人手上都拿著一份腳本，煞有其事地講著王茱瑛在天靈集團高層圍繞見證下，簽下與集王藥廠的投資合約，還拉著傅文豪的手，接受眾人歡呼等事先編排好的劇情。

一旁的持槍隨從，則將沒收的手機，一一按照先前做的記號放回眾賓客口袋裡或是桌上；有幾個年紀較輕的持槍隨從，忍不住趁亂對著服藥後昏昏沉沉的女性賓客摸上幾把、或是偷窺她手機相簿，就會被在後頭壓陣的幾名隨從前輩們喝叱一番。

催眠師和持槍隨從們的行動顯然演練許久，這是傅麗麗爲防今晚餐會生變而費心準備的備案——確實派上了用場。

「何必這樣問。」傅麗麗對朋達大師揚揚眉，說：「我們有世上最頂尖的催眠大師呀，有大師在，用什麼拳頭。」

「只要我開口，這世上沒有人藏得住祕密。」

朋達大師緩緩來到周祈面前，一旁的一名學生遞來幾顆膠囊和一杯水。

「這種輔助藥物，是你們在功力不足的情況下，才需要使用的東西，我不需要。」朋達大師得意地說，但見那學生正要將藥收回口袋，卻又抓住那學生手腕，往周祈嘴巴湊去，笑著說：「但這藥畢竟是傅先生的精心發明，爲了對傅先生表示敬意，還是餵他吃兩顆吧。」

「唔……」周祈被一名隨從掐開嘴，被朋達大師學生塞入兩顆膠囊，灌了幾口水、吞下藥。

「看著我的眼。」朋達大師站在周祈面前，兩名架著周祈的持槍隨從，一左一右掐著周祈的臉，正對著朋達大師。

「我沒戴眼鏡……什麼都看不清楚呀……」周祈這麼說。

「那你眼鏡呢？」傅麗麗問。

「眼鏡、眼鏡……」周祈正恍惚間，剛剛拿酒瓶砸他腦袋的猴子，從地上拾起偷心眼鏡，拋給架著周祈的隨從。

那隨從胡亂替周祈戴上眼鏡。

周祈終於能夠看清楚朋達大師和傅麗麗的模樣。

「看著我的眼睛。」朋達大師輕輕拍了拍周祈的臉。

「……」周祈眨了三下眼。

「你現在很害怕。」朋達大師說。

「對……」周祈點點頭。

「你害怕這些拿著槍的男人，你害怕他們傷害你，你害怕我傷害你。」朋達大師說。

「對……」周祈兩隻腿猶自微微顫抖，他腦袋疼痛極了，還緩緩淌著血。

「但我不會傷害你。」朋達大師。「你完全可以感受到我的友善，孩子，我是你的朋友。」朋達大師說到這裡，雙手捧著周祈的臉，對他說：「我會幫助你，但你得告訴我，究竟發生了什麼事。」

「你是我的朋友，你會幫助我……」周祈望著朋達大師，喃喃地說。

「對，我是你的朋友，我會幫助你。」朋達大師笑咪咪地說：「你得一五一十地告訴我，告訴傅姊，你，到底是誰。」

「我是周祈。」周祈感到一陣暈眩，他吸了口氣，說：「你是我的朋友，你會幫助我。」

「對，我是你的朋友，我會幫助你。」朋達大師摸了摸周祈的臉，接過學生遞來的毛巾，替周祈拭去臉上血跡，說：「周祈，你的真實身分是什麼？」

「我的真實身分……是……」周祈感到一股前所未有的睏倦和疲累，他覺得自己的意識像是被一股莫名的漩渦捲著，往地底拉、往雲上捧，他喃喃地說：「我的真實身分……是偷心賊……」

「偷心賊？」傅麗麗和朋達大師相望一眼，都不明白周祈這麼說是什麼意思。

朋達大師皺了皺眉，說：「我親愛的朋友，什麼是偷心賊？你的目的是什麼？」

「我的目的……是跟小魚……潛入……天靈集團……臥底。」周祈幾乎感到自己墜進了夢鄉，但他仍然把握住最後百分之幾的理智，喃喃地說：「你說……你是……我的朋友，你會……幫助我……」

「對，我是你的朋友。」朋達大師點點頭，托住周祈搖搖欲垂的腦袋，望著他迷離雙眼，說：「告訴我，朋友，你為什麼要進入天靈集團臥底？」

「好，我告訴你……」周祈用盡全身最後一分力氣，抬起頭，說：「朋友，你先幫我一個忙。」

「好。」朋達大師點點頭，問：「你想我幫你什麼忙？」

「揍歪你後面那女人的鼻子。」周祈說。

「好，朋友。」朋達大師點點頭，轉身一拳打在傅姊鼻子上。

「嘩——」眾人駭然騷動起來。

「我是你們老大，快放開你們的手！」周祈左右望了望架著他的隨從，飛快眨眼鎖定。

「老……大？」兩名隨從驚恐地放手。

「你們……你們……」周祈沒了隨從架持，身子爛泥般癱軟倒地，紅色膠囊的藥效逐漸發揮，他癱軟倒地，喃喃自語起來：「朋友……我叫周祈，我是……偷心賊……我今年二十二歲，沒有女朋友……」

我叫周祈，我是偷心賊。

我今年二十二歲，沒有女朋友。

興趣是打電玩跟打水怪，還有寫奇幻小說和色情小說。

強爺給我一付偷心眼鏡，派我混進天靈集團臥底，向王茱瑛討回一半屬於他的資產。

小魚是我的隊長、是我的軍師，是我見過……

世界上最聰明的女生。
她一定會來救我。
她一定……
會來……
救我……

□

「他剛剛說……什麼眼鏡？」

傅麗麗望著地板上暈厥昏死的周祈，一手抓著毛巾捂住鼻子，不時揭開毛巾，檢視鼻血止住了沒。

一旁的朋達大師像是做錯事的孩子般跪在傅麗麗身後，被兩個持槍隨從拿著槍抵著頭，大師哆嗦不止，低聲呢喃：「傅姊，我……我錯了，我不知道爲什麼……我明明催眠他了，但是……」

「閉嘴！」傅麗麗回頭喝止朋達大師，焦躁地問著身旁的大嗓門隨從。「他剛剛說什麼眼鏡？」

大嗓門還沒回答，先前拿酒瓶砸周祈頭的猴子搶著答：「偷心眼鏡。」

「偷心……眼鏡？」傅麗麗愣了愣，上前一把摘下還掛在周祈臉上的眼鏡，左右翻看檢視——偷心眼鏡的微型鏡頭做得十分隱密，傅麗麗沒有發現，且未經周祈本人佩戴，鏡片不會顯示任何畫面。

但即便如此，傅麗麗仍隱隱感到這付眼鏡比一般眼鏡沉重不少。

這是因爲偷心眼鏡裡頭裝著精密儀器。

「強爺是誰？小魚是誰？」傅麗麗抓著眼鏡問。

「強爺是我。」強爺嘴裡還塞著身旁隨從抵在他口裡的手槍，舉起手含糊地說：「周祈是我徒弟，是我派他混入天靈集團的……你們別折磨他了，要折磨就折磨我吧。」

「你派他進天靈集團，爲什麼？」傅麗麗說到這裡，示意隨從將槍從強爺嘴裡掏出好讓自己問話。她望了望周祈說：「他說你也要分天靈集團一半的資產？」

「是呀。」強爺點點頭，用手整理著弄亂了的八字鬍子。

「爲什麼？」傅麗麗不解，突然之間，像是想到了什麼，說：「強……爺？啊呀！你是許志強？」

「是呀，我是許志強。」強爺點點頭。

「對了，當年除了王茱瑛之外，還有個許志強，你們是那研究室的頭兒。」傅麗麗瞪大眼睛望著強爺，笑著說：「我就說奇怪，以前我男人在世時，照三餐咒王茱瑛和許志強不得好死，結果後來天靈集團只剩王茱瑛，我還以爲許志強眞被咒死了，原來沒死，就是你。」

「是呀。」強爺點點頭。

「你怎麼離開天靈集團呀？」傅麗麗問。

「我被那婆娘趕走啦。」強爺指著王茱瑛，怒氣沖沖地說：「她拿下何氏藥廠，就忘了自己是個科學家，寧可抱著臭錢當商人，全心搞藥廠，不研究腦神經啦。」

「哈哈哈。」傅麗麗捂著鼻子大笑，說：「所以你派了這小子進天靈，也想找王茱瑛麻煩，哈哈哈……等等！」

她笑聲陡然停下，望著手上的偷心眼鏡，說：「所以……這眼鏡是你造出來的？你們就是用這東西讓文豪吐實、讓朋達大師造反？」

「是呀。」強爺攤攤手，無奈地說：「小心點別捏太大力，這眼鏡世上只有一付，裡頭的晶片都是特製的，捏壞了可要花好多錢才能再造出一付……」

「所以……戴上這眼鏡就能逼人吐實？就能……就能變成催眠大師？」傅麗麗戴上偷心眼鏡，只覺得眼鏡度數與她視力不符，眼前朦朧一片，什麼都看不清，連忙摘下，問：「怎麼沒反應呀！」

「這眼鏡是腦波控制儀器……」強爺解釋。「不是每個人的腦波頻率都跟眼鏡符合，只有周祈的腦波頻率和這眼鏡最接近，只有他能操控這眼鏡……」

「原來如此！」傅麗麗回頭望向桌上那疊強爺的研究資料，露出恍然大悟的神情，又翻了翻那些研究，哈哈大笑說：「你跟我一樣，也想打天靈集團主意，你想用這眼鏡，騙王茱瑛買這些鬼東西？『夢男一號機』、『四度空間白石寶塔』、『太陽能鬆獅魔』？哈哈哈哈哈！」

「妳喜歡的話，我這些研究全部免費授權給妳吧，周祈跟眼鏡讓我帶走可以吧？」強爺說到這裡，上前彎腰伸手想拉周祈，卻被一旁的隨從壓倒在地。

「你這老傢伙當我白痴啊，眼鏡你帶走，垃圾留給我？」傅麗麗扠腰瞪眼，俯視被按在地上的強爺，笑呵呵地說：「如果你這眼鏡眞這麼厲害，那可不得了了！」

「傅姊……」幾名朋達大師的學生紛紛圍繞上來，紛紛打量對方手中小瓶說：「藥可能不夠用……」

「不夠用？藥怎麼會不夠？」傅麗麗訝然問。

「今天餐會比我們預期多出十幾桌，剛剛在外面也用了不少藥，才讓飯店經理跟這層樓的員工相信我們在裡面舉辦化妝晚會和特別活動……」朋達大師的學生們解釋：「所以暫時不會進來打擾我們……」

「兒啊，早叫你替媽多準備一點藥。你看！不夠用啦！」傅麗麗焦躁地跺了跺腳，只見此時九成以上的賓客都昏沉沉地進入催眠狀態，但每桌也有零零星星一、兩人尚未被催眠。

「我根本不贊成這種方法……」傅文豪莫可奈何地說：「我帶來的藥，是……」他說到這裡，又心虛地欲言又止。那些藥當然是用來長期控制王茱瑛跟呂心璦的庫存品，卻被傅麗麗一口氣用在這場餐會上。

「你還敢講？你的計畫早就被許志強的人識破啦！要不是媽出來替你收尾，你根本下不了台了！」傅麗麗瞪了傅文豪一眼，扠著腰說：「現在還差多少藥？還有多少人醒著？」

「也不多了，加上主桌，差不多二十幾人。」一名催眠師這麼報告，那些持槍隨從們將每一桌尚未服藥，或是服了藥卻未進入被催眠狀態的賓客全押了出來，排成一列。

張光輝和他太太也在其中。

張光輝已經吃下一枚膠囊，卻只覺得微微暈眩，對催眠師下達的指令似懂非懂，並沒完全進入狀況，因此被拉了出來，他太太則沒能分到膠囊。

「那這些人怎麼辦哪？」傅麗麗焦惱地瞪著還跪在地上的朋達大師，說：「大師，我不和你計較剛剛的事，你起來吧……現在沒有藥，你還能不能催眠這些人？」

「應該可以……」朋達大師連連點頭，尷尬地說：「但是……得花一點時間……」

「要多久？」傅麗麗焦急地問。

「每個人情況不同，從幾分鐘到幾十分鐘、甚至幾小時都有可能……」朋達大師這麼說，又補充：「如果沒有那些洗腦藥，一口氣同時催眠這麼多人，效力可能不夠，很難深刻改變他們的記憶……要一個一個慢慢來……」

「外頭飯店經理和服務生的藥效再過不久就要退了，我們要在他們起疑之前搞定一切。」傅麗麗焦急思索，突然間想到什麼，望向幾名催眠師。「文豪替我媳婦安排的那間心靈教室裡應該還有藥對吧！」

「對，陳姊……陳姊那裡應該還有幾瓶藥。」兩、三名催眠師同時想起替呂心瑷催眠的那心靈教室的催眠阿姨，她是朋達大師門下最資深的學生，因此負責對付整個計畫裡最重要的人物——呂心瑷。

此時那催眠阿姨正在心靈紓壓教室裡待命——按照傅文豪原本的計畫，餐會順利結束之後，他會親自帶呂心瑷前往心靈教室，再次對呂心瑷進行深度催眠，在呂心瑷服下洗腦藥的狀態裡，親自對她耳語一番，徹底令她對自己死心塌地，完美地收尾。

「立刻打電話給那個陳姊，要她帶著藥來跟我們會合。」傅麗麗高聲下令。「猴子，多準備幾輛車，把清醒的人先載走。」

「大嗓門，你帶幾個小弟和幾個朋達大師的學生留在這裡收尾，讓客人平安離開；還有，記得把剛剛打壞燈的那顆子彈收走，要是飯店的人問起燈怎麼壞了，就說化妝舞會上大家玩瘋了，賠給他們就是。通通散場之後再過來跟我會合。」傅麗麗對那大嗓門隨從下令，跟著補充說：「我一走，你們每一個人，槍都要收起來，別讓客人清醒之後還看見你們拿槍，知道嗎？」

「知道。傅姊，妳放心，我會處理好這裡。」大嗓門點點頭，要身邊小弟都把槍收起來，且保持微笑。

「好。」傅麗麗揭開捂在鼻子上的毛巾，見鼻血已經止住，這才扔了毛巾，轉身面向主桌，望著王茱瑛，笑說：「王董事長，得麻煩你們跟我們跑一趟了。」

# 16

數輛漆黑廂型車，在市郊山腳下一排陰暗得如同廢墟的公寓前停下。

領頭第一輛廂型車副駕駛座車窗搖下，傅麗麗探頭出窗往上望。

「許志強，這裡就是你的研究室？」傅麗麗狐疑地說：「怎麼看起來像鬼屋一樣？」

「像鬼屋一樣的破公寓有什麼不好，左右沒幾戶鄰居，不會吵著人。」強爺坐在廂型車後座，沒好氣地說：「都是那臭婆娘把房價炒這麼高，我那點錢又買不起好房好地，不在這破公寓做研究，只能去下水道研究啦！」

他這麼說的時候，直勾勾地瞪著坐在他對面的王茱瑛。

「沒出息的老傢伙，什麼都怪我！」王茱瑛氣憤地想要辯解什麼。「炒地皮的又不只我一個，你有本事你怎麼不炒？」

王茱瑛身旁坐著Peggy，強爺身旁則坐著昏睡的周祈。

呂心璦和傅文豪並未與他們同車，而是坐在最後一輛廂型車中，數輛廂型車裡坐著的都是尚未被催眠的賓客和天靈高層，以及負責看管他們的持槍隨從；呂心璦淚眼婆娑地望著窗外，傅文豪則摟著呂心璦的肩，努力試圖對她說些什麼。

「喂！你要睡到什麼時候？」猴子揪著周祈的衣領，啪啦啦地賞了他好幾個巴掌，這才將他打醒。

「怎……怎麼了？」周祈睜開眼睛，只見到眼前一道黑影逼來。

「快打電話叫你的同夥現身啊。」猴子舉起槍抵在他的臉上，說：「那個什麼小魚的。」

「什麼小魚……」周祈連連搖頭。「我不知道你在說誰……」

「這老頭都招了，你還裝傻！」猴子用槍托重重敲了周祈腦袋。

猴子這一敲，將周祈頭頂那好不容易止住血的傷口，打得再次淌出血來，痛得他眼淚都快落下來；周祈對面的Peggy見狀，急得怒罵起來：「你這臭流氓又打我未婚夫，你想打死他嗎？你想殺人嗎？」

「他再拖時間，我就打死他！」猴子大力掐著周祈頸子搖了兩下，跟著將一支手機塞進他懷裡，說：「快，打電話給小魚。」

周祈無奈地接過手機，湊近臉前一看，才認出這是自己的手機——猴子從他口袋裡搜出他的手機，要他聯絡小魚。

周祈無奈地撥了小魚的電話，響鈴半晌，也無人接聽。

「沒人接呀……」周祈呆望手機螢幕上的撥號狀態，心中慌亂成一團，只能暗暗猜測小魚見到場面生變，正趕去報警了。

「沒人接，就打到她接爲止啊！」猴子瞪大眼睛，又重重拍打著周祈腦袋。

「畜生，住手！」「他的頭快被你打壞啦！」強爺和Peggy都嚷嚷起來。

「好了、好了！」傅麗麗聽見車後吵嚷聲，轉頭探身拍了猴子後背，說：「帶許志強上樓，把這偷心眼鏡的機密資料全帶下來，讓文豪帶去美國好好研究，這東西要是眞搞起來，可眞不得了喲。」

「……」猴子點點頭，帶著一名隨從將強爺押下車，逼他取出鑰匙打開鐵門上樓。

「哪些是機密資料？」猴子打開客廳電燈，見到堆積如山的儀器、化學藥品和電腦設備，不禁有些訝異。

「通通都是啊……」強爺隨手指了指周遭幾張桌子，冷冷地說：「你想要哪些？」

「幹……」猴子愕然，只得透過手機與傅麗麗視訊連線，將強爺研究室畫面傳給傅麗麗過目。

「叫他把最重要、最關鍵的資料都交出來……」傅麗麗對腦神經科學一點也不懂，一時竟不知如何下達指示，只好說：「算了，你們能搬多少盡量搬。」

傅麗麗說完，開門下車，來到第二輛廂型車駕駛座窗外，拍了拍車窗，對駕駛說：「這裡可能要花點時間，你把這輛車的人塞進後面幾輛車，空出一台車裝老傢伙的資料，你留下開這台車，叫後面的人先去工廠，讓朋達大師催眠客人。」

「是。」那駕駛點點頭，立即下車，快速將傅麗麗的指示傳給後方幾輛廂型車；幾輛廂型車收到命令，紛紛開門，裝納第二輛廂型車的賓客們，跟著駛出巷子。

巷子裡便只留下第一輛廂型車和第二輛空車，與幾個幫忙搬扛資料的小弟們。

傅麗麗扠著腰，見到幾名隨從上上下下，搬下一箱箱資料，往第二輛廂型車中堆，有些箱子裡還裝著些古怪儀器。

她上前翻看檢視那些箱子，只見一疊疊資料上那密密麻麻的數學公式、符號像是外星語言般難懂；有些箱子裡還堆著不少類似剛剛那些肥宅永動機、太陽能鬆獅魔之類的垃圾研究。

「傅姊……」猴子再次撥了電話下來。「還有好多東西，那老頭每樣東西都說是機密……」強爺在一旁插話：「你覺得不重要可以不要拿囉……」

「……」傅麗麗無法分辨那堆積如山資料的差異，只好說：「不管啦，能搬的都搬，現在先載兩車走，明天再把他整間屋子都搬空。」她結束通話，佇在車外喃喃自語起來：「偷心眼鏡……」

「小子。」傅麗麗見到周祈直勾勾地盯著她手上的偷心眼鏡，便問：「你戴上這眼鏡，就能對每一個人下令？」

「大部分能，少部分不能……」周祈本來不想理會傅麗麗，但見到那些搬著研究資料上上下下的隨從們各個滿頭大汗、面露不善，深怕激怒他們又要捱揍，只好隨口回答。「這付眼鏡經過小魚設定，會偵測我的腦波頻率跟虹膜特徵，只有在我本人戴上時才會正常運作……」

「那你得負責把小魚找出來才行喔。」傅麗麗從懷中取出手槍，輕輕戳了戳周祈的腦袋。「傅姊我眞的不想傷人，但要是逼急了我，我也只好扮扮壞人，你懂我的意思嗎？」

「妳本來就是壞人呀，你們幹嘛一直欺負我未婚夫呀！」Peggy氣憤地罵。

「未婚夫？」傅麗麗咦了一聲，望向周祈，說：「你眞是王茱瑛這外孫女的未婚夫，還是……」她說到這裡，揚了揚手上的偷心眼鏡。

「……」周祈點點頭，說：「我根本不認識她，我用偷心眼鏡騙她的……這樣我才能有理由……接近王茱瑛。」他說到這裡，見到王茱瑛凌厲眼神，不由得心虛地低下頭來。

「好呀，大的小的、老的少的，一個一個都是騙子……」王茱瑛恨恨地說：「這傅女士要搶我天靈集團，是因爲我們買下何氏藥廠；那許志強派你來騙我天靈集團，又是爲了什麼？」

「強爺、強爺……」周祈低著頭答：「強爺覺得當年離開研究室，受了委屈、吃了大虧，所以派我進茱麗葉臥底，他……他覺得天靈集團至少有一半應該屬於他的……」

「一半！」王茱瑛聽周祈這麼說，氣得大罵：「叫那老不死下來說清楚！當年他離開時，早就把自己那一份拿走了！後來的天靈集團，都是我們一手經營起來的，他好意思說自己有一半？老混蛋！」

「好了、好了！王董事長您別氣壞了……」傅麗麗見王茱瑛激動得像是恨不得先掐死周祈再掐死強爺，反而打起圓場。她見幾名隨從來來去去有些疲累，便又打了通電話給猴子，要他把強爺押下樓。

傅麗麗將周祈拉下車，將強爺趕上車，對著周祈說：「你年輕，上樓幫忙搬資料，千萬別搞怪喔，你的眼鏡跟人質都在我手上。」

「我沒戴眼鏡，看不清楚呀……」周祈無奈地說。

「看不清楚才好呀，沒辦法搞怪，有手有腳能扛箱子就好。」傅麗麗笑著對猴子說：「猴子，他們說這小子的腦袋很重要，你別打他腦袋，眞要打，就打其他地方。」

「喔！腦袋很重要呀。」猴子點點頭，隨手往周祈肚子勾了一拳，再掐著他衣領上樓，且還不忘將他的手機收回，以防他趁機報警。

「不要一直打我未婚夫好不好！」Peggy隔著車窗，見到猴子粗魯舉動，又掙扎起來，嗚嗚咽咽地說：「他眞的騙我嗎？什麼是偷心眼鏡？你們可以把手機還我，讓我上網google一下嗎？」

「妳也去幫忙搬東西！」傅麗麗似乎被Peggy哭聲惹得心煩，將她也揪下車，說：「妳想問他問題，就去幫忙搬東西，邊搬邊問吧。」她說到這裡，還用槍指了指王茱瑛腦袋，說：「千萬別亂來喲，妳外婆在我手上。」

「嗚……你們這些壞人……」Peggy抹著眼淚跟入公寓，追著周祈嚷嚷地問：「你到底叫什麼名字啊？未婚夫……」

傅麗麗望著Peggy的背影，對著王茱瑛冷笑：「怎麼妳兩個外孫女差這麼多？大的聰明能幹，小的像白痴一樣？」

「聽不聽明……還不都上了你們的當……」王茱瑛微微喘著氣，分別瞪著傅麗麗和眼前的強爺。

「哼，兩個小娃娃加起來還沒我們家小魚腳趾頭聰明。」強爺哼哼地說：「大的看人家兒子又高又帥，被迷得七葷八素；小的更別說了，生得漂漂亮亮，一開口跟白痴一樣！」

「什麼白痴！你這老不死、賊鬍子……有種……你再說一次！」王茱瑛瞪大眼睛，像是想撲上去跟強爺拚命一樣。

「幹嘛？她說白痴可以，我說就不行？」強爺怒叱。

「所有人都可以說，就你這死老頭不能說！」王茱瑛氣罵。

「為什麼，我偏要說！白痴、白痴、白痴、白痴！」強爺見王茱瑛這副氣急敗壞的樣子，隱隱享受到些許報仇快意，他繼續說著：「難怪當年急著趕我走，原來另外藏了隻公狗，偷偷生了個笨女兒，最後蹦出這兩個笨娃兒！哼！」

「……」王茱瑛聽強爺這麼說，不怒反笑，先是望了窗外一眼，冷冷地說：「不只是公狗，還是隻瘋狗。」

「哼哼，瘋狗也要。」強爺回嘴，捏著鬍子，像是在想著接下來要講些更惡毒的話。

「我瞎了眼，行不行！」王茱瑛望著窗外，抹了抹淚。「和隻瘋狗，賭了一輩子氣……」

「後來那隻瘋狗死去哪啦？」強爺冷嘲熱諷。「他玩完不負責任啊！」

「都說是瘋狗了，我哪敢要瘋狗負責任吶！」王茱瑛恨恨地說：「那隻瘋狗成天瘋瘋癲癲，拿自己腦袋做實驗，玩自己腦袋還不夠，還玩我腦袋，我就怕女兒生出來，也被他拿去做實驗呀！」

強爺呆了呆，只覺得這隻瘋狗的行徑聽起來十分熟悉，喃喃地問：「那瘋狗也研究腦袋？他……他研究哪種路線？」

「那瘋狗研究人類腦波呀！成天想控制別人的腦袋！成天瘋言瘋語！成天說自己會成功！」王茱瑛笑著又落下淚來，笑了好半晌，才低下頭拭淚。「算他有點本事……眞讓他研究成功了……」

「這瘋狗……現在在幹啥？」強爺越聽越覺得心虛。「王茱瑛……妳說的這瘋狗，該不會是我吧？」

「就是你呀！你這隻老瘋狗——」王茱瑛大罵，還用腳蹬了蹬強爺的小腿。「我王茱瑛這輩子就跟一隻瘋狗好過，再沒別隻瘋狗啦！」

「呃！」強爺兩眼發直，望著王茱瑛，像是一下子反應不過來。

□

「是、是、是……可以控制別人腦袋的眼鏡……」

猴子站在陽台抽菸，低聲講著手機。「我也搞不清楚，但好像是真的……」他邊說，不時望向客廳，只見裡頭兩、三個小弟胡亂將各種雜物、資料往幾個大收納箱裡扔。

周祈則跟著另一名小弟在小魚房間裡裝箱，小魚房中兩張工作桌和並排大櫃子裡擺著各種稀奇古怪的儀器和瓶瓶罐罐，到底哪些與偷心眼鏡有關、哪些無關，除了小魚以外，這世上大概沒人知道。

「Hey！未婚夫，你到底叫什麼名字？」Peggy擠在周祈身旁，扠著手東張西望。

「……」周祈無暇搭理Peggy，他見那小弟轉入大櫃後側，似乎被小魚女性睡房擺設吸引，專心地在周遭翻箱倒櫃，翻出一堆小魚的內衣內褲。

周祈悄悄瞇起眼睛，在小魚工作桌上緩緩摸索著，像是在尋找著什麼——他知道小魚這工作室兼臥室裡，藏著許多稀奇古怪的防身用品和通訊設備。

「喂！你真的用那個眼鏡騙我？我們沒有要結婚？」Peggy拉了拉周祈胳臂，眨著水靈眼睛，楚楚可憐地問。

「沒錯……都是假的……」周祈無奈地說：「我們眞的不認識，全都是小魚的主意……」他回頭望了那並排大櫃一眼，從櫃格的縫隙間，見到那猥瑣小弟兩眼露出詭異光芒，將小魚的內褲套在頭上，手上還抓著胸罩把玩，便低聲對Peggy說：「現在不是講這個的時候，快幫忙找看看有沒有其他手機……」

「手機？」Peggy說：「手機都被他們沒收啦！」

「嘖……」周祈焦急地說：「找看看有沒有其他手機呀，小魚有好多手機，奇怪……怎麼現在一支都找不到？她全帶走了？」

「小魚、到底誰是小魚啦！」Peggy氣惱地又晃起周祈的胳臂。「你眼裡只有小魚！她有我美嗎？」

「我現在沒戴眼鏡看不見啦……」周祈無奈地甩開Peggy的手。

「你可以靠近一點看呀。」Peggy將臉湊近周祈眨著眼。「假未婚夫，你到底要不要跟我結婚啦！現在我只好叫你假未婚夫了。」

「可是我們不認識啊。」周祈無奈地說。

「那我們現在認識一下好不好？」Peggy拉著周祈衣袖，說：「你喜歡搖滾樂嗎？」

猴子經過門外，重重踹了幾下門，喝罵：「搖滾個屁！你們再偷懶嘛，快幫忙搬東西下樓啊！」

□

「好重好重啦……我扛不動啦……」Peggy捧著一個小箱，哭喪著臉跟在周祈身後，一階階下樓，不停埋怨著。「人家這輩子沒搬過這麼重的東西啦，人家是公主耶、人家難得穿漂亮禮服耶……」

「猴子哥，這女的是那個呂心璦的妹妹是吧？」剛剛那把玩小魚內褲的小弟走在周祈和Peggy後頭，賊兮兮地探頭往Peggy那低胸禮服領口裡面瞧。

「是啊。」猴子用手肘頂了那小弟一下，說：「你別打她主意，她是傅公子的小姨子呀……」

「剛剛猴子哥你不是打那個小子打得很過癮啊。」內褲小弟嬉皮笑臉地說：「他是這小妞的未婚夫，那不等於是傅公子的……的那個什麼?姊妹的老公，互相要叫什麼?阿兄阿弟?」

「連襟兄弟啦，你有沒有讀過書啊！」更後頭的小弟嚷嚷地說：「最前面那個走快一點啦，很重耶。」

「我沒戴眼鏡，看不清楚路呀……」周祈無奈地說：「而且我和傅文豪沒關係啦，我是假的未婚夫啦，唉，眞是倒楣……」

「聽到沒有，假的。」猴子回頭哼哼地說：「所以我可以打那小子，但你可別碰這小公主，不然傅姊向龍哥告狀，我們就死定了。」

「哼，龍哥那麼罩傅姊喲?」內褲小弟說。「我們跟龍哥出生入死，傅姊有嗎?」

「拜託，傅姊兒子快要吃掉天靈集團了耶，這件事情龍哥有出力，可以分一大筆，你算老幾啊。」最後那小弟抱怨地說：「走快一點啦幹，很重啦，才三層樓是要走一年喔？」

「到了啦……」沒戴眼鏡的周祈，捧著兩大箱雜物在昏黑的樓梯間下樓，像是瞎子一樣，每一步都得先用腳尖探路，好不容易來到一樓，一步步探出大門，往廂型車走去。

他繞到車尾，將幾箱雜物塞上車，只覺得車上氣氛古怪，王茱瑛掩面落淚；強爺低著頭、瞪著眼睛張大口，像是受到過度驚嚇而失神了般；傅麗麗則似笑非笑地倚在車邊，一會兒看看強爺、一會兒看看王茱瑛。

「哎喲，你們都不知道剛剛我聽見了什麼！」傅麗麗嘿嘿笑著說。

「親家母，妳行行好，給我留點面子吧……」王茱瑛哀怨說。

「好好好。」傅麗麗哈哈一笑，攤攤手：「以後還要做一家人呢，我當什麼都沒聽見，行了吧。」她嘻嘻哈哈地繞到車尾檢視周祈搬下的資料，見到猴子領著小弟下樓，人人都捧著兩大箱雜物，不禁訝然。「這麼多？這些全都是偷心眼鏡的機密資料？」

「傅姊，上面更多咧……」猴子甩著汗說：「整間房子三個房間堆得滿滿的，要搬家公司來才載得完啦……」

「好吧。」傅麗麗望著猴子等人將數大箱資料全塞進後車廂，便說：「這車滿了，我先帶老傢伙走；猴子你帶兩個小的把下一車裝滿，再來工廠和我們會合。」

「什麼？還要搬……」猴子微微露出不耐的神情。

「哎喲，老人家有話要說，不想小孩子聽，行不行呀。」傅麗麗憋笑搖手，拉來其中一個小弟負責駕車，自個兒坐上副駕駛座，指揮著小弟開車。

此時這僻靜巷弄裡便只剩四人——

猴子、內褲小弟、周祈和Peggy。

和最後一輛廂型車。

「猴子哥，這車還很空耶……」內褲小弟哀怨地說：「我們還要再搬呀？」

「幹咧……」猴子望著遠去的廂型車，暗暗唾罵幾句髒話，上前踢了周祈一腳，怒叱：「發呆啊，沒聽見繼續搬呀？」

「……」周祈莫可奈何，只得摸黑上樓，又回到強爺那研究室裡。

他扶著桌子往研究室深處走，左顧右盼，瞇起眼睛望向幾張桌上的電腦螢幕。

「幹嘛？想上網求救呀？」那內褲小弟就跟在周祈身後，褲口袋裡塞著好幾件小魚的內褲。

「沒有……」周祈搖搖頭。

「喂，穿這內褲的妹妹長怎樣？」內褲小弟從口袋裡拉出一條小魚的內褲，神祕兮兮地向周祈問：「長得漂亮嗎？」

「我也不知道，我沒看過她的臉……」周祈無奈地答。

「你沒看過她的臉？」內褲小弟不敢置信地說：「你們不是同夥嗎，怎麼可能沒看過她的臉？」

「她每天都戴著口罩啊……」周祈攤了攤手。

「每天戴口罩？那她眼睛呢？眼睛長怎樣？」內褲小弟甩著內褲，問：「像哪個明星？」

「她近視度數比我還重，眼鏡鏡片比手機還厚……」周祈說：「看起來憨憨笨笨的，像個傻瓜——不過她本人不傻就是了，精明得很。」

「憨憨笨笨啊……」內褲小弟捏著小魚的內褲，露出微微失望的表情，卻又捨不得扔下，喃喃地說：「可是聞起來很香呀……」

內褲小弟喃喃自語，瞥見Peggy走向小魚房間，便跟了上去，嬉皮笑臉地倚著門說：「嘿，小姨子，我應該叫妳小姨子對吧？既然妳未婚夫是假的，那妳有沒有興趣找個眞的呀？」

「有啊！」Peggy提著禮服裙襬，在小魚房間裡東翻西找。「可是我要懂搖滾樂的男人！」

「搖滾樂？我很懂喲。」內褲小弟嘿嘿地笑，隨口亂哼起來。

「你那哪是搖滾樂啦！」Peggy繞過櫃子，突然叱罵起來。「哇，怎麼床鋪上的衣服都黏滴滴的，是哪個噁心鬼啦！」

「都是我的口水喲。」內褲小弟突然眼睛一亮，透過並排大櫃的櫃格空洞，見到Peggy將被他把玩過的小魚衣物撥到角落，一屁股坐上床沿，拉著低胸領口搧風，像是在生著悶氣。

「小姨子，不可以偷懶喲，我看得見妳喔。」內褲小弟往那大櫃子湊近。

「你講話幹嘛一直這麼噁心呀？」Peggy不悅地站起，靠近那大櫃子，將臉貼在櫃格另一邊，怒氣沖沖地與那內褲小弟四目對望，說：「我警告你，千萬不要打歪主意喔，我可是柔道黑帶喲！」

「妳黑帶呀，那剛剛好，我黑道喔，都有一個黑耶。」內褲小弟見到Peggy貼著櫃子說話，大半胸部都擠進櫃格裡，鵝黃低胸禮服上方乳溝和胸脯都微微沁著汗，看得他兩隻眼睛都要凸了出來；他情不自禁地伸出手，作勢虛抓，彷彿隨時要變身成狼人一樣。

「哇，你真的不是普通噁心耶！」Peggy見到內褲小弟這副模樣，皺著眉頭說：「你如果敢把手伸過來，小心手指被我夾斷！」

「我好怕好怕喔。」內褲小弟口水都滴了出來，他緩緩將手伸入Peggy擠著胸口的那櫃格中，與Peggy那雙水靈大眼四目相望，猥瑣地說：「妳想用哪個部位，夾斷我手指——哇！」

內褲小弟發出長長一聲慘叫。

在客廳忙著裝箱的猴子和周祈，聽見那慘叫聲，連忙趕去房間查看。

只見內褲小弟貼站在那大櫃子前，像是觸電般顫抖，然後癱軟倒下，手上還夾著個老鼠夾。

「怎麼了？」猴子上前搖了搖那內褲小弟，Peggy哭哭啼啼地從櫃子另一邊繞出。

「他想非禮我，結果摸到老鼠夾……」Peggy摀著臉，朝著倒在地上的內褲小弟踢了一腳。

「夠了！」猴子連忙阻止Peggy，突然聽見櫃格上發出一陣喀啦啦的聲音，他抬頭望去，只見櫃格上伸出三把玩具槍，對準站在門口的周祈。

開槍。

「哇！」周祈沒戴眼鏡，沒注意到玩具槍指向自己，被這陣玩具子彈打得莫名其妙、哇哇大叫。

「怎……」猴子正一頭霧水，突然感到後背一陣刺麻劇痛——原來是Peggy拿著一支不知從哪翻出來的電擊棒攻擊他。

「哇！」猴子怪叫一聲，一腳將Peggy踢倒，從腰間拔出手槍，卻被自後撲來的周祈抓住持槍右手。

「媽的！你們敢造反？」猴子怒氣沖沖地掄拳往周祈臉上打，周祈兩隻手抓住猴子持槍右手，無暇擋他左拳，臉上捱了好幾拳，正暗暗叫苦，突然感到猴子啊呀一聲身子猛地顫抖——Peggy直接將電擊棒抵上猴子頸子放電，將他電癱倒地。

「去死！Fuck！敢踢老娘——」Peggy見猴子倒地之後還欲掙扎，立刻拎起裙襬抬高腳，朝著猴子的臉面狠狠踩下，將他後腦重踏撞在地板上，高跟鞋跟插斷他的門牙，踩進他嘴巴裡。

「哇！」周祈讓Peggy這股狠勁嚇得傻眼，見內褲小弟開始呻吟掙扎，連忙上前也補了一腳，將他踢暈，一面東張西望地叫嚷起來：「小魚、小魚！剛剛是妳遙控開槍對不對？妳看得見我們對不對？妳把攝影機裝在哪邊？有沒有擴音器，妳能對我說話嗎？妳現在哪裡？快點報警！他們把強爺跟王茱瑛、呂心璦都抓走了，他們……」

「未婚夫，你發神經啊，快拿手銬把他們銬起來！」Peggy抬腳將高跟鞋抽出猴子的嘴，見上頭嵌著一顆牙齒，覺得噁心，索性摘下鞋子扔了，轉入小魚床位拉開一個抽屜，取出襪子穿上，還從床下翻出一雙球鞋。

「手銬，哪裡有手銬啊？我……我沒戴眼鏡，什麼都看不清楚……」周祈瞇著眼睛，透過櫃格縫隙見到Peggy不但套上小魚的襪子和鞋子，還坐上小魚床尾的化妝桌補起妝來，不禁覺得奇怪。

「靠門那張工作桌左邊第三個抽屜裡有一付備用眼鏡，你戴戴看。」Peggy這麼說。

「妳怎麼知道？」周祈聽Peggy這麼說雖然覺得奇怪，卻也無心細想，立刻依言從書桌中翻出一付眼鏡戴上，他一時不習慣這陌生眼鏡，覺得微微暈晃，但至少能夠讓他看清四周動靜。

「看得見了嗎？看得見就找手銬呀！」Peggy一面補妝一面說。「大櫃子右下角數來第二格綠色紙箱裡面有手銬——」

周祈訝異翻出那綠色小紙箱，拉開來裡頭果然塞了一堆手銬，他驚愕地問：「妳怎麼知道手銬擺哪裡？還有眼鏡，妳……妳……」

Peggy坐在化妝台前背對周祈，透過鏡子望著周祈驚訝的臉，噗哧一笑，舉起雙手捏成拳狀，湊在頭頂晃了晃。

「你說呢？未婚夫。」

Peggy這句話的聲音，比先前低沉幾分，這分明是小魚的聲音。

「妳！」周祈兩隻眼睛瞪得極大，不可置信地透過鏡子看著Peggy的臉。

「妳是小魚！」

「你現在才發現嗎？」Peggy——小魚轉過身來，對周祈做了個鬼臉，見他仍一臉呆滯，便伸手從一旁小櫃上拿了副小熊口罩戴上，跟著把拳頭湊上頭頂，說：「這樣看起來有沒有比較熟悉？」

周祈仍張大口呈呆滯狀。

小魚又從抽屜翻出一付備用的近視眼鏡戴上，那眼鏡度數極深，鏡片比手機還厚，她一戴上，兩隻眼睛立刻縮小一圈。

「啊！小魚！」周祈見到戴著眼鏡、口罩的小魚，這才回過神來。「妳，妳怎麼在這裡？妳……妳怎麼……Peggy呢？妳扮成她的樣子幹嘛？她……」

「Fuck！你腦筋可不可以轉快一點？」小魚摘下眼鏡、脫了口罩，起身走來朝周祈胸口捶了一拳，雙手捏著他臉頰搖晃起來，瞪著他說：「Peggy就是小魚，小魚就是Peggy；我就是小魚，我也是Peggy！」

小魚見到猴子手腳隱隱抽動起來，連忙從周祈手上搶過小盒，抓出裡頭好幾副手銬，指揮周祈調整兩人姿勢，讓兩人腦袋朝不同方向、背對著背，雙手雙腳都反折在背後，銬成了個「8」字形。

「不對呀，妳是Peggy，那在餐會上即時傳訊息給我的人又是誰？」周祈不解地問。

「廢話，當然是我啊！你沒看我整場都在滑手機嗎？你以為我在自拍打卡啊？我同時在跟你還有強爺三方通訊呢！我不是還特別找機會跟你說了——『我是天生的演員』嗎？」小魚扠著腰，得意洋洋地說。

「不對呀！」周祈搖頭說：「強爺不是戴著耳機聽妳命令嗎？我只看妳滑手機，沒看妳說話呀。」

「少來，你眼鏡上的對焦鎖定框，大部分都放在我乳溝位置。」小魚拉高禮服裙襬，露出雪白雙腿——

她雙腿上綁著兩串特製的置物小袋，左腿外側掛著四支手機，右腿外側則掛著摺疊刀、甩棍，以及一只空袋。

她將剛剛使用過的電擊棒塞回空袋，跟著取出一支手機，開機。

「那些混蛋東西，竟然搶走我的手機，還好我有一堆備用機，所有資料雲端同步，哼哼……」小魚拿著新取出的手機滑動半晌，將手機螢幕對向周祈，說：「鐵證如山。」

「唔……」周祈見到小魚滑動手機上幾張照片，果然都是他偷心眼鏡的攝影截圖，偷心眼鏡內建的虹膜追跡系統，可以判讀出周祈視線聚焦位置，接連數張截圖上的對焦框，果然都落在Peggy——小魚那鵝黃色低胸禮服胸口間。

「妳……妳用手機打字也這麼快？我看妳只是隨手劃來劃去而已……」周祈連忙岔開話題。

「沒錯，我手機打字超快喔！」小魚補充說：「而且我把許多資料和命令事先打好，一則一則條列在雲端記事本裡，必要的時候，複製貼給你——我裝成笨蛋不停自拍、打卡、貼文章，就是爲了掩護我向你傳訊息，懂嗎？」她說到這裡，又補充說：「至於強爺，我是用預錄的聲音放給他聽。」

她這麼說的時候，飛快按開一個手機程式，裡頭是密密麻麻的方格按鈕，每個按鈕都會出現小魚不同的說話聲音——

「強爺，靜觀其變！」

「強爺，按兵不動！」

「強爺，你給我乖一點！」

「不要亂說話！」

「跟著周祈，別輕舉妄動。」

「如果需要額外的命令，我也會透過專用程式把文字轉換成語音，按給強爺聽。」小魚持續操作手機，開啓偷心眼鏡專屬的監控程式，螢幕上顯示著一幅地圖，地圖上有個閃爍且持續移動中的紅點——

那是偷心眼鏡的當前位置。

也是傅麗麗、王茱瑛和強爺乘坐的那廂型車當前位置。

周祈聽小魚這麼解說，才明白餐會上的Peggy不停滑手機，竟是同時與他和強爺保持聯繫。他喃喃地說：「原來妳就是……心瓔的妹妹，呂心瑜……小魚，等等！」周祈像是又想到了什麼，說：「當時眼鏡上，妳的腦波契合度98%耶，所以妳那時真的有被眼鏡控制？」

「那數字是假的。」小魚揚了揚手機。「我不是說過，我可以用手機或電腦遠端控制偷心眼鏡嗎？我可以直接修改你看到的一切資料，我身上一直戴著腦波保護裝置喔。」

小魚說到這裡，見周祈望向她頭頂，便說：「今天我沒綁包包頭，你想知道我把保護器藏在哪裡嗎？」她說到這裡，還神祕地用手指勾了勾低胸禮服領口。

「嗯，我想知道。」周祈點點頭。

「想知道啊？」小魚向周祈做了個鬼臉。「先把大家救出來之後再告訴你啊！」

「噢！對，還要救人！」周祈聽小魚這麼說，這才手忙腳亂準備起來，但他不知該準備什麼，只好說：「快報警！」

「報你個頭，眼鏡還在他們手上，要是報警，眼鏡被扣押成證物，強爺會宰了你；而且他們有一大隊催眠師，人質可能會站在他們那一邊，說出對我們不利的口供。我們要搶回眼鏡，才能反敗為勝！快來幫忙把這兩個混蛋塞進廁所！別讓他們醒來之後向傅文豪他媽通風報信！」小魚吆喝著周祈幫忙拖人，費了好大勁才將兩人拉進廁所，從他們身上搜出手機。

小魚瞥見到內褲小弟口袋裡還塞著幾件她的內褲，氣得立刻將內褲抽出扔進垃圾桶，再從一旁洗衣籃裡抓出幾件強爺沒洗過的髒內褲，分別塞進兩人口裡，又用強爺髒衣蒙住他們雙眼，這才心滿意足地和周祈出了廁所，關門關燈。

# 17

「啊？妳說什麼！」周祈忍不住回頭驚呼。「強爺是妳外公！」

「看路啊笨蛋！」小魚重重拍了周祈的安全帽。「前面小路右轉。」

周祈騎機車載著小魚，透過小魚手機上偷心眼鏡監控程式追蹤傅麗麗的廂型車，往一處偏遠荒涼的工業區駛去。

「兩、三年前我還在美國的時候，有天突然開始接到我外婆——也就是王茱瑛打來的長途電話，她說她腦袋漸漸不行了，她說她想念我，她說她不知道怎麼向大家解釋我們的出身……其實在那之前，我跟她本來沒有那麼親，但那時她晚上打來電話，隔天就忘了；早上才打過電話，晚上又打來……」小魚一面說，一面不時望著手機。「那時候我剛好失戀，她對我訴苦，我也對她訴苦，那幾個月，我們不像是祖孫，而像是好朋友——比起來，我姊姊早了幾年回台灣跟著她，當時她腦筋還清楚，工作上意氣風發，又顧慮形象，總是要姊姊將她當董事長，對姊姊很嚴厲。所以後來她腦筋不好了，開始害怕惶恐、終於覺得孤單了，才發現身邊沒有可以安慰自己的人，她不習慣在下屬面前示弱……」

「我向外婆講了一大堆我前男友的壞話，外婆也向我講了一大堆她前男友的壞話。」小魚說到這裡，嘿嘿笑了起來。

「她前男友……」周祈問：「該不會就是強爺吧。」

「沒錯，真聰明，就是強爺！」小魚笑著敲了敲周祈的安全帽，但又補充：「其實那時他們並不是男女朋友，他們沒有正式在一起，反而……比較像是……亦敵亦友吧。」

「亦敵亦友？」周祈不解。「什麼意思？」

「他們常常起衝突，對研究室未來走向的看法總是不一樣。她覺得強爺的研究太大膽、太激進了。」小魚說：「當時常常整個研究室的人都回家休息了，他們還在爭辯，辯著辯著、辯著辯著、辯著辯著，就……辯出了個女兒。」

「原來強爺辯論這麼厲害。」周祈打著哈哈。「竟然能夠辯出女兒。」

「是啊。」小魚輕扶著周祈的腰，一身鵝黃色禮服裙襬撩高在腰間，露出運動短褲和一雙綁著裝有各種工具暗袋的雪白雙腿，她戴的安全帽上也畫著小熊圖案。「這就是女生吃虧的地方啦，男生辯完了拍拍屁股走人，女人卻要帶著拖油瓶。」

「誰叫強爺辯論不帶套呀。」周祈嘿嘿地笑。

「他們事前又沒想到辯論會辯到脫衣服。」小魚說：「而且那年代又不像現在，保險套去便利商店就能買了；以前不方便呀，難道每次獨處吵架之前還要特地準備保險套？那多奇怪呀！」

「然後呢？他們後來不是買下藥廠了嗎？」周祈問：「那時候王……妳外婆孩子已經生了嗎？」

「當然沒有。」小魚說：「買下藥廠時，是他們吵得最凶的時候，我外婆當時知道自己有了身孕，不想讓強爺繼續拿她腦袋做實驗，也不想讓強爺拿自己腦袋做實驗，所以暗中串連了研究室成員，表決研究室往後發展方向，放棄過去某些研究——專心經營藥廠，專心賺錢。」

「她爲什麼不直接跟強爺說自己有啦？」周祈問。

「好強嘛。」小魚說：「他們那時候又不是情人，只是三不五時乾柴烈火一下，你要她怎麼說？總之，她覺得要是她先向強爺提出在一起的要求，就是認輸了——她本來打算先強逼強爺示弱，等強爺乖乖拜倒在她的石榴裙下，苦苦向她求愛的時候，才願意告訴強爺自己懷了他的孩子，說她這一切其實是爲了他好、爲了他們的孩子好，像是給強爺的賞賜；但這一幕當然沒有成眞……強爺一聽說整個研究室趁他不在的時候，決議中止幾項他搞了好幾年的研究，立刻翻臉發飆啦！」

小魚說到這裡，哈哈笑著補充：「你在餐會主桌上見到的那些叔叔爺爺，那天大部分都捱過強爺的鐵拳。」

「果然是瘋狂科學家的思考方式啊。」周祈搖搖頭說：「兩個都是。」他說到這裡，突然想到了什麼，說：「原來如此——妳是兩個瘋狂科學家的後代，難怪……」

「前面左轉。」小魚一面指路，一面用自己的安全帽，撞了周祈的安全帽幾下。「難怪我又聰明又美麗，你想說這個是嗎？」

「是。」周祈點點頭，想了想，又問：「等等，怎麼會說到這裡，妳剛剛說妳外婆向妳訴苦，然後呢？妳就休學回台灣了？但妳又怎麼會跑去強爺那裡？」

「因爲強爺要開戰啦，我被迫加入戰局。」小魚這麼說。

「開戰？」周祈繼續聽小魚說明，這才稍稍明白前因始末——

小魚在聽聞王茱瑛敘述過往舊事的那段日子裡，對外婆的「前男友」許志強，產生了強烈的好奇心。

她想知道自己的外公究竟是個什麼樣的人。

她靠著王茱瑛與她聊天時透露的訊息，不時向當年研究室裡那些叔叔伯伯間接打聽過去研究室的點點滴滴，靠著七拼八湊的線索，打聽出幾名從研究室時期就與王茱瑛、強爺等有合作關係的廠商友人，進而向那些友人探出了強爺的下落。

當時強爺正在應徵員工。

他那神奇的腦波控制晶片終於完成，正準備向天靈集團全面開戰，意圖招兵買馬，但強爺開出的求職條件令不少人卻步三分。

於是小魚寄出網路履歷，成爲強爺的海外員工，她自願領著微薄的薪水，透過電子郵件、通訊軟體和視訊溝通，遠距離替強爺處理一些程式上的疑難雜症——

「什麼，從那個時候，妳就一直戴著口罩了？」周祈聽小魚這麼說，驚訝地問。「我剛剛還以爲……妳只是單純想惡作劇、想嚇我一跳……」

「你算哪根蔥值得我這麼辛苦嚇你？」小魚哈哈笑著說：「我本來擔心強爺從我臉上看出外婆的影子，所以我說我鼻子過敏，加上氣管不好，要長期戴口罩……我近視很深是眞的，不過以前都戴隱形眼鏡，回台灣時才配了幾付和磚頭一樣大的醜眼鏡，所以姊姊沒認出我。」

「妳從頭到尾都沒和心璦商量這些事？」周祈問。

「我哪敢跟她說呀，她腦筋不差，但做事一板一眼，要是她知道我私下偷偷和強爺聯絡上，甚至知道強爺準備對付天靈集團，一定會告訴外婆；外婆會怎麼反應、甚至反擊，我完全不敢想像。」

「至於強爺……」小魚繼續說：「他不像我外婆有專人照料日常起居，他連生活都漸漸不能自理；一年半前，他感冒引發肺炎，我瞞著外婆和姊姊回來照顧他，最後決定休學，幫他一臂之力，了卻他的心願——我不知道怎麼阻止他向天靈開戰，只好直接介入這場戰爭，希望讓這個戰場，開出美麗的花。」

「讓戰場……開出美麗的花。」周祈喃喃複誦這句話。

「對呀，一個是我外公，一個是我外婆，我當然不想他們拚個你死我活呀，如果不開花，就得灑血了。」小魚繼續說：「我剛回來的時候，強爺腦袋已經漸漸不行了，他時常把想像中的進度當成真實進度，也時常被一堆小廠商騙材料錢，有時甚至會以為自己練成絕世武功，想要單槍匹馬殺進天靈集團。」

小魚頓了頓，又說：「他是腦神經科學專家，但對硬體設計不在行，他當時手工打造的腦波控制裝置常常出錯，有我加入幫忙，才漸漸步上軌道。我透過外婆的人脈，聯絡上許多厲害的外國廠商，幫忙重新改良設計，才把偷心眼鏡做成現在的樣子。」

「我一直覺得，雖然他嘴巴上成天說要宰了我外婆、總是說要拿下天靈集團的一半，但實際上他並不打算傷害任何人，就算最後他一毛都拿不到，他也不介意，他只是想在王茱瑛面前，證明他許志強的研究，終於成功了。」

小魚某次替強爺打掃睡房，從床頭相本裡翻出一張舊照，那是當年研究室全體夥伴們的合照，是強爺召集了眾人，替王茱瑛慶生的照片；照片裡的強爺留著瀟灑的八字鬍端著生日蛋糕，一旁的王茱瑛穿著研究服，望著強爺眉開眼笑。

「他和我外婆一樣，好強、嘴硬……那付眼鏡之所以叫作偷心眼鏡，是因爲他想要偷心，不是去害人。」

「他想偷回……」周祈喃喃地說：「王茱瑛的心。」

「對，所以我才放心讓強爺去天靈餐會見我外婆，讓他們把話說開，要是眞吵過火，就用偷心眼鏡善後──誰知道傳文豪他媽那瘋婆子玩這麼大，幾乎帶了一支軍隊過來，Fuck！」小魚氣呼呼地抱怨著餐會後段那失控場面，突然點頭用安全帽撞了撞周祈的安全帽，說：「別再往前了，這裡停車！」

「這裡？」周祈呆了呆。

「距離只剩不到一公里，再騎過去會被發現，他們有可能派人在外圍把風。」小魚揚了揚手機，說：「雖然偷心眼鏡裡的腦波裝置現在關閉著，但上頭的攝影機還是可以運作，我們步行慢慢推進，看看裡頭情況，研究一下怎麼搶回眼鏡。」

周祈停妥機車，望著前方那產業道路旁，是一片生滿了芒草的遼闊空地；在更遠處，是一整片工業廠房，廠區外圍著長長一條矮牆，矮牆後方許多工廠建築還亮著燈，傳麗麗等人就藏身在其中一間工廠中。

小魚揚了揚手機，只見手機上顯示著簡易地圖，一枚紅色光點距離他們約莫一公里遠，那紅色光點就是偷心眼鏡的位置。

他們擔心傳麗麗在廠區入口派駐小弟把風，便不走路，而是轉入道路旁那片生滿芒草的閒置空地，趁著夜色往工廠區域逼近。

月光灑落在漫漫芒草上，將芒花映得明亮一片；風一吹，整片芒花海浪般擺動起來。

「天呀，有好多蟲！救命啊——」小魚儘管換上了球鞋、禮服裡也穿著運動短褲，但剛踩入芒草空地，立刻被草間受驚躍起的小蟲擾得不停嚷嚷，索性蹦上周祈後背，讓他揹著前進。

周祈那身筆挺西裝變得皺巴巴的，小魚鵝黃禮服裙擺亂得像是浪花；他揹著她，像是一隻乘風破浪的海豚，卯足了勁撥開等人高的芒花，奮力前進；小魚望著四面八方的芒草花海和更遠處燈火通明的工業廠房區，只覺得像是置身科幻電影裡荒蕪場景般，有種難以言喻的頹廢美感。

「哇，這裡其實很漂亮耶，把這個場景寫進你的小說裡吧。」小魚這麼說，還忍不住抓了抓被蚊蟲咬紅的腿，說：「如果沒有這麼多蟲子就好了。」

「這裡……」周祈氣喘吁吁地往前跑，只覺得芒花海彼端的工業廠區遠得彷彿在天邊，他隨口回答：「看起來不錯呀……但是故事情節呢？」

「故事情節當然是你想啊。」

「男主角揹著女主角……躲避喪屍大軍追殺？」

「你跑這麼慢，怎麼逃得掉？」

「那……有錢人家的小奴才揹著相戀中的大小姐，趁著黑夜私奔如何？」

「你跑這麼慢，一下子就被老爺派出的僕人抓回去打斷腿了。」

「那……一個……變態色情狂……揹著從街上擄來的女人……準備帶去……廢棄工廠裡……非禮……怎樣？」周祈努力地往前跑，幻想著各種劇情。

「你跑這麼慢，女人都醒來了、警察都要逮捕你了。」小魚打了個哈欠。

「呼……」周祈終於奔出芒草群，踩上水泥地面。他放下小魚，累得伏在地上滴汗喘氣；小魚則像隻從水裡游上岸的小狗般抖動全身，拍落全身沾著的芒花，也替周祈拍落身上芒花，說：「變態腿軟成這樣，怎麼非禮我啊。」

「揹著妳跑過來的人是我，妳滿嘴風涼話……」周祈埋怨地站直身子，拉開領口搧風，說：「對了，妳都揭露身分了，幹嘛還一直裝Peggy的聲音說話，用妳原本的聲音說話啊……」

「我沒有裝Peggy，我本來就是Peggy；現在你聽到的聲音，才是我真正的聲音，笨蛋！」小魚揉了揉喉嚨，讓聲音變得稍稍沙啞低沉，開始用她之前戴著口罩時的聲音說：「這才是我裝出來的，這樣說話很累你知道嗎？好了，別囉嗦了，趴下。」

「趴下？」周祈跟著小魚來到工廠矮牆邊，聽小魚突然要他趴下，本來還不知道小魚想幹嘛，但見小魚盯著那矮牆牆沿，立時會意，只得乖乖屈膝拱身蜷縮成台階，讓小魚踩著他的背攀上矮牆後伸手將他也拉上牆。

兩人翻入廠區，循著手機上的紅點，逐步逼近傅麗麗等人藏身處。

# 18

偌大鐵工廠有數層樓高，一樓數面鐵捲門都關著，僅有角落小門敞開，還守著兩名持槍小弟。

二樓那寬闊辦公區域亮著燈，強爺、王茱瑛及張光輝夫婦等二十餘名賓客和天靈集團高層，正依序被幾名小弟掰開嘴，塞入紅色膠囊，再令他們喝水吞下膠囊。

從心靈紓壓教室趕來的催眠阿姨扠著手站在一旁，帶領著師弟妹們準備對賓客們進行最後的催眠——此時賓客們吃下的這些紅色膠囊，是催眠阿姨從心靈紓壓教室帶來的最後幾瓶洗腦藥。

心瑷緊閉著嘴巴，瞪著那持槍小弟，怎麼也不張嘴。

「讓我來吧。」傅文豪拍了拍小弟肩膀，從他手中接過水杯和膠囊，在呂心瑷面前單膝蹲下，望著她說：「我知道妳現在不會原諒我，但妳信我一次，過了今晚，什麼事也沒有，我發誓我絕不會虧待妳們一家人，我會好好照顧妳和董事長……」

呂心瑷別過頭去，傅文豪轉移姿勢，對呂心瑷說：「是，我騙了妳，我對妳說了太多謊話，但這些話中，也有眞話。」

「我用了不正當的手段，想讓妳更愛我；但是，我也愛妳，心瑷。」傅文豪嘆著氣說：「這就是眞話，我眞的愛妳，我想要妳做我的妻子，我想要當妳的丈夫，我想要和妳過下半輩子……妳吃下藥，睡一覺，讓他們替妳洗去今晚不愉快的記憶，明天開始，我們會變得像以前一樣，不……我們會比以前更好、更恩愛、更快樂，我們會結婚，會同組家庭，我們可以一起把天靈集團經營得有聲有色；王董事長已經老了，她本來就打算把事業交給妳……身為丈夫的我，會給妳許多經營上的意見，而妳向來也願意聽我的建議行事……現在我只是加快這個過程，讓一切變得更有效率而已，我……」

呂心璦閉著眼、閉著嘴，落下淚，一句話也不說。

「兒啊，男人大丈夫這麼扭扭捏捏，你掰開她嘴巴逼她吃藥，讓朋達大師催眠她，一覺起來，她什麼都不記得。」傅麗麗在一旁說。

「但我會記得。」傅文豪搖搖頭。「我不想傷害她分毫，我不想讓心裡再多個疙瘩；今晚之後，我再也不想騙她任何事。」

「那這樣好了，你去睡覺，媽幫你餵藥也行。」傅麗麗冷笑著說：「再不然，你自己也吞一顆藥，讓朋達大師洗洗腦袋，讓你相信她自己乖乖吃藥──疙瘩全掀來媽碗裡好了，你們什麼疙瘩也沒有。」

「妳夠了……」傅文豪焦躁地說：「妳別管我們，我慢慢跟她說……」

「隨你便。」傅麗麗站起身，對遠處的王茱瑛和強爺嘆了口氣。「兒子長大了，有了漂亮老婆就不要老媽了，唉……」她一面說，一面拿起手機撥給猴子，想問問他們此時搬家進度，一連撥了數次也沒得到回音，正覺得奇怪，就聽見底下傳來一陣人聲。

整個鐵工廠中央呈天井構造，傅麗麗來到二樓欄杆旁往底下看，只見一名高大男人領著十數名隨從來到工廠中央，扠著手往上望。

那些眾在器械旁、木櫃上抽菸喝酒閒聊的小弟們，一見那男人，紛紛起身鞠躬。

那男人就是眾持槍隨從們的老大——龍哥。

「喲，龍哥，你怎麼親自來了？」傅麗麗見到龍哥親臨，微微露出訝異的神情。

「我聽猴子說妳在幹一筆大生意，我來探探班。」龍哥哈哈笑著，手一招，身後小弟們提來更多酒菜。

「哈哈……」傅麗麗乾笑兩聲，揚了揚手機，說：「我剛剛打給他，他沒接，不知道上哪去野了……」

龍哥領著眾人上了二樓，跟著傅麗麗來到窩藏強爺等人的辦公區域，朋達大師正指揮著徒子徒孫們，將服藥賓客一個個帶進旁邊隔間，準備洗腦催眠，讓他們忘記今晚發生的一切，再分批送往市區，等藥效漸退時叫車哄他們回家。

「這就是……妳現在幹的大生意呀。」

龍哥來到那張大桌前，見到桌上中央那付偷心眼鏡，哦了一聲。「猴子說，妳弄來一付可以控制人類大腦的眼鏡，就是這付眼鏡？」

「呃……」傅麗麗聽龍哥這麼說，心中閃過一絲不安，但臉上還是堆著笑，說：「猴子大概電影看多了，胡說八道，你別聽他鬼扯，眼鏡怎麼能控制人腦呢？」

「猴子不看電影，也不胡說八道，他從來沒騙過我。」龍哥哈哈大笑。「他說這眼鏡害得文豪小老弟搞砸場子，最後靠他動粗打人才擺平場面。」

「他在吹牛。」傅麗麗笑著說。

「他從來不吹牛。」龍哥笑著，抓起偷心眼鏡翻看把玩，還自個兒戴上，只覺得度數不合，眼前模糊一片，他摘下眼鏡，望著傅麗麗，問：「這東西怎麼用？」

「我……我也搞不清楚呀。」傅麗麗無奈地說：「他們說這偷心眼鏡經過特殊設定，只有偷心賊才能控制，現在我還等著猴子把偷心賊帶回來拷問呢。」

「偷心賊？」龍哥瞪大眼睛。「那是啥？」

「唉……」傅麗麗吸了口氣，莫可奈何地指著強爺和王茱瑛，比手畫腳地將來龍去脈盡量簡化之後解釋給龍哥聽。

「嗯……」龍哥專注地聽，不時點頭，但聽完之後，還是露出一副沒聽懂的神情。

「龍哥，我明白了！」龍哥身旁一個戴著厚重眼鏡的矮子舉起手來，說：「按照傅姊的說法，這付眼鏡會偵測佩戴者的腦波頻率和虹膜特徵，判斷是不是眼鏡主人，就像手機指紋解鎖一樣。而那眼鏡主人——也就是傅姊口中的偷心賊，目前正被猴子哥看管，負責搬運這眼鏡的研究資料；我們得等猴子哥帶他回來，才能確定這付眼鏡的實際效用。」

「差不多就是這樣……」傅麗麗攤攤手，瞥了那矮子一眼，說：「龍哥你現在很缺人嗎？連國中生也收來當小弟呀？」

「什麼國中生，人家大學剛畢業，這小天才是我的軍師呀。」龍哥拍拍那矮子的肩，笑著說：「妳別看人家矮，他一流大學畢業，智商好高的。」他說到這裡，感嘆說：「現在時代不一樣了，出來混也要用腦袋，偏偏我只懂打打殺殺，只好多找點厲害智囊，這樣行走江湖，才不會讓人騙了。」

「有小天才在龍哥左右，一定不會讓龍哥吃虧上當！」小天才舉手說，他腰間也插著一把槍，過長的褲管儘管已經摺成三折，還是蓋過了鞋子拖在地上。

「……」傅麗麗望望小天才，再望望龍哥，說：「龍哥，剛好你來了，我本來想辦妥這件事之後才去找你。我說你這些小弟呀，一個比一個能幹，都是你龍哥教得好！之前我開價一晚一百萬向你借人，現在我再加兩百萬，一百萬孝敬龍哥你，一百萬讓小弟們分。」

「哦，加兩百萬。」龍哥把玩著偷心眼鏡，挑眉瞄了傅麗麗一眼，冷冷地說：「妳向我借人，說去餐廳替你兒子壓陣壯膽，結果綁架了天靈集團董事長；我說傅大姊呀，擄人勒贖，這可是重罪呀，我在道上混了這麼久，也沒這種膽子。妳一次綁幾十人，還帶來我的地盤。」

「擄人……勒贖？」傅麗麗聽龍哥這麼說，連忙搖頭說：「不不不，不是擄人，我……我請龍哥你這些小弟們帶他們來這裡，是要催眠他們，讓大家好好睡一覺，醒來什麼事也沒有，我沒打算勒贖呀。」

「睡一覺醒來，妳兒子就變成天靈集團接班人的老公囉。」龍哥哼哼地說：「明天開始，我得叫妳一聲皇太后了。」

「這……」傅麗麗只好說：「龍哥呀，這是我那死去的老公和天靈集團過去的恩怨。我向你借人，確實是要向天靈集團那些老傢伙們報仇，這件事，之前我也和你提過；我向龍哥你借人，也不是白借，要是龍哥你嫌三百萬少，那……等事成之後，我再多付龍哥你一億，大家銀貨兩訖，兩不相欠。」

「一億？」龍哥歪著頭、嘟著嘴，望了望身旁的小天才一眼。「天靈集團市值多少？」

「報告龍哥！」小天才推了推眼鏡，滑動起手上的平板電腦，說：「天靈集團從生技製藥起家，幾十年來跨足金融、能源、運輸、醫療、保險、房地產等各種產業，相關關係企業接近百家，市值至少有好幾千億。」

「聽到沒有，幾千億呀！」龍哥盯著傅麗麗，說：「妳用我的人、用我的地，吞下這筆幾千億的生意，只分我一億，妳自己說，這公道嗎？」

「龍哥呀……」傅麗麗無奈說：「就算我兒子過幾天成了天靈接班人丈夫，戶頭裡也不會一口氣就生出幾千億呀；天靈集團這麼大，就算要吃，也要一口一口吃呀，你嫌一億少，我每年給你一億，這樣行嗎？」

「每年給我一億，給到我死，也才幾十億呀。」龍哥說：「要是這眼鏡眞這麼厲害，別說天靈集團了，妳可以統治地球了；傅姊，我幫妳統治地球耶，妳出一億、兩億就想打發我，這說得過去嗎？」

「我……我統治地球幹嘛呀？」傅麗麗見龍哥越說越誇張，連忙說：「我只是想替死去的老公討個公道而已，不然隨你開個價，我有能力挖多少就挖多少，好不好？」

「哇，傅姊隨我開價耶。」龍哥轉頭朝小天才笑著說。「好豪氣呀。」

「這表示傅姊認爲只要撐過今晚，她想撈多少就能撈多少；又或者她覺得只要過了今晚，等她弄清楚這眼鏡的功用之後，就可以用來對付我們，讓我們一毛都拿不到。」小天才連珠炮似地說：「不管是哪一種，都表示她對這眼鏡充滿信心。」

「喂，小弟弟，你胡說八道什麼呀？」傅麗麗像是被小天才說破了心思般惱羞成怒起來，指著小天才的鼻子，怒叱：「我認識龍哥的時候，你小子還在喝奶吧，你這樣挑撥離間，小心天打雷劈呀！」

「哦──傅姊，妳的意思是說我不會教小弟啦？」龍哥雙手撐著桌子，冷冷望著傅麗麗。

「不不不，龍哥，我不是這個意思，哎喲！」傅麗麗見龍哥擺明了找麻煩來著，只好哀求說：「龍哥呀，你想要什麼，你就直說吧，如果你想要眼鏡，給你就是了……這眼鏡我也是今晚見識到，這是那許志強發明的鬼東西。哪！許志強就在那呀。」她說到這裡，伸手指向強爺和王茱瑛，說：「剛剛我說的那個偷心賊，就是許志強的同夥，現在跟著你小弟猴子呀。我把許志強給你，讓他陪你好好研究眼鏡，祝你順順利利統治地球，好嗎？」

「……」龍哥沒有答話，繞過桌子，走向數十名賓客和十數名催眠師那兒巡視半晌，轉頭說：「好啊，我也這麼打算，不過──這些人得留著，你們母子也留著，大家都留著。」龍哥說到這裡，頓了頓，又說：「總得有實驗品，才能證明眼鏡有沒有用嘛。」

「哎呀龍哥，你……」傅麗麗眼見自己的計畫生變，急著說：「你拿你小弟實驗就好啦，這些人是我弄來的、這計畫我想了好久，龍哥你這樣插一腳，我的計畫豈不是全亂了。」

「不會呀。」龍哥扠著腰，笑呵呵地說：「妳要報仇，等我搞清楚眼鏡的威力，我幫妳向天靈集團報仇就行啦。」

「這……不用了，龍哥，這仇我自己報就行了，不用你幫忙……」傅麗麗嚷嚷地對朋達大師說：「大師，還等什麼，快催眠他們吧。」

「呃、這……」朋達大師和一批徒子徒孫們面面相覷，說：「傅姊，有點不大對……他們進入不了狀況。」

「什麼？」傅麗麗眼睛瞪大，急急忙忙地走到賓客那兒，只見賓客們一個個臉色蒼白難看，但一點也沒有吃了洗腦藥後迷茫失神的樣子——

因爲催眠阿姨從心靈紓壓教室裡帶來的最後幾罐洗腦藥，早被小魚掉包成了維他命C；這些被掉包的膠囊裡有大半還是那催眠阿姨親手換的，只是當晚她自己也被逼得吞了幾枚洗腦藥，被周祈使用偷心眼鏡反催眠，洗去了一晚記憶。

呂心璦嘆了口氣，低下頭來，她在最後幾日的紓壓課程裡，吃的便是這些經過掉包的洗腦藥，她在心智清醒的情況下，接受催眠阿姨的催眠，盯著布幕、聽著耳語，雖然心中隱隱覺得奇怪，卻也沒當場說破，只當是傅文豪刻意製造的肉麻告白，和催眠阿姨雞婆地加油添醋罷了。

「不是吃了藥嗎？怎麼……」傅麗麗見賓客們一個個驚恐地望著她，完全沒有被催眠的意思。「是被嚇著的關係嗎？」她望著朋達大師說：「大師，你試試看親自催眠他們，一個一個來，行嗎？」

「行是行，只是得多花不少時間……」朋達大師點點頭，挽起袖子正準備指揮學生開工，卻被龍哥拍了拍肩膀。

龍哥說：「大師，你就是催眠大師呀，你改替我做事好了，這些人我另有用處，你隨便找個地方休息休息，但別走遠呀，傅姊給你多少，我加十倍。」

「好。」朋達大師點頭如搗蒜，吆喝一聲，招來了包括那催眠阿姨在內的徒子徒孫們，對龍哥鞠了個躬，大聲說：「以後我們就是龍哥的人啦，知道嗎？」「龍哥好！」「龍哥多多關照啊！」

「嘩——」傅麗麗驚怒交加，指著朋達大師鼻子臭罵：「大師你這麼不講義氣？換老闆比換內褲還快！」

「識時務者爲俊傑。」朋達大師對著傅麗麗拱了拱手，說：「傅姊，形勢比人強，三歲小孩都看出來這件內褲都破了個大洞，妳自己看不出來嗎？」

「是啊，破內褲還穿，會著涼的。」龍哥拍拍朋達大師，對傅麗麗說：「這地方是我的地盤，這些小弟都是我的人，這些催眠師都是我的催眠師，這眼鏡妳剛剛自己說送我，所以是我的了；所以呀傅姊，妳現在還想拿什麼跟我談判？」

「我……我……」傅麗麗顫抖地走近傅文豪，望著龍哥，說：「我哪敢跟龍哥你談判啊，讓我帶我兒子跟兒媳婦，還有王茱瑛走，其他人都給你，好不好？」

「傅姊……」龍哥吸了口氣，說：「我最討厭同一件事一直講、一直講個沒完啦，我已經說過了，誰都不准走，等我確定了眼鏡的功效、控制了你們的腦袋，你們才能走——不然要是走漏了消息，美國派ＣＩＡ追殺我怎麼辦呀，那我怎麼統治地球呀？」他說到這裡，見到傅文豪身後那紅著眼眶、被綁在椅子上的呂心璦，不由得眼睛一亮，走到她身旁，說：「喲，這就是天靈集團接班人呀？原來這麼漂亮呀！」

龍哥見呂心璦低頭不語，便伸手想托她下巴。

磅！

龍哥臉頰重重捱著一拳，哎呀一聲跌倒在地上。

所有人瞠目結舌。

這拳是傅文豪打的，他捏著拳頭咬牙切齒地攔在呂心瑷身前，對著傅麗麗怒吼：「我叫妳不要跟這些垃圾來往，妳就是不聽！」

「笨蛋，你發瘋呀！你怎麼動手打龍哥……」傅麗麗駭然拍打著傅文豪的胳臂，拉著他說：「快……快跪下來跟龍哥道歉！你這笨蛋！」

傅麗麗尖叫著，回頭見到龍哥在兩個小弟攙扶下站了起來，目露凶光，她立刻轉身撲倒在龍哥身前，抱著他的大腿，慌張求饒說：「龍哥、龍哥，別跟小孩子計較！他不懂事，他……」

「我操妳祖宗——」龍哥一巴掌將傅麗麗搧倒在地，跟著又一拳將撲過來要與他拚命的傅文豪擊倒在地。

龍哥身邊數名小弟一擁而上，對著傅文豪拳打腳踢起來。

「不要打了！」呂心瑷見到幾名黑衣小弟的皮鞋、拳頭，暴雨般砸在傅文豪身上，驚駭哭叫起來，她被綁在椅子上，不停掙動。

「住手、住手！」傅麗麗尖叫著撲在傅文豪身上，替他捱了幾腳之後，黑衣小弟們這才退開。

「哼，敬酒不吃吃罰酒……」龍哥揉了揉發疼的臉，又踹了傅文豪母子幾腳，這才轉身走到那大桌前坐下，蹺起腿，說：「傅姊，剛剛妳說眼鏡主人跟著猴子，那猴子人咧？」

「他……他們還在許志強家裡找研究資料呀……」傅麗麗狼狽哀淒地說：「我剛剛打電話給他也沒接……」

龍哥對身邊隨從使了個眼色，示意他們試著聯絡猴子，跟著又說：「那妳剛剛說，這裡還有人可以陪我研究這付眼鏡。」他說到這裡，放下腳，坐直身子，望向那些賓客，說：「是誰啊？」

「是我。」強爺搖搖晃晃地撐站起來，他不顧雙手還被綁在背後、雙腳也被綁著，正氣凜然地說：「原來你才是眞正的惡人、你才是這魔窟的首腦，可惜我手腳受縛、神劍被扣，不然我一劍穿透你心窩！」

「我操……」龍哥見強爺說話顚三倒四，瞪著傅麗麗罵：「妳剛剛說這偷心眼鏡是這老神經病發明的？」

「是……是他自己說的啊……」傅麗麗無奈地望著強爺。

「是我發明的，怎了？」強爺瞪大眼睛。

「好，來來來。」龍哥點點頭，要兩個小弟一左一右將手腳受縛的強爺提到了大桌前，還拉了張椅子讓他坐下，問他：「這付能控制別人大腦的眼鏡眞是你發明的？」

「是呀。」強爺點點頭。

「如果我要你把眼鏡主人改成我，行不行呀？」龍哥這麼問。

「理論上是可以，但需要點時間改良控制晶片呀。」強爺說：「我跟我的助手小魚花了好長的時間，才找著周祈當我的偷心賊，就是因爲只有他的腦波頻率與眼鏡裡的控制晶片相符，不然我自己戴就行啦。」

「那需要多久時間咧？」龍哥問。

「誰知道呢？短的話幾個月，長的話幾年，或是幾十年。」強爺這麼說。

「我操，誰等得了幾十年。」龍哥拍了桌子，瞪著強爺說：「就算我等得了那麼久，你這老傢伙能活得了那麼久嗎？」

「應該活不了。」強爺搖搖頭。「我從年輕研究到老才研究出這東西，我比你更想讓這眼鏡變得更好；但我確實沒把握要研究多久，才能成功讓眼鏡配合你的腦波運作呀，難道你喜歡我騙你？」

「嘖……」龍哥扠起手、歪著頭，像是在思索，喃喃地說：「一付可以控制別人大腦的眼鏡，但我沒辦法直接操縱，那麼要是戴眼鏡的傢伙造反，回頭控制我，逼我吃屎喝尿我該怎麼辦吶？」

「老頭，我有問題。」小天才舉手說：「這眼鏡有效範圍是多遠？」

「沒多遠呀，頂多十幾公尺吧……」強爺說：「至少要直接看得見對方。」

「那這樣，我就有辦法了。」小天才推著眼鏡，得意地對龍哥說：「龍哥，我們可以在那個偷心賊身上綁上遙控炸彈，或是用他的親人威脅，在其他地方用手機指揮他戴著眼鏡辦事，他就沒辦法用眼鏡對付我們啦。」

「哦——」龍哥眼睛一亮，大力摸了摸小天才的頭表示讚賞。「不愧是我的首席軍師，這方法根本天衣無縫呀！」

「嘻。」小天才露出吉娃娃受主人寵愛的模樣搖頭晃腦起來。

「那現在我們等於萬事具備，只欠個偷心賊啦。」龍哥哈哈大笑，眼睛賊溜溜地在賓客間望了望，見到王茱瑛，連忙向手下說：「把天靈集團董事長帶來，人家堂堂大集團董事長，讓人家坐在地上，成何體統呀！」

兩名小弟把王茱瑛拉起，架到大桌前，讓她坐在強爺旁邊。

「哇，沒想到我這種流氓，也可以親眼見到天靈集團董事長。」龍哥嘿嘿笑著說：「以前我只能在電視上才能看見妳這樣的大人物。」

「你現在看到了，你想怎樣呢？」王茱瑛沒好氣地說。

「一不做二不休，人都綁來了，我只好請妳趕快把文件簽一簽，讓我當董事長囉。」龍哥搓著手說。「以後所有人在電視上看到的大人物，就是我七街阿龍了。」

「簽什麼文件啊？」王茱瑛問。

「小天才，王茱瑛董事長該簽什麼文件，才能讓我變成董事長呀？」龍哥對這種層級的商業集團首腦交接程序一竅不通。

「這……」小天才愣了愣，連忙滑動平板找起資料，支支吾吾地說：「這麼大的集團裡出現這麼重大的人事變動，該簽什麼東西，得看天靈集團組織架構而定，可能還要經過董事會開會……」

「什麼鬼董事會的人，不是應該都在這裡了嗎？」龍哥隨手往賓客群指了指，幾個天靈集團高層都縮了縮身子，一一被小弟們拉出——龍哥雖是隨口說，但也說中了十之六、七，天靈集團裡權限最大的幾個叔叔伯伯，都受邀參與王茱瑛今晚餐會，他們都是當初研究室裡的夥伴。

一票人被龍哥的小弟押到桌邊，你看看我、我看看你，低聲七嘴八舌地說著：「董事長換人沒這麼簡單呀……」「天靈集團會垮的。」「這麼大的事情，政府一定會介入調查。」「這傳出去像話嗎？」

「原來政府會調查啊？」龍哥焦躁地揮著手說：「算了算了，眞麻煩，我隨便說說的，我才懶得當什麼董事長，我當太上皇就好了。」他說到這裡，轉頭望著王茱瑛，說：「只要妳王董定期匯個十億、八億給我，什麼事情都解決了——當然呀，我知道妳現在肯定不願意，現在大家就等那眼鏡主人回來囉。」

「十億、八億是吧，行。」王茱瑛說：「這種小錢就算你不用眼鏡、不靠催眠，我也願意付呀，你把大家都放了，我立刻轉帳給你呀。」

「不愧是董事長。」龍哥樂得哈哈大笑，跟著斂去笑容，對王茱瑛說：「可惜我不能放人呀……出來混的，誰不知道要拿到錢容易——有錢人滿地都是，打個兩拳誰吐不出錢，難在善後呀，有了那眼鏡，善後就輕鬆多了。」他說到這裡，又催促起身邊小弟：「還沒連絡上猴子？他死去哪啦？他……」

龍哥還沒說完，一樓工廠裡的把風小弟們突然跑上樓梯，嚷嚷地說：「龍哥——他們人來了！」

# 19

「啊？」龍哥聽見樓下小弟喊話，連忙起身，只見幾個小弟押著周祈和小魚上樓。

「你們……就是偷心賊？」龍哥問：「怎麼就你們兩個，猴子呢？」

「他肚子痛，派另一個小弟去替他買衛生紙，他自己在芒草地裡拉屎，要我們自己過來跟你們會合……」周祈這麼說。

「猴子哥在拉屎，叫你們自己過來會合？」小天才瞇起眼睛，露出名偵探般的銳利眼神，湊近周祈和小魚身旁，盯著他倆半晌，問那押著他倆上樓的小弟們說：「你們搜過他們身了嗎？」

「呃？」「搜身？」小弟們呆了呆，都搖搖頭。

「要是他們身上藏著武器，找機會襲擊龍哥，怎麼辦呀？」小天才這麼說。

「對呀。」龍哥立時喝令小弟。「搜搜！」

「嗚嗚……」小魚哽咽地說：「我有時間藏武器，就先報警了，還過來幹嘛呀？」

「……」周祈沒有答話，舉起雙手，任由小弟在他身上摸索。

一旁的小魚則自己撩起禮服裙襬，露出一雙被芒草蚊蟲咬出點點腫包的雪白大腿，說：「我在怪老頭研究室裡換了雙鞋子……我穿高跟鞋磨破腳，我說走不動了，猴子哥才答應我換鞋子，嗚……」她見那搜身小弟盯著她裙裡看得雙眼都要凸出來，一副想將手伸進來的模樣，便惱火地說：「臭小子，你是在搜身還是在吃豆腐呀，你要吃豆腐可以晚點吃，要吃也是讓龍哥先吃，你出道幾年呀?敢搶大哥的菜?」

那小弟聽小魚這麼說,回頭看看龍哥,見龍哥盯著他,趕緊退開,說:「龍哥,裙子裡沒東西。」

「嗯,我看得見。」龍哥一把推開那小弟,來到小魚身邊,捏了捏她肩膀說:「漂亮的妹妹,妳知道我叫龍哥呀,妳知道妳是我的菜呀。」

「猴子哥提過你,他說你是台灣北部勢力最大的江湖大哥。」小魚扭著身子,躲避著龍哥的手,害羞地說:「他說龍哥你雖然人在江湖,但是斯文有禮、最講道義,絕對不會傷害老弱婦孺、而且非常有愛心、黑白兩道都好尊敬你的……」

「操他媽的猴子,在別人面前也要拍我馬屁,把我講得跟關公一樣偉大。」龍哥嘻嘻笑著說:「那等等要是我下流起來,不是很尷尬嗎?」他說到這裡,按著小魚肩頭的手順勢滑下,捏著小魚胳臂的力道稍稍加重幾分,還順勢在她屁股上掐了一把。

「哎喲,龍哥你別這樣,我怕癢……」小魚哇地一聲哭了起來,掙扎起來。

「姓龍的!」王茱瑛大叫起來。「我警告你,你再對我外孫女動手動腳,整個天靈集團都要跟你拚命!」

「哦,董事長說話了。」龍哥聽王茱瑛這麼說,這才鬆開手,瞅著王茱瑛冷笑幾聲說:「第一,我不姓龍,我姓江,我老娘叫我阿龍,別人叫我龍哥;第二,整個天靈集團裡頭最大的都在這裡啦,怎麼跟我拚命啊?」

「姓江的!你不是想研究控制人腦?所有人都等著你呀,你到底要不要十億、八億呀?」強爺哼哼地說。

「好好好！先把正事忙完，才來吃我的菜。」龍哥聽強爺那麼說，又見周祈目不轉睛地盯著他抓在手上的偷心眼鏡，便一手掐著他後頸，來到大桌前，說：「小子，你就是偷心賊？你想拿回你的眼鏡是不是？」

「是……」周祈點點頭。

「聽說這眼鏡會認主人的，還只認你當主人？」

「對。」

「這樣好了，偷心賊，我打開天窗說亮話，我欣賞你這種奇怪才能。」龍哥拉著周祈來到大桌，令他站在自己身邊，說：「我想要跟你合作。」

「你……你想怎麼合作？」周祈問。

「以後你幫我做事，我叫你控制誰你就控制誰，我想要誰的錢，你就幫我讓他吐錢出來；我想要哪個女人的奶，你就叫她把奶露出來。」龍哥說到這裡，賊乎乎地笑著望望呂心瑷、再望望小魚。

「大哥，你……你沒有老婆嗎？」周祈隨口問。「這樣不好吧。」

「我操——」龍哥大力拍了一下桌子。

一旁的小天才立時舉手說：「我們龍哥最討厭人家講廢話，你剛剛講的就是廢話。你只要事後用偷心眼鏡幫龍哥安撫一下大嫂不就行了，爲什麼要講廢話呢？」

「偷心賊，其實你說的沒錯。」龍哥吸了口氣，像是努力保持自己的耐心跟風度，對周祈說：「控制別人大腦，要錢要奶什麼的，確實不是好事；但我是壞人呀，壞人本來就專做壞事，好事讓好人去做就好啦，這樣你明白嗎？」

「我明白了……」周祈點點頭，伸手去拿眼鏡。「你想控制誰我幫你。」

「等等！」龍哥一把撥開周祈的手，向小天才使了個眼色。「交給你安排，天才！」

「大家聽好。」小天才托著平板電腦，揚手指東畫西，儼然像是諸葛亮搖著羽扇號令千軍萬馬一般。「不相干的人先離遠點，最好進房間裡，別讓偷心賊看見。」小天才說到這裡，轉頭望著一票持槍小弟，說：「有沒有槍法好的？」

十來個小弟你看看我、我看看你，你推我擠地推舉出幾個槍法好像比較好的，在小天才安排下，紛紛躲入遠處鐵皮房間，或是登上三、四樓，蹲在能夠看見二樓這張大桌的欄杆旁，賊頭賊腦地探頭舉槍，十來把手槍一齊瞄準周祈。

龍哥也抽出一把手槍，指著周祈腦袋，說：「先退後，離桌子遠一點，別亂動，我叫你戴眼鏡你再戴，不然我會開槍喔。」

龍哥見周祈舉起雙手緩緩後退，這才將手中的偷心眼鏡放上大桌，自個兒帶著小天才往樓上退；其餘小弟們和朋達大師與學生們，則負責押著眾賓客們往樓上樓下退，遠離周祈的視線。

王茱瑛和強爺、傅麗麗母子、呂心璦和小魚，則按照小天才的指示，在大桌依序坐下，準備作爲偷心眼鏡的實驗品。

龍哥退入小天才身後一間房間裡。

房間裡有張大沙發，有電視和小冰箱。

龍哥從玻璃櫃裡取出一瓶伏特加和玻璃杯，從冰箱取出冰塊，端著酒杯躺在沙發上望著手機，他的手機與小天才的平板連線，能夠看見小天才以平板拍攝到的二樓景象。

「嗯……」小天才伏在四樓欄杆旁望著底下陣仗，覺得差不多穩當了，便說：「偷心賊，你可以戴上眼鏡了，十幾把槍對著你，千萬別自作聰明，知道嗎？」

「知道。」周祈點點頭，緩緩從桌上取起眼鏡，戴上。

他眼前閃爍起各種資料數據，每個人頭上都出現了閃爍的鎖定框和腦波契合度。

「不准轉頭看我喔。」小天才這麼叮嚀，跟著說：「首先，你叫那個傅文豪下跪磕頭，向龍哥道歉。」

「叫他學狗叫！」龍哥在房間裡哈哈大笑。

「聽到沒有，下跪磕頭學狗叫！」小天才這麼說。

周祈吸了口氣，望向癱坐在一旁的傅文豪，說：「文豪兄，不好意思啦……」他眨了三下眼，鎖定傅文豪。

「嗯，雖然我不覺得你須要對這些人道歉，但……」周祈無奈地對傅文豪說：「還是請你向他道歉吧。」

「什麼！要我向他道歉，作夢！這些垃圾……」傅文豪憤恨抹著鼻血，哼哼地瞪著強爺、瞪著周祈說：「都是你們……要不是你們和這眼鏡，我的計畫不會失敗……」

「事到如今你還嘴硬！」周祈見傅文豪遷怒他和強爺，不免也有些氣憤，他拉高分貝，大聲斥責說：「你說謊欺騙心璦，用卑鄙的手段玩弄她的感情，總之你得道歉！你這騙子，你跪下！

啊，你的腳不聽你指揮，改聽我指揮，它們現在慢慢開始在跪了！」

「呃……」傅文豪咬牙切齒，低頭看見自己的雙腿果然慢慢攏成跪姿。

「看著心璦。」周祈伸手指著傅文豪。「向她磕頭，道歉！」

「我錯了。」傅文豪雙手伏地，重重朝著呂心璦磕起頭來。

「喂喂喂，偷心賊，我要你叫傅文豪向龍哥道歉，誰管他怎麼騙老婆呀！」小天才不悅地說。

「聽到沒有，向龍哥磕頭道歉，學狗叫！」周祈大聲喝令，伸手指向龍哥藏身方向。

「我錯了，龍哥。」傅文豪緩緩轉向跪姿，朝著龍哥那方向接連磕了十幾個頭，還不停學狗叫。「汪汪、噢噢、汪汪、汪汪汪——」

傅麗麗見傅文豪額頭紅腫一片，撲了上去，抱著他的肩，卻阻止不了他磕頭動作，急得大哭起來。

「叫他媽打他兒子耳光。」小天才大聲下令，還回頭對房間喊：「龍哥，剛剛這小子罵我們垃圾，我叫他媽打他臭嘴巴。」

「傅姊……」周祈嘆了口氣，對傅麗麗說：「妳的計畫害人害己，妳的兒子死鴨子嘴硬，打他耳光！」周祈說到這裡，還補充說：「傅文豪，先別磕頭，不然你媽打不到。」

「對不起龍哥，我沒把兒子教好——」

傅麗麗尖聲大哭，大力左右甩起傅文豪一個又一個巴掌。

一記記響亮的巴掌聲在工廠中響起，和著傅麗麗母子的哭號道歉，聽來詭異莫名。

「龍哥，眼鏡快沒電了，你還想看什麼？」周祈見到一旁的呂心璦悲痛大哭起來，便拉高聲音說：「讓他們停下來吧，他們哭聲太吵，我都快聽不見樓上小弟弟的命令了。」

「誰是小弟弟，我今年大學畢業啦！」小天才惱火抗議。

「好了好了，別道歉了，眞吵死人了。」龍哥在房裡問。「那眼鏡還剩多少電呀？」

「還剩19%左右。」周祈望著眼鏡上的電力數字，他望向強爺，問：「強爺，19%能用多久？」

「不一定呀，幾分鐘到幾十分鐘都有可能。」強爺聳聳肩說：「同時控制越多人，就越耗電啊……」

「這裡這麼多插座，不能充個電嗎？」小天才問，又花了一、兩分鐘問話，弄清楚這偷心眼鏡需要專屬的眼鏡盒才能充電，而眼鏡盒擺在周祈背包裡，周祈的背包則留在餐會上又隨著賓客一併被帶回了這鐵工廠裡。

小天才立刻對小弟們下令：「你們哪個快把偷心賊的背包找出來讓他充電呀。」

周祈望了望強爺和王茱瑛，突然說：「兩位老人家，趁著這機會，互相賠個不是，和解吧。」

「什麼？要我向她賠不是？爲什麼我要向她賠不是？」強爺重重拍了桌子，瞪著周祈。「你小子造反啦？」

「那好，王董……」周祈望向王茱瑛，眨眼鎖定她。「當年雖然強爺高傲自大、一意孤行、異想天開、喜歡拿別人的腦袋做實驗、又不愛洗澡、大小便完不洗手就亂戳人家燒餅……但妳看在他這些年孤苦無依，連自己在世上其實有個女兒和兩個外孫女也不知道的份上，可以別生他的氣了嗎？」

「你……臭小子你說什麼，誰說我大便不洗手啦！我……」強爺聽周祈那麼說，氣憤地想要解釋，但瞥見一旁的呂心瑷和小魚，一時卻又什麼也說不出口，像是還無法接受先前自己口中的兩個白痴娃娃，竟然是自己的外孫女。

「好……」王茱瑛茫然轉頭望著強爺，哀淒地說：「我早就沒生你的氣了……當初我瞞著你，是氣你不肯向我低頭……但過了這麼多年，人都老了，老得什麼都記不住了，誰低頭誰不低頭，無所謂了……你要是還不開心的話，我向你低頭好了。」

王茱瑛喃喃地說，落下淚來，緩緩起身，竟是要向強爺下跪。

「喝！」強爺連忙伸手托住王茱瑛胳臂，有些不知所措，轉頭向周祈怒喝。「小子，別玩了！」

「強爺，你派我混進天靈集團，不就是想要王茱瑛向你認錯嗎？你想在她面前，證明自己的研究成功了。」周祈說：「現在王茱瑛投降了，強爺，你贏了。」

「贏個屁！」強爺大力拉起想要向他下跪的王茱瑛，厲聲對周祈說：「給我停下來。」

「不准停！」小天才突然說。「叫他們親嘴，完成不可能的任務，才能證明這眼鏡的威力！快叫天靈集團的王董事長親那怪老頭！」

「王董事長，親親他吧。」周祈望著王茱瑛，說：「其實他這些年，一直想著妳，又不知道怎麼開口、又不想對妳低頭，把自己腦袋都搞瘋了，終於想出這鬼計畫，派我替他偷心。所以妳親親他吧，讓他了卻一樁心願，讓我這個偷心賊完成任務。」

「臭小子，你胡言亂語什麼，誰派你替我偷心，你、你、你……」強爺尷尬地托著王茱瑛手臂——啾的一聲，他臉頰被王茱瑛親了一下，像是觸電一樣，整個人僵直呆愣地轉頭，轉頭望向王茱瑛。

王茱瑛又親了他的嘴。

「哇哈哈哈！王董事長抱著一個怪老頭子親嘴，這畫面付錢都看不到呀，這眼鏡真的有效啊——」四樓房間傳出龍哥的哄笑，他大聲嚷嚷下令：「夠了、夠了，別浪費電了，我不想繼續看老傢伙親嘴了，輪到我了，快叫那兩姊妹上來伺候我，要她們把我當主人、要她倆當我的小母狗，快快快！」

「聽到沒有，偷心賊。」小天才幫腔下令。「快叫那兩個女人上樓伺候龍哥。」

「……」周祈望望小魚，再望望呂心瓊，說：「妳們上樓伺候龍哥，龍哥要妳們做什麼，妳們就做什麼，把龍哥當成妳們的主人。」

一直垂頭哭泣的呂心瓊，聽周祈這麼說，緩緩抬起頭，雙眼迷濛地舉頭望向上方——

此時她的腦波契合度高達99％。

「龍哥、龍哥是我們的主人？」小魚則搖搖晃晃地走到呂心瓊身邊，替呂心瓊解開繩子，牽著她站起；兩姊妹手牽著手，往鐵梯走去。

「我的主人在哪？」小魚喃喃地問。

「主人在四樓！」龍哥興奮地扯開喉嚨答。

「偷心賊，現在電還剩多少？」小天才問。

「15%……」周祈答。

小天才回頭望著房間，問：「龍哥，偷心賊說電力還剩15%，夠不夠你用？」

「當然不夠啦笨蛋！」龍哥哈哈大笑地從沙發上跳起來扭動著屁股，說：「但是老子偷心不靠眼鏡，嘻嘻！看我等等把她們偷得欲仙欲死，嘻嘻！今天我眞是走運啦，嗷嗚——」

「主人呀主人，我的主人，龍哥，你在哪裡呀？」小魚牽著呂心瑷，兩姊妹一身雅緻禮服，像是童話故事裡踏過荊棘尋找王子的兩個小公主般，一階階往上，來到四樓龍哥房門口。

小魚推開門，只見龍哥連內褲也脫了，側身一腳踩在沙發上，右手提著那瓶伏特加，內褲隱約擋在腿間，左手大力拍打著自己的屁股——

他屁股連著大腿，刺了朵鮮紅的玫瑰花。

「快進來。」龍哥挑著舌尖、揚眉瞇眼，一面拍打著自己的屁股，還不停擺腰，像是一人分飾騎士和馬。

「你就是我們的主人？」小魚問。

「沒錯。」龍哥說：「我就是妳們的主人，進來伺候主人吧。」

「是。」小魚牽著呂心瑷進入這鐵皮房間。

把門關上。

周祈聽見樓上發出關門的聲音，隱隱聽見龍哥仰天大笑。

他低下頭，閉起眼，雙手互扣，像是在祈禱一般。

滴滴——

滴滴——

滴滴——

偷心眼鏡微微發出了電力低於15%時的警示聲。

同時，鏡片上唰地平空閃現三個鎖定框——

三個並未跟隨著人頭的鎖定框。

周祈眼睛睜開，望著桌面。

只見鏡片上那三個鎖定框重疊在一起。

周祈飛快眨了九次眼，彷彿擊中三只槍靶，使三個鎖定框都閃耀起亮青色。

他仍維持著低頭握拳祈禱的模樣，喃喃地說：「你愛她、你愛她、你愛她、你愛她——」

「你在說什麼？」小天才盯著平板電腦拍攝畫面裡，周祈那古怪模樣，狐疑地問：「你自言自語什麼？」

周祈沒有回答，仍然維持著相同動作低聲碎語喃唸；此時的他，額上迸出彎曲青筋、滿臉漲紅，淌下豆大汗滴，像是武俠小說裡催鼓起畢生功力的俠客，或是便祕一週在馬桶拚死奮戰一般。

「你愛她你愛她你愛她你愛她你愛她你愛她！」

他那聲聲低喃碎語的聲量逐漸轉大，大到連樓上的小天才都能清楚聽見。

「你愛心瑜，呂心瑜，你好愛她好愛她，你願意娶她為妻，你愛她愛到可以死，可以放棄一切，你願意跟你老婆離婚，今生今世只愛她一個人。」

「你在說什麼？」小天才喝問。「你到底對誰說話？」

「我沒說話啊！」周祈轉頭回答。

「誰准你看我？把頭轉回去！」小天才尖叫地縮回腦袋。

「外面吵什麼，小天才，不要吵！」龍哥在房裡怒叱。

「是……」小天才怯怯地答，看了看平板，周祈又喃喃祈禱起來。

「她要你往東你就往東，她要你往西你就往西，因為你好愛好愛她，好愛好愛好愛她，她是你的一切、她是你的天空、她是你的大地、她是你的陽光你的空氣你的水！」

周祈高聲吶喊起來，像是想要盡力將自己的聲音透過偷心眼鏡傳上四樓。

傳到——小魚黏在禮服裙子內襯、被她提起裙襬躲過小弟搜身的那支裝有偷心眼鏡監控程式的手機裡。

傳進龍哥耳朵裡。

「喂，你到底在說什麼陽光空氣水？」小天才見周祈模樣古怪，又怕吵著龍哥，壓低了聲音說：「你在起乩啊？」

「龍哥，你愛她，你愛小魚呂心瑜！」周祈突然拉高分貝，嚷嚷起來：「為了她，你赴湯蹈火兩肋插刀在所不惜——」

「對！我愛她！」龍哥的聲音像是雄獅般從房中吼起。

然後磅碇一聲，房門被他一腳踢開。

小天才和兩名小弟訝異回頭，只見龍哥赤身裸體、威風凜凜地拎著整瓶伏特加，一手扠腰站在門後，脖子上繫著他自己的皮帶，大搖大擺地走出門。

他鼻子上夾著一枚怪異的夾式耳環，雙耳耳垂分別夾著同樣的耳環；仔細一看，三枚耳環綴飾的部分，是三片方方正正的怪晶片。

是那三枚偷心眼鏡的遠端控制器。

周祈剛才透過眼鏡見到的三個鎖定框訊號，就是來自這三枚遠端控制器。

小魚一進門，就搶著撲進龍哥懷裡，將夾有三枚遠端控制器的長髮披上龍哥頭臉。

讓周祈順利鎖定龍哥，使遠端控制器開始作用，對龍哥心戰喊話，將龍哥洗腦成對小魚死心塌地、被愛情蒙蔽雙眼的死忠愛奴。

「前面那隻小弟弟。」小魚一手揪著皮帶另一端，像是溜狗般牽著龍哥，另一手則用拇指和食指捏著龍哥那條白色四角內褲，走在龍哥身後，來到伏在欄杆旁的小天才身旁，抬起腳踩在轉頭朝她望來的小天才半邊臉上，冷冷地說：「見到新大嫂，不會叫人？」

「大……嫂？」小天才一時間有些愣然，隱約意識到了什麼，探頭向周祈尖叫。「偷心賊，你……你做了什麼？」

「我叫她們上去當龍哥的主人啊。」周祈抬頭，見到小魚安然無恙，這才鬆了口氣。

「你白痴啊？你耳聾啊？你沒讀過書啊？」小天才驚恐尖叫：「是把龍哥當成主人，不是當龍哥的主人──」

他驚慌叫嚷同時，還顫抖地想從腰間掏槍，卻被小魚一腳踩住手，彎腰搶過他的槍。

「龍哥，我喜歡這把槍。」小魚朝龍哥嘟著嘴說：「可以送我嗎？」

「妳喜歡的東西就是妳的。」龍哥雙眼彷彿閃耀著愛心，對著小魚狂拋飛吻，像是迫不及待想擁她狂吻。

「別猴急呀，我不是說過了，我最討厭猴急的男人，我喜歡你斯文一點。」小魚捏著龍哥那條四角白內褲，擋下往她湊來的嘴巴。「慢慢來，我會害羞。」

「好好好，慢慢來。」龍哥扭捏地笑得合不攏嘴。「害羞好呀，害羞眞可愛！」

「心璦，妳不用伺候龍哥了，妳下來照顧王董事長吧。」周祈這麼對心璦說，解除剛剛交付她的任務，跟著盯著小天才：「輪到你了，小弟弟，你喜歡看別人學狗叫是吧。」

「我……我不是小弟弟，我大學畢業了！」小天才無力地說。

「我要看青蛙叫。」小魚搖了搖龍哥的胳臂。「龍哥，你叫小天才學青蛙叫好不好，我想看小青蛙，我想聽青蛙叫。」

「聽到沒有？」龍哥瞪了小天才一眼。「快叫呀！」

「聽……聽到什麼？」小天才抱著他那平板電腦，驚恐得不知所措。

「叫你學青蛙叫啊！」龍哥一腳踹在小天才屁股上。「我愛人想看你演青蛙、學青蛙叫，你啞巴呀，不會叫？」

「青……青蛙？」小天才驚恐無助地哆嗦起來，又被龍哥踹了兩腳，只好乖乖伏成青蛙的模樣，呱呱叫了起來。

「別只是叫，還要學青蛙跳。」小魚這麼說，也伸腳踢著小天才屁股，逼他學青蛙蹦蹦跳個不停。「往前跳，叫你往前跳，給我一路跳下樓呀，你這不學好的小王八蛋！」

「你你你你你你你，還有你你你你你你你——」

周祈踩上木桌，雙手高舉比出槍擊手勢，緩慢轉身、飛快眨眼，將四面八方那些因龍哥態度劇變而不知所措探頭出來的持槍小弟們一一鎖定。

「通通把槍放下，小學生怎麼可以拿槍——」周祈直到這時，才像是電影裡的威風英雄般吶喊著說：「放學了，大家集合，快集合，全部下來排排站！」

「放學？」散落在工廠裡的黑衣小弟們，聽見周祈的號令，紛紛露出茫然的神情。「放學了？」

「對啦，放學了！」周祈大喊：「爸爸媽媽還在家等你們，快下來，要放暑假啦——」

「放……放暑假呀！」持槍小弟們聽了周祈喊話，磅硠硠地往二樓集合，在大桌前列隊站好。

由於周祈一口氣控制太多人的緣故，他見到鏡片上的電力百分比開始快速下降，急得大嚷起來：「我的背包呢？動作這麼慢，還不趕快給我找出來——」

在周祈催促下，黑衣小弟中那個頭高大的大嗓門，提著周祈的背包奔到大桌前遞給周祈，然後乖乖地退入在大桌前站成數排的黑衣小弟隊伍中。

「照身高排啊，沒唸過小學啊你們！」周祈從背包中取出眼鏡盒，湊到臉旁，這才讓偷心眼鏡掉至個位數的電力終於止住墜勢。

被小魚又踢又趕、一路循著樓梯青蛙跳至二樓辦公區域的小天才，雙腿痠軟無力地被眾人推到隊伍最前頭，臉上還掛著淚痕，望著朝他走來的周祈，顫抖地說：「偷心賊，你好卑鄙……你竟然用眼鏡……對付我們……」

「臭小子，你眞好意思說我卑鄙？」周祈聽小天才這麼說，又見他緊緊抱著那平板電腦，哼地一把搶來平板，往他腦袋大力一拍。「你知道我是誰嗎？我是校長！膽敢對校長不禮貌，你不想畢業啦！混蛋！」

「你是……校長？」小天才望著周祈的雙眼，只覺得自己彷如墜入奇幻夢境，低頭又看周祈塞回他懷裡的平板，面板裂開數條大縫，委屈地哇哇大哭起來。

「以中央伍爲準，立正、稍息、立正、半蹲，叫你們半蹲沒聽見呀——」周祈扠著腰，對著數十名驚恐愕然，一個個開始半蹲的黑衣小弟喊起話來。「暑假過後，你們就是小學五年級了，大家要好好用功，好好做人，當個好孩子。長大之後，千萬不要加入黑社會，知道嗎？答應老師，將來做個有用的人，知道嗎？」

「知道——」眾小弟們面露痛苦地應答。

周祈來到領著龍哥下樓的小魚面前，扠著腰，說：「我做得還可以吧……」

「還不錯。」小魚望了望那數排列隊半蹲的小弟們，對周祈露出嘉許的神情，還揚手替他拭去滑下臉頰的汗。

「哇——」周祈本來與小魚那雙水靈眼睛相望，見她主動替自己拭汗，不禁心神蕩漾，但他鼻端聞到一股怪味，這才驚見小魚捏著替他擦汗的那塊白布竟是龍哥的四角內褲，嚇得擺頭甩臉地退開，嚷嚷著：「妳一天不耍花樣惡作劇會死嗎？」

「可能會喔！」小魚笑嘻嘻地將那內褲拋還給龍哥，要他塞進小天才嘴巴裡，跟著搶來那瓶伏特加，替自己手指消毒，還在周祈西裝袖子上不停抹拭著。

「心瑜，妳……妳跟校長很熟嗎？他……」龍哥一面將內褲往半蹲著的小天才嘴裡塞，轉頭見小魚和周祈動作親暱有說有笑，不由得醋勁大發——他頭上還夾著三枚遠端控制器，剛才聽周祈喊話，也隱隱將周祈當成了校長，腦袋混亂成一片。

「是呀。」小魚挽著周祈胳臂，將整個身子都往周祈倚去，對那龍哥說：「我變心了，我愛上校長了，怎麼樣呀。」

「什麼——」龍哥愕然大驚，他幾分鐘前被周祈洗腦，對小魚死心塌地、愛得無法自拔，現在聽小魚說變心就變心，彷如從天堂墮進地獄，幾乎要崩潰發瘋。

「吵什麼吵？大家都在半蹲，你也給我蹲好！」周祈得意洋洋地摟著小魚，將龍哥也踹進小弟隊伍裡，耀武揚威地訓著話：「你們通通給我聽好，將來長大之後，一定要當個好人，知道嗎，你們……」

「別玩啦，你要讓強爺和王董等到什麼時候？」小魚拉著周祈往王茱瑛、強爺等人聚集處走去。

只見傅文豪母子呆愣愣席地而坐，他們還受著偷心眼鏡控制，一下子腦袋還轉不回來，傅文豪呢喃地望著傅麗麗：「媽，要放暑假了？」見傅麗麗發愣，便又望向呂心璦。「心璦，妳……妳也是小學生？」

心璦撇過頭去，沒有理會他，此時她雖然也仍受到偷心眼鏡控制，腦袋亂糟糟地，但之前那不愉快的記憶還烙印在她腦海裡，使她對傅文豪仍懷抱著恐懼和憤怒，默默跟在王茱瑛和強爺身旁；王茱瑛則靜靜倚在強爺懷裡，強爺身上還藏著保護器，並未受周祈控制，他似乎不太抗拒王茱瑛靠著他，且還伸手輕拍著她的手，見到周祈和小魚走來，這才尷尬地微微推開王茱瑛，動作卻溫和許多。

「那笨蛋說對了一句話……」小魚拉著周祈來到強爺面前坐下，仰頭看著遠遠觀望的朋達大師和賓客們，對周祈說：「善後收尾最麻煩了。」

周祈見手中那眼鏡盒上的電力指示燈從亮青色變成了橙黃，偷心眼鏡的電力仍只有不到20%，連忙隨地拉起一條延長線，扳出眼鏡盒上的插頭插上充電。「好像是耶……現在我們要怎麼處理這些人？」

「我不想讓今晚的事走漏風聲、讓我外婆丟臉，你得辛苦一點，負責把在場每一個人都搞定。」小魚這麼對周祈說，同時朝著朋達大師揮了揮手，說：「大師呀，既然你明白識時務者爲俊傑這個道理，現在你知道你該替誰做事了嗎？」

小魚先前透過手機啓動偷心眼鏡上的攝影功能，摸清整間工廠裡的情況和變故始末，和周祈偷偷討論完作戰計畫才付諸行動，自然也將朋達大師反叛傅麗麗的過程瞧了個一清二楚。

「我……我我我……」朋達大師一下子茫然無措，往前探了探頭，立刻被周祈鎖定，乖乖跳了十幾下青蛙跳後才帶著一票學生，將受縛賓客們全帶回二樓辦公空間。

「就算加上這些催眠師一起幫忙，一下子要改造這麼多人記憶，好像不容易……」周祈見到在場賓客加上朋達大師和一票學生，再算上龍哥那批人，可有七、八十人之多，不由得暗暗叫苦。

「有這個就容易多了。」小魚從那小學生隊伍裡，點出幾名小弟扛來幾箱礦泉水，拉著周祈來到大桌旁，伸手進低胸禮服裡掏摸一番，抓出兩袋鼓脹脹的保鮮膜小袋——

那是那日他們在心靈紓壓教室裡，掉包紅色膠囊所取出的洗腦藥粉。

她一直藏在身上。

「啊！難怪妳說Peggy是墊的！」周祈見小魚取出那兩袋藥粉後，胸圍明顯縮水一圈。

「對呀，我自己墊的行不行！」小魚沒好氣地應了一句，跟著環視眾人，對周祈說：「別囉嗦了，快發揮你的用處，編幾個像樣的故事收尾吧。」

「呼——」周祈長長吸了口氣。「好吧，首先呢——」

# 20

不太需要時間的時候，時間其實也過得挺快。

從深秋到隆冬，彷彿只一眨眼。

小魚望著強爺研究室裡那空無一物的客廳，本來堆積如山的儀器零組件和各種生活雜物此時一樣也沒留著，只剩下幾面斑駁徒壁；西曬的陽光從她睡房窗子透進房門外，映在與廁所連接飯廳的老舊磁磚地板上——過去她的臥房窗子裝著窗簾，加上房中擺著堆滿雜物的並排大櫃。整間堆滿各種古怪儀器、零組件的研究室裡總是陰陰暗暗，此時全屋清空後，她才發現原來這三房兩廳的老公寓，其實採光不錯。

「怎麼了？」周祈站在樓梯間，望著猶自佇在陽台發愣的小魚。

「真的要離開這個小基地時，其實有點捨不得呢……」小魚撥了撥頭髮，轉身走出陽台，關上鐵門，與周祈一前一後地下樓。

此時是週一午後，由於小魚晚上另有要事，因此外出午飯後，兩人便不再返回茱麗葉生技，她要周祈騎著機車載著她四處晃蕩，去之前的咖啡廳坐坐、來強爺研究室瞧瞧。

周祈已經不再是設計組組長，他被調入茱麗葉剛成立不久的特別研究室裡，頭銜是工程師。

這個特別研究室位於茱麗葉生技最高一層樓裡，不受茱麗葉其他高層指揮，只向董事長王茱瑛負責，由呂心璦和小魚作為居中聯繫的窗口。

這研究室目前除了幾名研究助理，只有兩名主要成員，一個是周祈，另一個就是強爺。

強爺那盒剛出爐的名片上的頭銜，印的是「掌門人」三個字。

小魚成了王茱瑛董事長特理，平常的職責是協助呂心璦監督天靈集團各子公司營運狀況，還特別監督強爺的一舉一動——

說是監督，其實是照顧。

在小魚居中協調下，強爺答應將偷心眼鏡，以及肥宅永動機、太陽能鬆獅魔、長生基因、鬼哭劍法等上百項研究，一口價包在一起賣給天靈集團，且親自負責這些研究的後續研發；他這破爛小公寓裡那千奇百怪的雜物、資料，數週前便全搬入了茱麗葉大樓那寬闊辦公室裡，排進一座座高級資料櫃中。

雖然周祈對腦神經科學研究一竅不通，但由於他那特殊腦波對於偷心眼鏡的後續開發極有用處，因此他必須繼續擔任偷心眼鏡的操作者，協助強爺改良眼鏡，進一步研究新的腦波控制裝置；除此之外，他還兼任茱麗葉香氛產品，甚至其他天靈集團相關企業產品的廣告劇本編劇——

那組香水已經排定了上市日期，四部廣告短片登上電視螢幕，周祈這幾天正絞盡腦汁替其中濃情紅顏這部廣告短片撰寫前後發展，將本來數十秒短片裡男主角躲避喪屍襲擊、循著女主角香水氣味一路尋找她蹤跡的故事腳本，寫成一部十數集的迷你影集，藉由網路連載宣傳。

接手周祈設計部第一組組長的，是之前幕後三名猛將裡的雅痞。

雅痞再次登門茱麗葉時，負責面試的除了張光輝和黃經理外，還有接替呂心璦與會的小魚。

由於是小魚主動與雅痞聯繫、直接請他前往茱麗葉面談，因此雅痞當天沒有任何對手，順利成爲茱麗葉設計部第一組組長。

至於三猛將中的襯衫，早一步進入其他公司成爲美術主管；油頭則自行與友人創業，成立廣告公司，至今最大一筆生意，便是茱麗葉這組香水一系列的影片拍攝工作。

小魚並沒忘記他們先前對那整體宣傳專案的貢獻，讓他們在後續發展之外，都領到以茱麗葉名義發出的七位數外包案件酬勞。

「強爺又開始練拳了？他沒吃失智藥？」小魚坐在機車後座，一面透過藍芽耳機，接聽強爺幾名研究助理——其實是看護團傳來的報告。「他吃了？那他一定把藥藏在舌頭底下，趁你們不注意的時候吐進馬桶沖掉了，算了……他想練拳就讓他練吧，他練得累了就帶他睡個午覺——晚上他和董事長約好了吃飯呢，可能在緊張吧。」

至於王茱瑛，至今並未停止服用那些洗腦藥——她雖然恨透了受人操縱指揮，但她必須在將天靈集團交至呂心璦手中前，努力維持著心智和記憶，支撐著整個天靈集團，等待時機成熟，才停藥退休享清福。自然，現在哪些是她想透過洗腦藥強行存進自己腦袋裡的記憶和資料，則由她本人和呂心璦協助篩選。

王茱瑛沒有追究傅文豪和傅麗麗的復仇計畫，條件是將那洗腦藥一切研究資料，賣給天靈集團。

這一次，她開出了一個令傅麗麗應該不再懷恨在心的價碼。

「她原諒他了？」

周祈騎著機車，一路駛向數個月前待上好幾天的鐵工廠外頭那芒草空地旁。

日落前的陽光將遼闊空地那片芒絮散盡的芒草枝桿海，映得金黃一片。

遠處的工廠區域裡大大小小的工廠仍忙碌地運作著，道路上不時有貨車載運著工業原料和成品來來往往。

「不知道呢。」

周祈和小魚望著夕陽，聊及呂心璦和傅文豪二人後續發展。

傅文豪將賣出集王藥廠和洗腦藥的錢，全給了媽媽傅麗麗，讓媽媽遠居國外安享天年，自己卻留在台灣，找了份工作，過著平凡辛勤的日子。

「她打算再觀察他一段時間。」小魚這麼說。

當時龍哥吆喝小弟砸在傅文豪身上的那陣拳頭暴雨，似乎間接澆熄了呂心璦對於傅文豪的怨怒裡其中一小部分，令她對傅文豪關閉上的心門，留下一條細細窄窄的縫。

她願意接他打來的電話、收他傳來的訊息，偶爾也會回應。

但還不願與他見面。

傅文豪似乎也還未放棄。

「雖然我對那男人還是有戒心，但我不會干涉姊姊的人生，她完全有權決定要原諒他或是接受另一個人。」小魚這麼說：「反正呀，洗腦藥和偷心眼鏡現在都在我手上，就算那姓傅的再打壞主意，也撼動不了我們一分一毫。」

小魚說到這裡，扠著腰，故意裝出低沉沙啞的聲音，囂張大笑起來：「哦呵呵呵，想從我口袋裡撈好處，比從我外婆和強爺口袋撈好處，還要困難一百萬倍喔！哇哈哈哈——」

「……」周祈斜了小魚一眼，說：「妳現在頭上戴兩隻角，就是奇幻小說裡的大魔王了。」

「你才是大魔王。」小魚推了推周祈。「只有你想得出來那種變態劇情，把人嚇得拉屎拉尿。」

「是妳叫我想的啊——」周祈和小魚那晚奪回偷心眼鏡後續幾日，為了不讓王茱瑛和呂心瓔中計受辱的消息傳出去，在鐵工廠裡絞盡腦汁，透過偷心眼鏡和洗腦藥，帶領著朋達大師和其學生們，替那些無辜受擄的賓客們重塑記憶，將一幕幕不愉快的衝突場面驅出他們腦袋。張光輝雖然有顆萬中無一的鐵腦袋，但是在洗腦藥效下，鐵腦袋終於也失守，與眾賓客們逐漸相信自己在餐會結束後，另外陪同董事長王茱瑛前來視察這市郊工業區的一處鐵工廠——雖然大半夜帶一些非相關部門員工和家屬來視察這間怪異鐵工廠，這情節實在怪誕牽強，但王茱瑛自願配合圓謊，增加了不少說服力，因此眾賓客們也沒怎麼起疑，他們被分批洗淨了腦袋，再被周祈指揮龍哥小弟送回市區，疲累地各自返家休息。

至於龍哥一票小弟，及被揪回工廠一起接受洗腦的猴子和內褲小弟，則沒這麼好過了；在偷心眼鏡加上洗腦藥的雙重作用下，他們不但被洗去了偷心眼鏡和一切相關記憶，且經歷了一場永生難忘的震撼教育——

周祈花了點工夫，在他們那被修改得亂七八糟的記憶中，額外塗抹上更多離奇情節，讓他們從一群等待放暑假的小學生們，一下子跳躍到持槍擄人討債，卻在荒郊野外撞上了魔神仔。

周祈編出各式各樣的逢魔撞鬼恐怖橋段，像是試膽大會般地讓龍哥與小弟們體驗著一幕幕只有恐怖電影主角才會經歷的故事，將龍哥等人嚇得魂飛魄散，最後在鐵工廠裡跪成一地，在負責飾演魔神仔的周祈等人離去後，才哭著打電話報警自首。

朋達大師和一批學生，則負責扮演被龍哥持槍綁架討債的受害人——他們是那批洗腦藥最後的幾名服用者，且在偷心眼鏡效力下，連朋達大師本人，都相信是因爲自己嫖妓不給錢，惹惱了背後黑道，才遭到強擄討債。

其餘鐵工廠當事人中，強爺、王茱瑛、呂心瑷、傅文豪、傅麗麗等人的記憶，則沒有太大變動——這是在替龍哥安排試膽大會之前，眾人最後談判的結果。

傅麗麗母子同意賣出集王藥廠及那洗腦藥一切相關權利，以換取王茱瑛的饒恕及一筆現金；呂心瑷不願遺忘這段經歷，也不願小魚修改傅文豪的記憶，她要傅文豪記得曾經對她說過的謊話，記得他曾經犯過錯、傷過人。

「現在有時我半夜作夢都還會嚇醒，總覺得事情還沒結束。」周祈望著眼前隨風一波波搖曳的芒草桿海，喃喃地說：「一早醒來，都還以爲妳又要丟給我什麼稀奇古怪的任務了——雖然我現在的工作還是很奇怪啦……」

「你沒說錯啊。」小魚揚了揚手機。「事情還沒有結束。」

「還沒結束？」周祈呆了呆，望向手機，只見到小魚手機上，收到一則訊息。

那是超領導的上課通知簡訊。

距離現在大約一個小時後，小魚之前刷卡買下的超領導課程，就要開始進行最新一期的第一堂課了。

「對喔，還有這個東西，我都忘了——」周祈訝異叫嚷起來。「妳不是說要叫他們退款嗎？後來妳忘記了？那現在他們都正式開課了，妳錢拿不回來囉——」周祈說到這裡，揚了揚眉，豎起拇指指了指自己胸口，得意洋洋地說：「只好拜託偷心賊救妳了。」

「謝謝喔，不用麻煩偷心賊了。」小魚嘿嘿地說：「我不是說過，我要用自己的方式對付他們嗎？」

「妳還有什麼方式？」周祈不解地問——他現在是茱麗葉特別研究室裡專責操作眼鏡的工程師，平時上班時仍戴著偷心眼鏡，讓眼鏡記錄他腦波活動過程，供強爺研究分析；但平時除非小魚同意，他不能任意使用眼鏡功能。

「等等你就知道了。」小魚神祕地笑了笑，戴上安全帽，要周祈載她去位於市區那超領導教室的大樓。

他們穿過與先前相同的喧鬧人群。

走進與先前相同的大樓側邊那不起眼的入口。

來到超領導課程教室門邊，聽見那些與先前相同的神奇口號——

「想不想當領袖！」

「想！」

「平民和領袖，你想當哪個？」

「領袖！」

「想不想當人中之龍？」

「想！」

「平民和領袖，誰才是人中之龍？」

「領袖！」

推開門，前來迎接二人的，也是與先前相同的接待學員。

「哇，是呂小姐跟尼可拉斯凱吉！」那學員接過小魚遞來的身分證，確認了她身分，且竟然還記得小魚替周祈取的別號，驚喜得連忙往辦公室裡通報——小魚是這超領導課程開課至今，出手最爲闊綽的一名學員。

儘管小魚事後沒有成功說服當天一同體驗課程的尼可拉斯凱吉購買課程，但在學長等人眼中，小魚仍然屬於他們最頂級的客戶。

「嘻嘻。」小魚對收到了消息前來迎接的學長和宜君，露出一抹神祕笑容。

周祈則黯淡地撇過頭去，像是不想多望他們。

「原來呂小姐……」學長見到小魚此時的模樣，與之前那戴著厚重眼鏡和小熊口罩的樣子截然不同，又見她腕上戴著名錶、手挽名牌包包，不免興奮起來。「這麼美麗漂亮！」

「其實呢。」小魚呵呵一笑，說：「我是來請你們退錢的，我突然不想上課了。」

「呃！」學長、宜君，以及身邊一票學員、員工聽小魚這麼說，全震驚地圍了上來，你一言、我一語地從法律層面、從人情層面、從成功者和失敗者差異的層面，或軟或硬地逼小魚收回退款的念頭。

「我父親跟幾名議員交情都不錯，妳向消保官投訴也沒有用。」

學長開始隱隱透露他父親和幾名議員的交情，而這層交情，似乎是他如此有恃無恐地經營這昂貴的超領導課程，以及與學員、員工拍攝許多閨房活動作爲把柄的原因。

「是喔。」小魚微微笑地點著頭，靜靜聽眾人輪番勸說，然後取出手機，撥了通電話，對著電話那頭嗚嗚哭了兩聲，說——

「外婆……有人欺負我……他們好多人把我圍起來，還搬出幾個議員的名字恐嚇我，我好怕啊——」

別說學長、宜君、眾學員及工作人員，連周祈也被小魚說哭就哭的本領嚇了一跳。

不到三分鐘，離轄區最近的派出所裡幾名員警，荷槍實彈地衝上了超領導課程教室裡。

又過五分鐘，兩隊霹靂小組連同鄰近幾間派出所的員警，擁入整棟大樓。

再過了幾分鐘，天靈集團數十人律師團浩浩蕩蕩地抵達超領導教室。

再跟著，一名議員氣急敗壞地帶著助理，也衝進超領導教室，嚷嚷怪叫起來：「誰？是誰說他爸爸認識我？」

「阿叔！是我呀……」學長臉色從蒼白變青慘又變蒼白，正忙著向天靈集團律師團代表解釋剛剛發生的事，見議員趕來像見到了救兵，嚷嚷地說：「你不記得我了嗎？我爸爸他去年……」

「幹拎老師咧！誰認識你爸爸！」那議員一巴掌搧在學長臉上，氣憤地朝他大吼：「就是你這小子用我的名義恐嚇王茱瑛董事長外孫女？」那議員一面怒罵，一面從助理手中搶過電話，急急撥通，說：「王董祕書嗎？我人到現場了，我根本不認識這臭小子呀，請妳跟王董說，不關我的事……」

「哎喲，這滅火器好像過期了耶。」小魚此時拿著手機，帶著律師團跟大批員警四處拍照蒐證，檢查起超領導教室裡的各處裝潢符不符合市內營業場所安全法規，跟著將蒐證手機交給律師團代表，說：「手機裡有他們全部的資料，還有我買下這個直銷課程之後每天害怕得睡不著覺的日記，嗚嗚……」

「宋律師，這裡交給你了，跟警察說我驚嚇過度要去醫院檢查，明天會親自去警局做筆錄。」小魚拍了拍律師團代表的肩，拉著周祈走過呆若木雞的學長和宜君眼前，步出大樓。

她剛踏出門外，還仰身探頭回教室，對著眾人說：「對了，我剛剛忘了說，我聽我同學鄰居表哥三姑媽她網友說，最裡面辦公室電腦硬碟有好多好恐怖的小水怪生態紀錄片，警察杯杯快去扣押電腦，別讓他們有機會滅證——」

學長的臉陡然青慘一片。

他辦公室電腦裡的確藏著上百部與學員甚至是幹部合拍的私密影片。

周祈還沒看清宜君的表情，便已被小魚拉出超領導教室，全交由律師團收尾善後。

□

日落後河堤上的冷風颳在臉上，像是刀子劃在肉上一樣。

小魚躲在周祈背後，將周祈當成了防風盾牌般推著他往前，持著手機與強爺身邊的看護團，以及呂心瑷輪流通話，安排著晚上兩老飯局。

「外婆還在挑衣服？不急不急，外公也還沒好，他在鬧脾氣呢，看護團剛剛打電話說他嫌新買的鬍子油味道不好聞，想洗掉重抹呀……」小魚嘻嘻哈哈地與呂心瑷通完電話，感到周祈腳步有些緩慢，且低著頭若有所思，便問：「怎麼了，你覺得我剛剛做得太過分了嗎？你還心疼她？」

「才沒有……」周祈搖搖頭，說：「讓他們以後沒辦法再騙人，是件好事呀……」他說到這裡，呼出一團白霧，望著河堤彼岸點點燈火，說：「可能我還沒辦法完全把眞實的她，跟過去想像裡的她，完全重疊起來吧……」

他們來到之前坐過的草坡那頭坐下，望著天上星星。

「那你只能丟掉其中一個囉。」小魚拱起手，對著凍得發冰的手，哈出一團白霧。「看是要丟掉幻想裡的她，還是放棄眞的她。」

「沒差啦。」周祈說：「她跟我一點關係也沒有，我只是感嘆幾句而已，不管是想像還是眞實，我早就把她們通通丟掉了。」

「乖。」小魚點點頭，對他伸出手，比出討東西的姿勢。

「……」周祈默默摘下偷心眼鏡，放在小魚手上，再取出自己的普通眼鏡戴上——他至今仍和過去一樣，在與小魚分別前，必須交還偷心眼鏡。

小魚雖然不再穿著過去那套連身工作服，但她包包裡、外套裡仍有層層口袋，藏著許多防身器械和維修工具。她要周祈拿著一個小小的ＬＥＤ燈作爲照明，隨手檢查並維修起偷心眼鏡，這已成了他倆每天下班後的例行公事。

「幹嘛臭著臉？」小魚一面維修眼鏡，瞥了周祈一眼，見到他面無表情地望著自己手腕上那祈福手環——手環上其中一枚裝飾裡，嵌著防止被偷心眼鏡控制的保護器。

「你覺得我還是防備著你，所以不開心？」小魚這麼問。

「還好。」周祈聳聳肩，苦笑了笑，說：「只是覺得……現在的妳變得有點陌生，妳變成大集團裡的大人物了，而我還是過去那個小跟班……我們像是不同世界的人了。」

「……」小魚聽周祈這麼說，默默地將偷心眼鏡檢查拭淨，卻沒有收進眼鏡盒中，而是揭下周祈臉上那付普通眼鏡，替他戴上偷心眼鏡。

「怎麼了？」周祈呆了呆，卻見到小魚摘下那祈福手環，在手環某些構造上按按轉轉，跟著拋進提包裡——

小魚頭頂上的腦波契合度百分比開始迅速飛升。

只幾秒間，便從6％提高到94％。

「我拿掉防護器了。」小魚這麼說：「你覺得我離你越來越遠，變成不同世界的人了，那你就對我編個有趣的故事，把我拉回你的世界吧。」

「妳幹嘛突然……嗯，妳不怕偷心賊控制妳，拿下天靈集團一半的資產嗎？」周祈見小魚神情認真，突然感到有些手足無措。

「有本事你就拿呀。」小魚微微笑地說：「偷心賊從沒控制過我，我也沒有被偷心賊控制過，我有點好奇那是什麼感覺耶……」

「這樣啊……」周祈望著小魚，想了想，突然伸手指著河堤底下，說：「底下好多殭屍要爬上來了！」

「什麼？怎麼會有殭屍？」小魚摀著嘴、驚恐地東張西望，躲到周祈身後。「怎麼辦？我們要逃去哪裡？」

「跟我來——」周祈拉著小魚，迎著寒風奔跑起來，說：「殭屍越來越逼近了，快快快！啊呀，前面也有殭屍、後面也有殭屍！」

他指了指前方十餘公尺外走來的老阿伯，又回頭望了望後方幾十公尺走來的老阿婆，拉著小魚躲到堤防花圃幾株矮樹後。

「怎麼辦？殭屍越來越接近了，我好害怕，我打電話報警好了！」小魚急急掏出手機要撥一一〇，卻被周祈連忙制止。

「不行，殭屍會偵測手機訊號，我們會被發現。」周祈說得煞有其事。

「那怎麼辦？」小魚哽咽地問：「停止呼吸有用嗎？」

「沒用。那是對付另一種殭屍的方法，兩種是不一樣的殭屍。」周祈搖搖頭，將小魚摟在懷裡，望著她。「有一種讓殭屍不會發現我們的方法，是……是……」

「是親親？」小魚含淚問。

「嗯，好像是。」周祈捧著小魚的臉，將自己的臉也緩緩湊近。然後親了十餘秒。

再分開。

「殭屍離開了嗎？」小魚凍白的臉龐撲上兩片紅暈，怯怯地問。

「還沒！」周祈連連搖頭，左顧右盼，說：「殭屍還在附近，殭屍過來了，殭屍……」他還沒說完，腦袋再次被小魚拉去親了幾十秒。

「這樣可以嗎？」小魚喘著氣，說：「還有沒有更厲害的辦法？可以一口氣趕走所有殭屍的辦法。」

「有……有是有……」周祈按著小魚肩頭，左右望了望，像是在尋找比這花圃邊更適合施法驅趕殭屍的位置。「還有其他的辦法，只是……」

「什麼辦法？只是什麼？」小魚問。

「我說出來，怕嚇著妳，妳別誤會，我眞的是爲了趕走殭屍，不是要佔妳便宜，那個辦法……就是、就是……」周祈有些猶豫，支支吾吾，突然見到小魚兩眼翻白、甩出舌頭，觸電般顫抖起來，嚇得連忙搖了搖她。「妳怎麼了？」

「來不及了，我被殭屍咬到了，我要變成殭屍了……」小魚抽噎幾聲，含淚望著周祈；然後又突然翻起白眼，搖頭晃腦，跟著往周祈一撲，一口咬在他脖子上。

「哇！」周祈臉上脖子被小魚咬了好幾口，嚷嚷地說：「我就知道妳還藏有其他防護器，妳根本沒被偷心賊控制！」

「沒有，我被控制了，我相信你的鬼話了。」小魚撲在周祈背上，咬他腦袋、咬他的臉跟耳朵。「我變殭屍了，誰教你想不出更好的趕殭屍辦法，這全都要怪你——」

河堤上一陣冷風颼來，颼過老阿伯和老阿婆的臉，凍得他們同時一顫。

兩個老人家視線不約而同地落在不遠處河堤邊一會兒咬人、一會兒親吻的周祈和小魚身上。

他倆像是一點也不擔心待會兒王茱瑛晚餐聚會遲到。

王茱瑛還在挑揀更合適的衣服，強爺還在替他的鬍子構思新造型。

周祈和小魚還可以在這寒風河畔繼續跟殭屍搏鬥得更久一點。

《偷心賊》全書完

於新北中和

2016.08.05

# 後記

《偷心賊》本文完成於二〇一六年八月初，這篇後記卻是在二〇一七年的五月才動手寫，這是因爲當初當故事漸漸寫近尾聲時，我擔心一部愛情故事寫到十六萬字似乎太多了，或許會令編輯部在製作這本書時感到困擾，所以就沒有寫後記。

直到近日編輯主動詢問要不要來篇後記，我才開始動工這篇後記。這其實是相當有趣的情形——過去我除了新版《太歲》之外，幾乎沒有在距離寫完故事本文後相隔一大段時間之後才寫後記。剛完成作品當下的心境，和作品完成一段時間後的心境，必然是有所不同的，寫出來的後記當然也有所不同。

我還記得當時《偷心賊》是穿插在熱血激昂的《日落後長篇》後期當中寫的，在那兩個月寫作《偷心賊》的過程中，讓我有種在漫長旅途中坐下來喝杯涼飲喘口氣的感覺。

其實我自己非常喜歡《偷心賊》這種調性的故事氛圍——輕鬆浪漫、開心逗趣，但很稀奇的是在我的寫作生涯中，這樣的作品其實並不多，上一部調性類似的故事，是《不幫忙就搗蛋》，距離《偷心賊》已超過十年了。

不知道爲什麼，我特別喜歡寫瘋瘋癲癲的老人家，《偷心賊》的起點，就是從強爺和王茱瑛的紛爭開始，小魚反而是後來在增添配角時才想到的角色。然而由於小魚在故事裡的出色表現，令她像是跨欄田徑賽裡的逆轉強者般，跨越了兩老、跨越了主角，一下子成爲全篇故事裡最搶眼的一個角色，這是我在最初構思《偷心賊》時，不曾預料到的情形。

至於周祈身爲男主角，但整體地位反倒接近小魚的跟班，這也是沒辦法的事——在一部故事裡，每個角色有不同的定位，有主有從、各司其職，這是很正常的情形。

畢竟不同的故事路線，需要不同的「眼睛」來看，強者眼睛裡看到的世界，未必是有趣的世界；就好比《太歲》裡的二郎，強是夠強了，但從二郎眼睛裡看到的世界卻未必有趣——他搖搖離弦，那些恐怖大樓、邪惡組織、淒厲惡鬼、地底魔王有的沒的，通通四分五裂，那還有什麼好看的？

除非故事本身適合。

除非像是《偷心賊》後的下一本書——《乩身》

《乩身》就是一部適合讓男主角大展雄風、大開殺戒、走到哪打到哪的故事。

《乩身》的男主角韓杰曾經鑄下大錯，屢次求死卻死不了——

祂不准他死。

祂一聲令下，韓杰只能乖乖踩著滾燙鐵梯，被那個大家熟悉的流氓牛頭，拖下地底的地底、比陰間更底下的地方，觀賞至親泡在火海裡受刑的慘狀。

回到陽世的韓杰，得到了一具不死身，得到了一堆使用過後會產生後遺症的怪異法寶，和一隻不停從籤筒裡叼出紙籤的文鳥。

籤鳥小文從籤筒裡叼出來要韓杰完成的籤紙任務千奇百怪，總括來說，可以用四個字形容——

「斬妖、除魔」。

2017，夏天，敬請期待《乩身》。

星子

《偷心賊》後記

於基隆

2017.05.15

國家圖書館出版品預行編目資料

偷心賊／星子 著.——初版.
——台北市：蓋亞文化，2017.06
冊；公分.
ISBN　978-986-319-280-0

857.7　　106006399

星子故事書房　TS001

# 偷心賊

作者／星子（teensy）
封面插畫／程威誌　　封面設計／克里斯
出版社／蓋亞文化有限公司
地址◎ 台北市103赤峰街41巷7號1樓
電話◎（02）25585438　傳眞◎（02）25585439
部落格◎ gaeabooks.pixnet.net/blog
臉書◎ www.facebook.com/Gaeabooks
電子信箱◎ gaea@gaeabooks.com.tw
投稿信箱◎ editor@gaeabooks.com.tw
郵撥帳號◎ 19769541　戶名：蓋亞文化有限公司
法律顧問／宇達經貿法律事務所
總經銷／聯合發行股份有限公司
地址◎ 新北市新店區寶橋路二三五巷六弄六號二樓
電話◎（02）29178022　傳眞◎（02）29156275
港澳地區／一代匯集
地址◎ 九龍旺角塘尾道64號龍駒企業大廈10樓B&D室
電話◎（852）2783-8102　傳眞◎（852）2396-0050
初版一刷／2017年06月
定價／新台幣260元
Printed in Taiwan

ISBN／978-986-319-280-0

GAEA

GAEA